北京，北京

馮唐

目錄

自序

　　無論從寫作時間、出版時間還是故事發生時間看，《北京，北京》都是「萬物生長三部曲」的最後一部。

　　這一部講的是妄念。妄念的產生、表現、處理、結果。

　　我後來是這樣定義妄念的：

　　「如果你有一個期望，長年揮之不去，而且需要別人來滿足，這個期望就是妄念。」

　　故事發生在 1995 至 2000 年之間，裏面的年輕人在二十四五到三十歲之間。那時候，整天泡在東單和王府井之間的協和醫學院，整天見各種人的生老病死以及自己的妄念如野草無邊，整天想，人他媽的到底是個甚麼東西啊？到了畢業之時也沒有答案。

　　青春已殘，處男不再，妄念來自三個主要問題：

　　一、幹點啥？這副皮囊幹些甚麼養家餬口，如何找個安身立命的地方？

　　二、和誰睡？踩着我的心弦讓我的雞雞硬起來的女神們啊，哪個可以長期睡在一起？人家樂意不樂意啊？不樂意又怎麼辦？

　　三、在哪兒待？中國？美國？先去美國，再回來？北京？

上海？香港？

那時候，我給的答案是：寧世從商，睡最不愛挑我毛病的女人，先去美國再回北京。

現在如果讓我重答，答案可能不完全一樣。想起蘇軾的幾句詩：

> 廬山煙雨浙江潮，
> 未到千般恨不消。
> 及至到來無一事，
> 廬山煙雨浙江潮。

「吃過了」和「沒吃呢」心境很難一樣，所以現在重答沒有意義。近四十的一天，酒高了，問初戀，為甚麼當初咱倆不能在一起呢？

她像以前一樣，微笑不語。我再問，她說，別問了。我三問，想於四十之前不惑。她反問，你覺得所有事情都能説清楚嗎？

我愣了愣，又喝了一口酒，在那一剎那深深感到，作為人類最偉大的工具，語言和邏輯有時候是多麼無力。

馮唐

2014 年 10 月 23 日
伯克利山不二堂

第一章
北京燕雀樓，大酒

　　1994 年北京的一個夏夜，我說：「我要做個小説家，我欠老天十本長篇小說，長生不老的長篇小說，佛祖說見佛殺佛見祖日祖，我在小說裏胡説八道，無法無天。我要娶個最心坎的姑娘，她奶大腰窄嘴小，她喜歡我拉着她的手，聽我胡説八道，無法無天。我定了我要做的，我定了我要睡的，我就是一個中年人了，我就是國家的棟樑了。」

　　我肚子裏的啤酒頂到嗓子眼兒，在嗓子眼兒上下起伏，摩搓會厭軟骨，我嘗到它們帶着胃酸的味道，它們大聲叫嚷着，你丫不要再喝了，再喝我們他媽的就都噴出來了。在啤酒造成的腹壓下，我不能再喝了。根據今晚的酒局規則，我有權選擇不喝酒，選擇說一句真心話，一句和老媽或者和黨都不會輕易説的真心話，代替一杯啤酒。

　　手腕用力一扭動，放倒在柏油路上的空啤酒瓶陀螺一樣旋轉，和路上的小石子摩擦，發出嘎嘎的聲音。啤酒被死死凍過，剛穿過喉嚨的時候還有冰碴，輕輕划過食管。喝的過程中，酒

瓶子外面掛了細密的水珠，紙質商標泡軟了，黏貼不牢的邊角翻卷起來，隨着酒瓶的旋轉，摩擦地面，變得面目不清。十幾圈之後，酒瓶慢慢停下，瓶口黑洞洞地指着我。媽的，又是我輸了。開始的時候口渴，拼得太猛，我已經喝得有些高了，不知道今晚的酒局還有多麼漫長，説句真話吧，能躲掉一杯是一杯。

二十四瓶一箱的十一度清爽燕京啤酒，一塊五一瓶，不收冰鎮費，全東單王府井，就這兒最便宜了。要再便宜，得坐公共汽車北上四站到北新橋。那兒有些破舊熱鬧的小館子，燕京啤酒一塊三，可是菜實在太差，廁所就在隔壁，京醬肉絲和屎尿的味道一起嗆腌鼻毛。現在第二箱燕京啤酒開始。

春末夏初，晚上十二點過一刻，夜淡如燕京清爽啤酒，東單大街靠北，燈市口附近的「夢幻幾何」、「凱瑟王」、「太陽城」等幾個夜總會生意正釅，門口附近的小姐們，細白大腿穿了黑色尼龍網眼絲襪，發出閃亮的鱗光，在昏暗的街道裏魚一樣游來游去，如同小孩子手上拎着的罩紗燈籠，細白大腿就是搖曳的蠟燭。東單大街上，除了這幾家夜店，還有個別幾家服裝專賣店依稀透出燈光，基本上暗了。

燕雀樓門口的行人便道上，支出來四張桌子。我，小白癡顧明，和小黃笑話辛荑，三個人坐在最靠馬路的一張。桌子上的菜盤子已經狼藉一片，胡亂屎黃着，堆在菜盤子上的是一盆五香煮小田螺和一盆五香煮花生，堆在菜盤子周圍的是五香煮

小田螺和五香煮花生的殼兒，胡亂屎黑着。小田螺和花生都是時令新收，小田螺是帶着土腥的肉味兒，花生是帶着土腥的草味兒。如果盆裏還有田螺和花生，杯子裏還有酒，我的手就禁不住伸出去不停地剝來吃，勉強分出來田螺殼兒和田螺肉，已經分不出田螺肉足和不能吃的田螺內臟。田螺內臟吃到嘴裏，不是肉味，不是土味，全是腥味。

桌子原本是張方桌，摺疊鍍鉻鋼管腿，聚合板的桌板貼了人工合成的木紋貼面，湖水波紋一樣蕩漾。黏合膠的力量有限，吃飯的人手欠，老摳，靠邊的地方都翹了起來，露出下面的聚合板。桌面上蓋了張塑料薄膜的一次性桌布，輕薄軟塌，風起的時候隨風飄搖，沒風的時候耷拉下來，糊在吃飯人的腿上，糊塌了腿毛，糊出黏汗，間或引導桌面上漫無目的晃悠的菜湯汁水，點點滴滴，流淌到褲襠上，油膩黏滑，即使以後褲子洗乾淨，還有印子。酒菜瓶盤多了，花生殼螺殼多了，放不下，又沒人收拾，將方桌四邊藏着的一塊板子掰起來，就成了圓桌，立刻多了三分之一的地方，酒瓶子繼續堆上來。

辛荑說，厚朴所有的淺色褲子，靠近褲襠的地方都是這個樣子，點點滴滴，帶着洗不掉的印子，日本地圖似的。一定是自摸過度，而且最後一瞬間抽搐的時候手腳笨拙，屢次射在褲襠拉鎖周圍，留下洗不掉的痕跡。我說，辛荑，你丫變態啊，看人那個地方，看的還是個男人，那個男人還是厚朴。

凳子是硬塑料的方凳，白色，四腳叉開，沒有靠背。開始，我們還能撅着屁股，弓着腰，在喝之前熱烈地碰一下瓶子，一箱二十四瓶之後，我們三個各自給後背找了個靠頭兒，兩腿叉開，上身傾斜，讓膀胱和腎的物理壓力最小。

小白癡顧明背靠一根水泥電線杆子，頭皮頂上的電線杆子貼着張老軍醫的小廣告：中醫古法家傳湯藥西醫特效注射針劑治療尿道炎陰道炎淋病梅毒尖銳濕疣單純皰疹，專治軟而不挺挺而不堅堅而不久久而不射射而不中。紙質輕薄，半透明紅黑兩色印刷。

小白癡顧明是從美國來的留學生，到北京時間不長，穿着還是在美國時的習慣，天氣剛暖和一點，老早就換上了大褲衩子和圓領衫，厚棉襪子和耐克籃球鞋，襪子和褲頭之間露出一截包括膝蓋的大腿和小腿，腿上間或有些毛，外側濃密，內側稀疏，一兩個釐米長短，不規律地排列着。小白癡顧明的小平頭擋住了老軍醫的聯繫電話，慘白的路燈下，老軍醫廣告的血紅宋體字和小白癡顧明緋紅的臉蛋一樣鮮艷明麗。

小黃笑話辛夷背靠一棵國槐樹，我也背靠一棵國槐樹，槐花開得正旺，沒喝酒前，滿鼻子的槐花味兒，有點像茉莉有點像野草。背寬肉厚的小黃笑話辛夷每次狂笑，肩膀扭動，開老的槐花，長舊了的槐樹葉子，細枝兒上堆高了的鳥屎蟲糞就簌簌搖落。小黃笑話辛夷慌忙撲打他的衣服，五指做梳子，梳理

他三七開的分頭，像剛走出迎新彩車被撒了一身雜碎彩紙人工雪花的新郎。

我靠的槐樹幹上，紅粉筆寫了兩豎排十二個字：王小燕王八蛋，王小雀王九蛋。筆法幼嫩稚拙。刀子用力劃了第一個「王」字的三橫，妄圖刻進樹皮，估計刻了一陣，膀子累了，罷手。王小燕是燕雀樓老闆娘的大女兒，王小雀是燕雀樓老闆娘的小女兒，眼睛同樣都是大大的，雙眼皮，腰肌發達，小腿腓腸肌苗壯，一副有擔當的樣子。

我想像中，看見從紅星胡同、外交部街、東堂子胡同、或是新開胡同，晚上十一、二點鐘，飛快跑出來三兩個十來歲的半大小子，正是貓狗都嫌的年紀，一邊回憶兩個小王姑娘的大眼睛和想像小王姑娘衣服裏面的樣子，一邊在樹幹上描畫兩個小王姑娘的名字，為了表示自己心無雜念的立場，名字下面又充滿熱情地描畫辱罵的字眼，在對第一個字嘗試用刀子之後，感到既費力又不能彰顯事功，於是罷手，上下左右打量自己的作品，「王小燕王八蛋，王小雀王九蛋」，朗讀數遍，覺得形式整齊，韻律優美，進而想像兩個小王姑娘看到這些字跡時因憤怒而瞪圓的眼睛以及衣服裏上下起伏的胸脯，心中歡喜不盡，做鳥獸散，回家睡覺。

十二瓶燕京啤酒之前，我們玩「棒子，老虎，雞，蟲子」，兩個人兩根筷子敲兩下碗，喊兩聲「棒子，棒子」，然後第三

聲喊出自己的選擇：棒子，老虎，雞，或是蟲子。規則是：棒子打老虎，老虎吃雞，雞啄蟲子，蟲子啃棒子，一個剋一個，形成循環。白色的一次性塑料杯子，一瓶啤酒倒六杯，輸了的人喝一杯，轉而繼續和第三個人鬥酒，贏了的人輪空觀戰，指導原則是痛打落水狗，讓不清醒的人更不清醒。

十二瓶之後，老闆娘肥腰一轉，我們還沒看明白，就把粗質青花瓷碗和結實的硬木黑漆筷子從我們面前都收走了，「怕碎了啊，傷着你們小哥兒仨。即使你們是學醫的，仁和醫院就在旁邊，也不能隨便見血啊，您說是吧。」換上白色的一次性塑料碗和一劈兩半的一次性軟木筷子，敲不出聲響，「您有沒有一次性桌子啊？」小黃笑話辛夷看着老闆娘光潔的大腦門，一絲不亂梳向腦後的頭髮以及腦後油黑的頭髮纂兒，眼睛直直硬硬地問。我看見老闆娘腦門上面的頭髮結成了綹，十幾絲頭髮黏攏成一條，在路燈下油乎乎發亮，頭髮頂上一個小光圈，然後暗一圈，然後在耳朵附近的髮際邊緣又出現一個大些的光圈。我聞見老闆娘油黑的頭髮纂兒，發出沉膩的頭髮味兒，帶着土腥，「好幾天沒洗了吧」，我想。

「一次性杯子，一次性碗，一次性筷子，一次性桌布，一次性啤酒和啤酒瓶子，一次性花生，一次性田螺，一次性桌子，一次性避孕套，一次性內褲，我們人要是一次性的有多好啊！一次性胳膊，一次性腿，喝多了就收拾出去，再來一次。」小

白癡顧明還在學習漢語，遇上一個新詞彙，不自覺地重複好些次，喝酒之後更是如此。小白癡顧明最喜歡中文裏的排比句，他說英文無論如何做不到那種形式美。

十二瓶之後，我們不能發出敲碗的聲音，我們還能發出自己的聲音，我們改玩「傻屄，牛屄，你是，我是」。喊完「一、二」之後，玩的兩個人從「傻屄，牛屄，你是，我是」中挑一個詞彙喊出來。如果湊成「你是傻屄」，「你是牛屄」，「我是傻屄」，或是「我是牛屄」，傻屄就喝酒，牛屄的就讓對方喝酒。

酒過了一箱二十四瓶，槐樹花的味道聞不到了，小白癡顧明眼睛裏細細的血絲，從瞳孔鋪向內側的眼角，他直直地看着燕京啤酒瓶子上的商標，說：「燕京啤酒北京啤酒天津啤酒上海啤酒廣州啤酒武漢啤酒深圳啤酒香港啤酒哈爾濱啤酒烏魯木齊啤酒舊金山啤酒亞特蘭大啤酒紐約啤酒波士頓啤酒，我媽的和我爸的住在波士頓，我原來也住波士頓。」

小黃笑話辛荑先惱了王小燕。王小燕給辛荑拿餐巾紙的時候，小黃笑話辛荑說：「老闆娘，謝謝你，我還要牙籤。」王小燕惡狠狠看了辛荑一眼，厭惡地擰身進屋。辛荑後來又暖了老闆娘，老闆娘給他牙籤的時候，辛荑拉着老闆娘的手說：「小燕，謝謝你，牙籤好啊，牙籤有用，能剔牙，也能挑出田螺的胴體。」顧明明確指出來，辛荑認錯人了，辛荑思考了一下，說：「我總結出一條人生的道理，以後我見到所有女的，都叫小燕，

我就不可能犯同樣的錯誤。」

小黃笑話辛荑在之後的歲月裏，總是一次又一次讓我驚詫於他頭腦的慓悍，在任何時候，都不停止思考，包括大酒之後，點炮之後，死了爹之後。他嚴格按照愛因斯坦的《科學思考方法論》，收集信息、總結、比較、權衡、分析、歸納、提升，思考之後，不斷告訴我各種人生的道理。佛祖當初和小黃笑話辛荑一樣，越想越不明白為甚麼眾生皆苦，也就是說在任何狀態下，人都有不滿，在這個意義上，婊子和烈女，國王和乞丐，沒有區別。佛祖終於有一天煩了，一屁股坐在菩提樹下，要賴說，想不明白，我他媽的就不起來了。對於結果，正史的記錄是，佛祖頓悟成佛。小黃笑話辛荑說，雙腳趺坐，雙腳心向上，時間長了，氣血阻滯，膀胱充盈，精囊腺充盈，丫實在坐不住了，起來了，滿地找廁所找黃色按摩房，然後冒充明白。我沒買過任何勵志書籍，辛荑睡在我下鋪，他總結的人生道理比那些書本更加真切，比《論語》還實際，比《曾文正公嘉言鈔》還嘮叨，比《給加西亞的一封信》還樸實。這世界上存在一些捷徑，我懶惰，嗜賭，永遠喜歡這些捷徑。我想過，多行不義必自斃，我吃喝嫖賭，心中的邪念像雍和宮檀木大佛前的香火一樣常年繚繞，做惡事的時候，良心的湖水從來波瀾不驚。我當時想，如果有一天，我傻了，腦積水甚麼的，我繼續走捷徑，我先聽錄音機，自學《英語九百句》。然後，我把小黃笑話辛荑請來，

關掉錄音機，打開辛羨，教我人生的道理。會了《英語九百句》和人生的道理，我傻了也不怕了，我可以去外企當白領。我問辛羨，我傻了之後，能不能來教我人生的道理，就像我腦子硬盤壞了，幫我重新格式化腦子，重裝操作系統。辛羨說，當然，你傻了是報應啊，我一定來，我立馬兒來，我大拇指六釐米，我食指七釐米，我手掌八釐米，我一掌撐開二十釐米，我量量你的鼻涕有多長，我帶着二百五十毫升的燒杯來，我量量你的口水有多豐沛。

在宿舍裏，我和小黃笑話辛羨多少次一起面朝窗外長談，辛羨抽金橋香煙，我用五百毫升的大搪瓷缸子喝京華牌的劣質茉莉花茶。我們一起深沉地望着窗外，窗子左邊是廁所，右邊是另外一間宿舍，西邊落日下，紫禁城太和殿的金琉璃頂在塵土籠罩下發出橙色的虛幻的光芒。辛羨每次和我長談一次，心理上，我就老了一歲，心臟的負擔多了十斤，江湖更加複雜和險惡了，自己肩上的任務更重了。我看到金琉璃頂的四周鬼火閃動，如螭龍繚繞，我隱約中同意辛羨的說法，認為這金琉璃頂下發生的故事，或許和我們有關，志存高遠，我們也能插上一腿。

辛羨唯一的一次反叛是在考完《神經內科學》之後，他告訴我他要顛倒乾坤，停止思考。如同老頭老太太為了身體健康，偶爾用屁眼看路，肚臍眼看姑娘，腳跟當腳趾，倒着走路一樣，

他為了大腦的長久健康，他要顛倒指揮和被指揮的關係：「我主張陰莖指揮大腦，我主張腳丫子指揮大腦，我主張屁股指揮大腦。答不出來考卷，就宣佈出題的老師是傻屄，考試作廢，這樣我就牛屄了，我就混出來了。」我還以為他會暫時忘掉交了六年的慓悍女朋友，懷揣一根發育飽滿機能完善惴惴不安的陰莖和前兩個禮拜當家教掙來的六十塊人民幣，馬上跑下五樓，敲五一三房間的門，約他惦記了很久的小師妹趙小春上街去吃冰激凌。東單往北，過了燈市口，街東，有家水果味兒的冰激凌店，不含奶油，不肥人，自己說來自意大利，原料天天空運。

五一三房的那個小師妹趙小春黑色短髮，在杭州出生和發育，笑起來香白如和路雪，話不多如晏殊慢詞。會照顧自己，每天五點去七樓上晚自習，拎一大壺開水泡枸杞西洋參喝，每月倒霉的時候到紅星胡同的自由市場買走地吃小蟲長大的烏雞，和巨大的紅棗以及長得像發育期陰莖形狀的黨參一起慢火燉了，快開鍋的時候加冰糖。

最後，那一晚，我看到的，辛夷只有在屎尿盈體的時候，提着褲襠，腳丫子帶領大腦，去了趟隔壁廁所，任何曖昧出格的行為也沒有。

我腳下的馬路很滑膩，隔不遠是個更加滑膩的下水道鐵蓋，天長日久，好些人喝多了，吐在這附近，比東單三條九號院的解剖室還滑膩。我不想吐，五香的田螺和花生，吐出來就是同

一個酸味了。我贏了一把，我喊「牛屄」，辛薆喊「你是」，我聽見我的腎尖聲呼喊，我看着辛薆喝完一杯，説，「我去走腎，你們倆繼續。小白，灌倒辛薆。」

　　經過一個臨街的小賣部，老闆是個六十多歲的老頭兒，謝頂，大黑眼鏡，眼睛不看大街，看店裏的一個黑白電視，電視裏在播一個台灣愛情連續劇，女孩梳了兩個辮子，對個白面黑分頭説，「帶我走吧，無論天涯海角，無論天荒地老。沒有你，沒有你的愛，沒有你在周圍，我不能呼吸，不能活，不能夠。」那個六十多歲的老頭兒一點也沒笑，嚥了口唾沫，眼睛放出光芒，眼角有淚光閃爍。

　　胡同裏的公共廁所去燕雀樓二十五步，東堂子胡同口南側，過了小白癡顧明靠着的路燈的映照範圍，還有十幾步，我憑着我殘存的嗅覺，不用燈光，閉着眼睛也能摸到。

　　　　屎尿比槐花更真實，
　　　　花瓣更多。
　　　　槐花在大地上面，
　　　　屎尿在大地下面。
　　　　啤酒釀出屎尿，
　　　　屎尿釀出槐花。

我想出一首詩，默念幾遍，記住了，再往前走。地面變得非常柔軟，好像積了一寸厚的槐樹花，我深一腳淺一腳，每一步踩上去，地面上鋪的槐樹花海綿一樣陷下去，吱吱吱響，腳抬起來，地面再慢慢彈回來，彷彿走在月球上，厚重的浮土。這時候，我抬頭透過槐樹的枝葉看到的，天上亮亮的圓片是地球。

廁所裏，一盞還沒有月亮明亮的燈泡挺立中間，照耀男女兩個部份，燈泡上滿是塵土和細碎的蜘蛛網。

我的小便真雄壯啊，我哼了三遍《我愛北京天安門》和一遍《我們走進新時代》，尿柱的力道沒有絲毫減弱，砸在水泥池子上，嗒嗒作響，濺起大大小小的泡沫，旋轉着向四周蕩開，逐漸破裂，發出細碎的聲音，彷彿啤酒高高地倒進杯子，沫子忽地湧出來。小便池成 L 形，趁着尿柱強勁，我用尿柱在面對的水泥牆上畫了一個貓臉，開始有鼻子有眼兒有鬍鬚，很像，構成線條的尿液下流，很快就沒了樣子。

我不是徐悲鴻，不會畫美人，不會畫奔馬，我就會畫貓臉。我曾經養過一隻貓，公的，多年前 5 月鬧貓的時候，被我爸從三樓窗戶扔出去了，貓有九條命，它沒死，但是瘸了，再拿耗子的時候，一足離地，其他三足狂奔，眼睛比原來四條腿都好的時候更大。我和我媽說，我將來有力氣了，把我爸從三樓的窗戶扔出去，我想像他飛出窗戶的樣子，他不會在空中翻跟斗，

手掌上和腳掌上也沒有貓一樣的肉墊子，手臂和身體之間也沒有翅膀一樣的肉膜，我看他有幾條命。我跑到燈市口的中國書店，買了一本《怎樣畫貓》的舊書，人民美術出版社出的，三毛八分錢，買了根小號狼毫和一瓶一得閣的墨汁，學了很久，甚麼飛白，皴染，都會了。

我發現，小便池裏躺着一個挺長的煙屁，幾乎是半隻香煙，燈泡光下依稀辨認是大前門，過濾嘴是深黃色，浸了尿液的煙卷是淺尿黃色，朝上的一面還沒沾尿液的是白色。我用尿柱很輕鬆地把所有的白色都變成了尿黃色，然後着力於過濾嘴部位，推動整個煙屁，足足走了兩尺，一直逼到 L 形小便池拐角的地漏處。我這時候感到尿柱的力量減弱，最後提起一口氣，咬後槽牙，上半身一陣顫抖，尿柱瞬間變得粗壯，煙屁被徹底沖下了地漏，衝出我的視野，我喊了一聲，「我牛屄。」

我收拾褲襠的時候，發現小便池牆頭上，一排大字：「燕雀樓，乾煸大腸，幹她老娘，大聲叫床。」字體端莊，形式整齊，韻律優美，和槐樹樹幹上罵小燕姑娘的文字筆跡不同。可能是成年食客幹的，我想。

我回來，小白癡顧明和小黃笑話辛夷還沒有分出勝負，他們腦子已經不轉了，「傻屄，牛屄，你是，我是」的酒令不能用了，他倆每次都同時叫喊，每次叫的都是一樣的兩個字：傻屄。在寂靜的街道上，聲音大得出奇，彷彿兩幫小混混集體鬥毆前

的語言熱身。即使警察自己不來，睡在臨街的老頭老太太也要打一一零報警了。新的一箱酒已經沒了一半，辛夷提議轉空酒瓶子，他挑了一個深褐色的空瓶子，「這是酒頭，其他瓶子是綠的，酒頭是褐色的。」

我負責轉那個空啤酒瓶子，古怪的是，我轉了五次，換了不同的姿勢，角度，力量，沒用，每次都是我輸，瓶口黑洞洞地指向我。幾乎比他倆多喝了一瓶，不能再喝了，我決定招了，真情表白。

聽完我的告白，辛夷放下酒瓶子，兩眼放光：「你真想好了？做小說家比做醫生更適合你嗎？收入更多嗎？我聽說寫小說投到《十月》和《收穫》，稿費才一千字三十塊，每天二千字，一天才掙六十塊錢。你一年到頭不可能都寫吧，如果你的寫作率是百分之七十，算下來，你一個月掙不到一千三百塊，比當醫生還差啊，比當醫藥代表差更多了。而且文學青年這麼多，聽說比醫生還多，買得起圓珠筆和白紙的人，不安於現狀，想出人頭地，只能熱愛數學和文學，但是傻屄總比聰明人多多了，所以文學青年比數學青年多多了。這麼多人寫，著名雜誌不一定要你的啊。你覺得你寫得牛屄，能在校刊上發表，但是出了仁和醫學院的院子，比你牛屄的應該有的是吧？是不是還有其他收入？你出名了，應該有人請你講課，會給錢。還有改編成電視劇和電影，這個不知道會給小說原作者多少錢，可能挺多

的吧？但是，只有名人名作才會被改編的。出名那麼容易麼？寫小説比當醫生名氣更大嗎？也沒聽説哪個寫小説的，出門要戴墨鏡。寫小説比當醫生能更長久嗎？好些名作家，寫到四十也就甚麼都寫不出來了，憋尿、不行房、不下樓，都沒用。曹禺，沈從文，錢鍾書，好些呢，便秘似的，比陽痿和老花眼還容易，還早。當醫生，四十歲一枝花，正是管病房，吆喝醫藥代表，當業務骨幹的時候。好多人請吃飯，忙的時候吃兩頓中飯，晚飯吃完還有唱歌，唱完歌還有夜宵。二者的工作時間呢？寫東西可能短些，尤其是寫熟了之後，兩千字幹一個上午就解決了。當醫生苦啊，老教授還要早上七點來查房，手術一做一天。當小説家自由些嗎？可能是，工作時間和工作地點自由些，但是精神上不一定啊！不是想寫甚麼就能寫甚麼的，否則不就成了舊社會了，不就成了資本主義了嗎？當醫生也不一定自由，病人左肺長了瘤子，醫生不能隨便切右肺。不是大專家，化療藥也不能隨便改藥的品種和用量啊。當小説家還有甚麼其他好處啊？你真想好了？就不能再想想別的？跳出醫生和作家的考慮，跳出來想想。有志者，立長志，事竟成，百二秦川終歸楚。以你我的資質，給我們二十年的時間，努努力，我們改變世界。做個大藥廠，中國的默克，招好些大學剛畢業未婚好看能喝酒耍錢的女醫藥代表，拉仁和醫院的教授去泰國看人妖表演。我們有戲，中國人口這麼多，將來有那麼多老人要養，對醫藥的

需求肯定大。而且醫藥利大啊，如果能搞出一種藥，能治簡單的感冒，我們就發了。要是能治直腸癌，那我們要多少錢，病人就會出多少錢，生命無價啊。而且，這是為國爭光啊，中國有史以來，就做出過一個半新藥，一個是治瘧疾的青蒿素，半個是治牛皮癬的維甲酸，造不出來人家美國藥廠的左旋藥，變成右旋湊合，結果療效比左旋還好。咱們倆要是造出來兩個新藥，牛屎就大了。這樣，藥廠的名字我都想好了，叫 X ＆ Q，就像 P ＆ G 一樣，洋氣，好記。X 就是我，辛荑。Q 就是你，秋水。要是你不滿，也可以叫 Q ＆ X，一樣的，我沒意見。」

小白癡顧明看着小黃笑話辛荑，基本沒聽懂他在說甚麼，等辛荑停了嘴，顧明喝乾了瓶子裏的酒，說：「我也實在不能喝了。我要是輸了，我也不喝了，我也說真心話：我不知道我將來要幹甚麼，我從來不知道。我知道，小紅燒肉肖月奶大腰窄嘴小，我要拉着她的手，說話。」

小紅燒肉肖月是我們共同的女神，大家的女神。

我們在北大上醫學預科，跟着北大，在信陽軍訓一年，軍裝遮掩下，小紅燒肉肖月彷彿被林木掩蓋的火山，被玉璞遮擋的和氏璧原石，被冷庫門封堵的肉林。回到北大，林木燒了，玉璞破了，冷庫門被撬了，小紅燒肉肖月穿一條沒袖子低開胸的連衣裙，新學期報到的時候，在北大生物樓門口一站，仰頭看新學期的課程安排，露出火，肉，和玉色，騎車的小屁男生

看呆了，撞到生物樓口東邊的七葉樹上，小孩兒手掌大小的樹葉和大燭台似的花束劈頭蓋臉砸下來，於是小紅燒肉肖月被民意升級為班花，辛荑貼在宿舍牆上的影星也從張曼玉換成了關之琳。關之琳和小紅燒肉肖月有點像，都有着一張大月亮臉，笑起來，床前月光，聞見屎香。這件事情至今已經有五年多了，這五年多裏，我和辛荑臨睡前刷完牙，抬起手背擦乾淨嘴角的牙膏沫子，互相對望一眼，同時悠揚綿長地喊一聲小紅燒肉肖月的簡稱：「小紅」，好像兩隻狼在月圓時對着月亮嗥叫，然後相視一笑，意暢心爽，各自倒頭睡去。這是我們多年的習慣，同睡覺前刷牙三分鐘和小便一百毫升一樣頑固。關之琳在牆上，牆在床的左邊，辛荑每次入睡，都左側身，臉衝着那張大月亮臉，想像屎香。厚朴說，這樣時間長了，壓迫心臟，影響壽命。辛荑說，我不管，我的臉要衝着關之琳。

我們四個人的簡稱都生動好聽，小紅，小白，小黃，小神，五顏六色。小白癡顧明的簡稱是小白，聽上去像明清色情小說和近代手抄本裏的瀟灑小生，相公或是表哥，面白微有鬚，胯下有肉。小黃笑話辛荑的簡稱是小黃，他戴上近視眼鏡，裏白圍脖，好像心地純淨心氣高揚的五四青年。我叫小神經病，簡稱小神，辛荑、厚朴、黃芪和杜仲說我的腦子長着蒼蠅的翅膀，一腦子飛揚着亂哄哄臭烘烘的思想。我女友說我雙眼清澈見底，神采如鬼火，在見不得人的地方長燃不滅。

聽小白真情告白之後，我看了眼辛荑，辛荑看了眼我，我們倆同時看了看小白通紅的雙眼，那雙眼睛盯着茫茫的夜空，瞳孔忽大忽小，瞳孔周圍的血絲更粗了，隨着瞳孔的運動忽紅忽白。不能再喝了，我們扔給王小燕一百塊錢，結了酒賬，「太晚了，碗筷明天早上再洗吧，你先睡吧，小燕。」辛荑關切地說，王小燕看了眼桌子上小山一樣的螺殼、花生殼和啤酒瓶子，眼睛裏毫無表情，白多青少。

我們一人一隻胳膊，把小白架回北方飯店裏的留學生宿舍。我們翻鐵門進了東單三條五號院，鐵門上的黑漆紅纓槍頭戳了我的尿道海綿體，刮破了辛荑的小腿。循環系統四分之三的管道都流動着啤酒，我們沒感到疼痛。我們疾走上了六樓，沒洗臉沒刷牙沒小便，黑着燈摸到自己床上，我上鋪，辛荑下鋪。

整個過程，辛荑和我彼此一句話沒說，沒習慣性地呼喚「小紅」，我們頭沾到枕頭，身體飛快忘記了大腦，左側身衝着牆，衝着關之琳和月亮，很快睡着了。

第二章
七年之後，丹參

　　我、小白和辛夷在燕雀樓喝下兩箱燕京啤酒的七年以後，我寫完了我第一部長篇小說，破東芝黑白屏幕手提電腦的 D 鍵被敲壞了，我右手的腱鞘炎犯了，我又喝了一次大酒。

　　我躺在仁和醫院的特需病房，一個人一個單獨的房間。腦子裏澄清空濛，只記得，酒喝得實在太大了。我想，天理昭昭，我壞事做盡，我終於成了一個傻子。

　　病床靠腳一側，有個塑料袋子，裏面一張硬紙卡，寫着：秋水，男，三十歲，入院原因：急性酒精中毒後深度昏迷。我想，紙卡上描寫的那個人應該就是我吧，但是我反抽了自己好幾個嘴巴，無法了解「急性酒精中毒後深度昏迷」的含義，記不起我這次是和誰喝了多少酒，也不知道所處的地點和時間。

　　七年以前，我上醫學院的時候，常想，我甚麼時候才能躺到這種特需病房啊，牛屎啊。這個病房在新住院大樓的南側，四壁塗着讓人有求生慾望的粉紅色，而不是普通醫院大樓裏那種青苔一樣鬧鬼的慘綠色。住院樓入口特設下車位置，上面一

個巨大的水泥轉盤，遮住周圍樓宇的視線。我曾經長久地從周圍的護士樓、住院醫宿舍、醫科院基礎研究所的窗戶裏分別瞭望，我想像手中有一支五六式半自動步槍，槍口伸出窗外，發現沒有一個窗口可以射擊到特需病房的下車位置。我對戰爭的經驗來自於電影《鐵道游擊隊》，信陽陸軍學院一年的正規軍訓和 Westwood Studio 出品的《命令與征服》。《命令與征服》裏的狙擊手，牛屄啊，石頭一樣鉚進泥土，狗屎一樣消失在建築物中，等待下一個傻屄出現，乒地一槍，一槍斃命。

七年以後，我躺在特需病房，腦海裏一片空白，我使勁思考，這是哪裏啊？我為甚麼到了這裏？我只想起來，這裏很安全，下車的地方沒有狙擊手能夠向我放黑槍。

房間裏有一桌一椅一沙發，還有一個洗手間。房間的桌子上擺着一個黑不溜秋的方盒子，裏面總有五顏六色的騙子握手開會五顏六色的瘋子唱歌跳舞五顏六色的傻子哭哭啼啼五顏六色的妹子腦門兒上統一寫着兩個字「淫蕩」，甚麼時候打開甚麼時候有，我想不起來護士小姐管它叫甚麼了，反正是外國字母。洗手間裏沒有浴袍和浴鹽，門不能完全合上，淋浴和盆浴沒有分開，洗手池上沒有一個小花瓶插一支新鮮的康乃馨或是富貴竹，「頂多是個三星飯店」，我想。

我穿着藍白豎條的衣褲，棉布的，寬大而舒適，獨立床頭，窗戶洞開，氣流從我褲襠來回穿梭，陰毛飄飄，陰囊乾燥，精

子活力高。周圍進進出出的人都穿白大褂，第一天醒來，我以為是個按摩院。

如果是按摩院，第一個困擾我的問題是，這裏是一個正規的按摩院還是一個不正規的按摩院。我問了三個自己號稱是護士的小姐，「有沒有推油和特服？推油有幾種？手推、波推、臀推和冰火都有嗎？」小姐年紀很輕，頂多二十出頭，穿着粉色的衣裳，和牆的顏色一樣，偶爾由一個年紀大的帽子上帶兩道槓的老護士長領頭，一大隊魚貫而入，但是她們的衣服不透明，沒有金屬片片塑料綴珠不閃亮，身材也一般，沒有在灰暗燈光下閃鱗光的細白長腿，沒有被衣服勒出的幽深乳溝，沒有「夢幻幾何」、「凱瑟王」、「太陽城」、「金色年代」、「金碧輝煌」或者「金色時光」裏那種大門洞開、列隊而出、歡迎激素水平過高人群進妖精洞的陣勢。

三個號稱護士的小姐給我類似的回答：「我們不知道甚麼是推油，甚麼是特服，甚麼是冰火，我們有靜脈注射，肌肉注射，椎管注射，有的打麻藥，有的不打，但是都要消毒，棉籤沾絡合碘。你說說看，甚麼是推油？甚麼是冰火？甚麼是特服啊？」這些護士是護士學校剛畢業的吧，腮幫子上細細的金黃的乳毛還沒褪乾淨。老流氓孔建國在我上初中學《生理衛生》的時候，很權威地說過，這細黃的乳毛是處女的典型體徵，我學了八年醫，組織學生理學病理學皮膚科學都仔細研讀，分數九十以上，

還是無法判定孔建國的說法是科學還是迷信。我斷定，這裏不是不正規的按摩院，其實我也想不起來推油、冰火和特服是甚麼東西了。

如果這裏是正規的按摩院，我就能確定我所在的城市，過去忙得時空錯亂的時候，我都是通過機場和按摩院確定到了哪個城市。

我問護士小姐：「老白在嗎？小顏在嗎？」如果他們中的任何一個在，我就可以斷定是北京東大橋的寧康盲人按摩院。小顏認穴準，年輕，出手頻率快，從來不偷懶，即使我在按摩過程中昏死過去，手也不停，力度不減。我判斷好按摩師的標準，簡單兩條，第一，能不能迅速讓我放屁打嗝，第二，讓我昏死。小嚴能在十按之內，讓我放屁打嗝，能在十分鐘之內，讓我昏死過去。寧康盲人按摩院就兩間房兒，一個房間三張按摩床，必須爭取早放屁，晚放屁，你聞別人的屁，吃虧，早放屁，別人聞你的屁，賺了。屁氣衝出，身體飄浮在半空，腦子一昏，眼屎流下來。老白一頭白色頭皮屑，獨目，有氣力，一雙大肉手，一個大拇指就比我一個屁股大。我一米八的個頭，在老白巨大的肉手下，飛快融化，像膠泥，像水晶軟糖，像鋼水一樣流淌，迅速退回一點八釐米長短的胚胎狀態，蜷縮着，安靜着，耳朵一樣嬌小玲瓏。護士小姐説：「老白教授退休了，早上在北海公園五龍亭附近打四十八式太極拳，跳南美交際舞，唱『我

們唱起東方紅』。下午上老年大學，學顏真卿和工筆花鳥翎毛。小顏大夫出國了，美國，停薪留職，還是做心臟內科，導管介入，博士後，吃射線太多，流產三次了，最近生了一個傻子，也算美國公民，不清楚以後會不會回來或者甚麼時候回來。」一定不對，老白和小顏都是瞎子，都是保定盲人按摩學校畢業，學制三年，一年學習，兩年實習。

　　我接着問：「三零一號在嗎？或者三號在嗎？」如果三零一號在，就是南京的首佳按摩，如果三號在，就是深圳的大西洋桑拿。南京的三零一號體重至多八十斤，多次想義務獻血被婉言拒絕，但是手指上有千斤的力氣。我喜歡力氣大的，回國後兩年的諮詢生涯，一週九十個小時的工作，毀了我的一整條脊椎，頸椎痛，胸椎痛，腰椎痛，骶椎痛，尾椎痛，脊椎兩邊全是疙疙瘩瘩的肌肉勞損和肌肉鈣化，像是兩串鐵蠶豆，任何時候按上去，都是硬痛痠脹。火化之後，我這兩串鐵蠶豆會變成一粒粒精光內斂的舍利子。三零一號按斷過一個兩百斤大胖子的腰椎。三零一號告訴我，「這不怪我，靠，得了十幾年的椎骨結核，自己都不知道，椎骨都是酥的，豆腐渣。」深圳的三號是小說家的胚子，來自湘西，頭髮稀細，氣質接近少年沈從文和中年殘雪，視角、用詞和趣味都上路。第一次找三號，我面朝下平臥，過了半小時，三號說：「你有多高？到不到一米八？你的腿真好看，又細又長，是不是經常鍛煉，出很多汗？

汗出多了皮膚才能這麼光滑和緊湊，比我的大腿還光滑，關了燈，閃亮。切下來給我就好了。」接着又説：「不行，毛太多了，長筒絲襪都遮不住，會溢出來。」最後想了想説：「也行，可以刮啊。要是長得快，就索性忍痛拔掉，毛囊沒了，就再也不長了。」這三句話，沒有一句我能接得了下茬兒，我假裝睡死了，白日飛升。我房間裏的護士小姐説：「三零一醫院在五棵松，不在東單這裏。三號是甚麼意思我不知道。我們這裏叫名字或者叫同志。」

我沒招兒了。我不着急，我在哪個城市，我會慢慢搞清楚。

我仰面躺在床上，床單是白的，乾淨的消毒水味兒，我的脖子、肩、背、腰和尾椎一點也不痛了，連寰樞關節和腰三橫突附近都不痛了，我躺了多久啊？平時，這些地方，手任何時候按上去，都是劇痛。早我一年進入諮詢公司的吳胖子，得了腰椎間盤突出，厲害的時候，面朝上平躺在地板上，雙手舉着幻燈文件草稿看，看得歡喜，覺得邏輯通透，數據支持堅實，身體還扭動幾下，彷彿舉着的不是一份兩百頁的幻燈文件草稿而是一個十幾歲百來斤的黃花姑娘。在腰痛不太厲害的時候，他忍痛和他老婆整出一個胖兒子。兒子出生就有十斤，吳胖子説，現在有幾十斤了。回家和兒子玩兒，他面朝下平臥，兒子在他背上踩來踩去，整個小腳丫踩上去，大小和力度彷彿一個成年人的大拇指。想像着這個場景，我的口水流下來。我也去

弄個姑娘，我也面朝上平躺，我也像舉起幻燈文件草稿一樣舉起這個姑娘，也這樣忍痛整個兒子出來，十一斤，比吳胖子的兒子多一斤，我想兒子給我踩背。

我仰面躺在床上，天花板上一圈輕鋼軌道，掛輸液瓶子用的。估計我已經很穩定地變成了傻子，昨天剛進醫院的時候輕鋼軌道上掛了一圈十幾個瓶子，現在就剩一個了。瓶子裏紅色澄清液體，不知道是甚麼。

上《神經病學》的時候，一個成名很早的少壯女神經病教授當眾問我，「腦溢血恢復期的病人，可以用甚麼藥。」

「不知道。腦溢血恢復期又要防止再次出血，又要防止血栓。不好弄。」我記得我是這麼説的。

「看看這個病人在用甚麼藥？想想祖國的偉大醫學。」女神經病教授指了指病房裏一個病人。那個病人仰面躺在床上，一臉的老年斑，綠豆大小或是蠶豆大小，一臉討好的微笑，看完女神經科教授，看我。天花板上一圈輕鋼軌道，軌道上掛着一個瓶子，紅色澄清液體。

「不知道，我沒有學好。」

「想一下，藥是甚麼顏色的？」

「紅的。」

「我國傳統醫學，最著名的藥是甚麼？」

「六味地黃丸，補腎，主治耳鳴，腿軟。三四十歲的中年人

吃，有百益而無一害。」

「讓我問得更具體一點，我國傳統醫學，最著名的藥材是甚麼？」

「人參。」

「那你說，腦溢血恢復期的病人，可以用甚麼藥？」女神經科教授站在我面前，眼睛裏充滿了興奮的光芒。

這種繡球我總是接不住。小學的時候，我大聲反覆背誦一首叫「鋤禾日當午」的唐詩，我爸問我唐朝之後是甚麼朝代，我答不出來。我媽一步躥到門外，拿進一個大墩布，從門背後衣帽鉤上拿了一個帽子，頂在墩布的木棍上。我媽站在我面前，眼睛裏充滿了興奮的光芒：「木頭上戴個帽子，是甚麼字？」我不知道，我問，晚上咱家吃菜肉包子有沒有小米粥喝啊？

「紅參。」我對神經病女教授說。

「紅在古代漢語裏叫甚麼？」

「也叫紅啊。明朝就有紅丸案。女人做針線叫女紅。生了女兒，藏了一罐子酒，等她破身的時候喝，叫女兒紅。」我說。

「丹參，記住，同學們，記住，丹參，丹參。醫大的同學們，少唸些英文，少背些單詞，甚麼新東方、托福、GRE，不會死人的，不會影響你們去美國的。多看看醫書！即使去了美國，也要靠本事吃飯的。我們當初鬧文化大革命，插隊到內蒙古，甚麼書都沒有，沒有《新東方單詞》，沒有小說，沒有《收穫》

雜誌，屁也沒有。我行李裏只帶了一本《神經病學》，我甚麼時候都看，想家的時候，想北京的時候，想哭的時候，都看。五年中，我看了十八遍，都背下來了，都神經了，不信你們可以考我，顱腦底部所有直徑大於兩毫米的孔兒，我都知道通過的是甚麼神經和血管。你們生在好時候，要學會下死功夫。聰明人加上死功夫，就是人上人了。不信，大內科的王教授，文革的時候甚麼書都沒有，插隊只帶了一本《內科學》，看了九遍，四人幫一倒台，比王教授老的都動不了了，和他一撥兒的或者比他年輕一點的，都沒他有學問，王教授順理成章就是老大了，就是教授了。」女神經病教授說。

小紅告訴過我，她也不會接繡球。別人眼睛瞟她再久，她也不明白別人是甚麼意思，是問路，是要錢，還是要昨天內分泌課的課堂筆記。我說，對於你，這個簡單，以後別人再拿眼睛瞟你，如果是男的，眼睛裏全是想摸你的小手和鋪好白床單的床，如果是女的，眼睛裏全是嫉妒。

我成了腦溢血恢復期嗎？

沒有甚麼醫生來看我了，我頭頂天花板上已經只剩下一個吊瓶。有個小女大夫每天下午三點左右來到我的床前，她塗嘴唇，玫瑰紅，和她的兩坨腮紅很配，估計還沒有絕經，所以我認定她還不是女教授。她個子不高，她站着問我今天好不好，兩個茄子形狀的乳房同我的床面平齊，沒有下垂的跡象，白大

褂罩在外面，乳頭的輪廓看不到。陽光從西面的窗戶撒進來，再遠處的西面是紫禁城太和殿的金頂琉璃瓦。

「九十七加十六是多少？」小女大夫笑瞇瞇地問我，她每次都問我同樣的問題。她笑的時候，眼睛變窄，鼻子撮皺起來，鼻子上方的皮膚擠出四五條細細的褶子，那張臉是她身上第三個像茄子的地方，比那兩個像茄子的左右乳房還要小一些。

我不知道。她每天都問同樣的問題，我還是不知道答案。我估計正確答案在一百左右，但是不確定。

我在數年前的某兩個星期中，每天都問小紅同樣的問題，「為甚麼不跟着我混，做我的相好？」小紅在那兩個星期裏總是說：「不知道，我不知道，秋水你丫別逼我。你給我出去，你眼睛別這樣看着我，我受不了。」小紅平靜的時候，我看她的眼睛，像是面對一面巨大而空洞的牆壁。她閉着眼睛胡亂搖頭的時候，我看她的乳房，她乳頭的輪廓，白大褂也遮不住，像是兩隻分得很開的大大的眼睛。

這樣細的腰，這樣巨大的乳房，我常替小紅擔心，會不會得乳腺囊腫、乳腺癌之類，或者腰肌勞損、腰椎間盤突出。《外科學》教過乳腺癌，得了很麻煩，如果是惡性的，不僅乳房，連附着的胸大肌都統統要切掉，還要做淋巴結清掃。胸大的，最嚴重的手術後遺症是走路不穩，後部太重，逛街經常一屁股坐在馬路上。

小紅反覆強調，她幾乎每三個月都去著名的乳腺外科大夫秦教授那裏，被秦教授著名的肉掌摸三分鐘，每次都沒有問題。秦教授的肉掌能分辨出是腫瘤組織還是一般腫塊，良性腫瘤還是惡性腫瘤，準確率比最好的機器還高。自從加里·卡斯帕羅夫下棋輸給深藍之後，在我的認知範圍內，秦教授定乳房腫瘤的肉掌和古玩城小崔斷古玉年代的肉眼就是人類能巇視機器捍衛人類尊嚴的唯一資本了。

　　我在數年前的某兩個星期中，不吃飯的時候就想念小紅的乳房，除了癌細胞，像小紅乳房細胞這樣的正常細胞也能如此迅速地不對稱生長啊，癌細胞的生長基礎在很大程度上一定和正常細胞的生長基礎類似。那時我在研究卵巢癌發生理論，後來我才知道，這個思想，在當時，世界領先。以此為基礎，我培養了很多細胞，殺了很多老鼠和兔子，做了一系列研究和論文，探討卵巢癌的發生，生長信息的傳遞網絡和異常，發現生生死死，永遠糾纏，彷彿愛恨情仇。在思路上，這種對於糾纏的認識，又領先了這個世界好久。在成果上，要是有美國的實驗設備和及時的試劑供應，也能領先這個世界好久。在《中華醫學》上發表文章之前，我問小紅，要不要也署上她的名字，她是這個偉大學術思想的起點，如果是在數學或是物理領域，就可以叫小紅定律。小紅說，她不是，她的乳房才是這個學術思想的起點，她的乳房沒有思想，沒有名字，它們是無辜的，

叫乳房定律不雅，不用署了。

「九十七加十六是多少？」小女大夫笑瞇瞇地問我。

「大夫，您覺得九十七加十六是多少？您問這個問題，是出自甚麼戰略考慮？這樣的戰略考慮有組織結構的基礎支持嗎？您的管理團隊裏，有足夠的負責具體運營的人才儲備來完成您這種戰略構想嗎？」

我對自己挺滿意，我要是真是個傻子，一定是個聰明的傻子。我在諮詢公司的導師 C. K. 教導我，語緩言遲，多問問題，少硬裝聰明搶答問題。「Asking questions is much more powerful than answering them. 問問題比回答問題更能顯示你的聰明伶俐。」亨利米勒説，糊塗的時候，肏。C. K. 說，糊塗的時候，問。C. K. 是個精瘦漢子，四十多歲，還沒有一點小肚子，一身腱子肉，肚子上八塊腹直肌的肌腹被橫行的肌腱分得清清楚楚，高爾夫球穩定在八十桿以下。他有一整套沒屁眼問題，是人就答不出來。比如，宇宙是怎麼產生的？物質是如何產生的？由無機物和有機物，又是如何繁衍出生命的？從普通的生命，如何突變出人這樣的怪物？人又是如何具有了思維？他還有不少通俗問題，好多頂尖的聰明人都回答不出來。比如他問香港某個十大傑出青年，香港街頭的小姑娘和深圳街頭的小姑娘比，有甚麼突出的特點？香港十大傑出青年答不出。「香港街頭的小姑娘比深圳街頭的小姑娘屁股大，平均大百分之十七。你知

道為甚麼呢？」香港十大傑出青年還是答不出。「因為香港街頭的小姑娘都是長期坐辦公室的，深圳街頭的小姑娘很多是在工廠站着做體力活的。」C. K. 教給我很多類似這樣行走江湖的秘技，即使現在我還記得。我老媽和 C. K. 和辛棄和孔丘和莊周和曾國藩的教育構成了我百分之九十的世界觀和人生觀，我老媽和司馬遷和劉義慶和毛姆構成了我百分之九十的文字師承。

「秋先生，請您好好想想，回答我的問題，九十七加十六是多少？」

小女大夫的頭髮高高盤起來，中間插了一個中華牌 2B 鉛筆，六棱形狀，深綠色的底子，墨綠色的竹子，鉛筆的一端削了，露出黃色的木頭和銀黑色的鉛芯。她的頭髮很好看，又黑又多，儘管盤得很緊，髮髻還是在地心引力的作用下顯出下垂的姿勢。她的頭髮是如何盤起來的啊？

我從來就沒搞明白別的女人如何盤起頭髮，如何盤得一絲不亂，讓男人的眼睛順着看過去，從鬢角看到腦後，再從腦後看到鬢角，心就亂起來。小紅的頭髮總是散下來，小紅説，別問她，她也不知道如何盤起來，如果我真感興趣，可以去問其他女的。高中的時候學立體幾何，北大的時候學結構化學，仁和醫學院學中耳室六個壁的結構，我晚上總做怪夢，夢裏全是空間，早上睜開眼彷彿剛坐完過山車，暈。考試能通過，基本是靠背典型習題。所以，我變成傻子之前都想像不出，女人的

頭髮是如何盤起來的，別說現在了，我放棄思考。

「大夫，你給我簽個名吧，我記不起來你叫甚麼名字了。現在傻了，記不起來了。」簽名要用筆，我想像着她抽出髮髻裏的中華 2B 鉛筆，盤起來的頭髮在一瞬間散開，像蘭花一樣綻放，然後在地心引力的作用下慢慢墜落，墜到盡頭再在反作用力下悠然彈起，如落花一般。其他動物也有好看的毛髮，不用香波，找個水塘，彎下腰伸出頭，涮涮，就能光彩油亮。公獅子看見母獅子的毛髮光彩油亮，會不會在不問姓名，不徵得同意的情況下，伸出爪子，從上到下，摸摸母獅子的毛髮？

「回答我的問題，九十七加十六是多少？」

「不知道，我不知道，大夫你丫別逼我。你給我出去，你眼睛別這樣看着我，我受不了。」我說。女大夫在她的本本上記錄了些甚麼，轉身摔門出去了，頭髮還是盤着，她知道我記不住她的名字，沒辦法投訴她。

我想念小紅。我傻了，她不會逼着我回答九十七加十六是多少。數年前的某兩個星期中，她說過，可以為我做一切，就是不能嫁給我。但是，我要是有一天殘了傻了，一定讓她知道，她就會來陪我，那時候，不管誰已經握着我的手，不管誰已經握着她的手，她都不管，她要握着我的手。我當時非常感動，但是不明白。如果我當時是個有老婆的貪官，我會更加感動，而且懂得。我半躺在床上，小紅燒肉如果握着我的手，我左側

身，我的頭枕着小紅燒肉的胸，兩個乳房如同兩堆爐火，方圓幾米的範圍內，暗無天日，溫暖如花房。小紅定律發生作用，腦神經細胞會呼呼呼地分裂，神經支持細胞會呼呼呼地分裂，腦血管壁細胞會呼呼呼地分裂，我的腦袋一定會好的，幾天之後就不傻了。

我想念小白，他後來水波不興地娶了小紅。小白說過，要是有一天我傻了，他就把他的外號讓給我，實至名歸。到那時候，他就搬來 SONY 的 PlayStation 教我玩兒，「電腦太麻煩了，你要是真傻了，就不會用了，教也教不會。」他說。小白還說過，要是有一天我傻了，他就把小紅讓給我，只有小白癡才能霸佔小紅燒肉，萬事兒都有個平衡，至道中庸，這是天理。到了中國兩年之後，小白開始看《幼學瓊林》。小白說，他會去做小紅的父母和他自己父母四個人的游說工作。小紅的思想工作就不用做了，她沒大主意，你、我還有辛荑同意就好了。

我想念辛荑，他說，我要是傻了，他就重新教我人生的道理。辛荑說，到了那個時候，他應該更理解人生了，教導我的東西，不帶一點贅肉，錄音整理之後，比《論語》更成體系。

還是傻了好，所有人都對你好，不用裝，就是傻。就像上小學的時候，得了病，家裏所有的好吃的都是你的，副食店裏所有的好吃的都是你的。

小紅燒肉從來不盤頭髮，老是散開來垂到肩膀。她腦袋太

大。「盤起頭髮來，一個辮子朝天，像李逵。你是不是喜歡腦袋小的姑娘，然後頭髮盤起來，顯得脖子特別長？」她説。

數年前，我在某兩個星期中，每天都問小紅同樣的問題，「為甚麼不跟着我混，做我的相好？」小紅每天都給我類似回答，「不知道，我不知道，秋水你丫別逼我。你給我出去，你眼睛別這樣看着我，我受不了。」

我想起來了，我離開小紅之前，對小紅説的是：「你借我昨天內分泌課的課堂筆記，我馬上就走。」

第三章
北方飯店，菜刀

　　我第一眼見到小白癡顧明，注意到他困惑而游離的眼神，就從心底喜歡上了他。漢族語言裏，男人之間不能用「愛」字，如果不顧這些規矩，我第一眼見到小白，就愛上了他。

　　小白個子不高，皮膚白，臉蛋最突出的地方，點點淺黃色的雀斑。方腦，平頭，頭髮不多，體毛濃重。可能是要發揮體毛的作用吧，最愛穿短褲。在北京，一條斜紋布大褲頭，從3月初供暖剛停，穿到11月底供暖開始。大腿下段和小腿上段之間，褲筒遮擋不住，襪子夠不到，常年迎風擋雨，廢退用進，體毛尤其濃重。從外面看，基本看不見黃白的皮肉。小白濃眉細眼，眼神時常游離，看天，看地，看街角走過來的穿裙子的姑娘，不看課堂裏的老師，不看和他說話的人。眼神裏總有一豆不確定的火苗在燒，太陽照耀，人頭攢動，火苗害怕，噗就滅了。小白的眼神讓我着迷，鬼火一團，那裏面有遺傳過來的生命、膽怯、懦弱、搖擺、無助、興奮、超脫、困惑、放棄，簡單地說，具備將被淘汰的物種的一切特質。

我從來不想像蒙娜麗莎的微笑，半男不女的，貼在燕雀樓門口的廣告牌子上，當天晚上就會被小混混們畫上鬍子。我偶爾琢磨小白的眼神，在這個氣勢洶洶、鬥志昂揚、奮發向上的時代裏，我在小白那兒，體會到困惑、無奈和溫暖，就憑這個眼神，我明白，我們是一夥的。

　　後來，1999 年的夏天，我開輛 88 年產的二點八升六缸 Buick Regal 車，在新澤西北部的二八七號高速公路上，暑期實習，上班下班。那個路段的高速路，草木濃密，山水清秀，路邊豎着警示牌，説小心鹿出沒。具體上班的地方叫 Franklin Lakes，大大小小的湖，好些是世家私有，外人的車開不進去，聽説湖邊長滿水仙，那些世家子弟彈累了鋼琴，光天化日下繞湖裸奔，陽具粗壯的，自己把自己的膝蓋打得紅腫熱痛。

　　在高速公路上，我沒看見過鹿出沒，我看見過鹿的屍體，摺在緊急停車帶上，比狗大，比驢小，血乾了，身上團團醬黑，毛皮枯黃。我常看見松鼠出沒，停在路當中，困惑地看着迎面而來的車輛。我的老別克車軋死過一隻，那隻松鼠有我見過的最困惑的眼神，很小地站立在我車前不遠的行車線內，下肢站立，上肢曲起，爪子至下齶水平，兩腮的鬍鬚炸開，全身靜止不動。那個松鼠被高速開來的汽車嚇呆了，那個眼神讓我想起小白。我看了眼左側的後視鏡，沒車，我快速左打輪，車入超車道，那隻松鼠也跟着躲閃進超車道。右輪子輕輕一顛，我甚

至沒有聽見吱的一聲，我知道，那隻松鼠一定在我的車軲轆下面被軋成鼠片了。太上忘情，如果更超脫一點，就不會走上這條路。最下不及情，如果再癡呆一點，就不會躲閃。小白和我就在中間，難免結局悲慘，被軋成鼠片。

小紅後來問我，小白從來沒有正眼看過她，為甚麼還會對她如此眷戀，死抓着不放？我沒有回答，我想，我要是小紅，如果一切可能，我會狂踩刹車，絕不把小白軋成鼠片。

我第一次見小白是 1993 年的秋天，我拎着三瓶燕京清爽啤酒和半斤鹽炒五香花生米去看他。教導處的小邵老師告訴我，有個留學生剛來，你去看望一下，介紹一下我們學習和生活的環境，讓他對我們的學校和祖國充滿信心。

我敲北方飯店二零四的門，小白開了門，我説：「我是秋水，我們會在一個班上課，我來找你喝啤酒，你以後有甚麼麻煩，可以找我商量。」

「哦。」小白只有一個杯子，杯子上畫着一隻大棕熊，「Winnie the Pooh。一個，只有一個杯子。」小白的漢語很慢，英文很快，英文的發音悠揚純正，聽上去彷彿美國之音。我想，牛屄啊。

我的英語是啞巴英語，我羨慕一切英文説得好的人。我從初中開始背字典，從高中開始看原文的狄更斯、勞倫斯、亨利米勒，看韓南英譯的《肉蒲團》，但是我開不了口。我害羞，

我恥於聽到我自己發出聲音的英文。為了不斷文氣，我讀原文小說的時候基本不查字典，我認識好些詞，但是我不知道如何發音。看《查泰萊夫人的情人》：「她完全沉浸在一種溫柔的喜悅中，像春天森林中的颯颯清風，迷濛地、歡快地從含苞待放的花蕾中飄出……」，當時生理衛生課還沒上，我不想查勞倫斯提及的那些英文指的都是哪些花，我想趕快看，那個守林漢子繼續對查泰萊夫人做了些甚麼？怎麼做的？為甚麼做？做了感覺如何？查泰萊夫人兩腿深處，除了清風朗月和《詩經》、《楚辭》裏面的各種花朵，還有甚麼結構？

　　「你用杯子，我直接用啤酒瓶子喝。」我說。小白也沒有啓子，我環視四周，有個朝南的窗戶，窗台是磚頭洋灰結構。我左手將啤酒瓶蓋墊着窗台沿兒，我右手鐵砂掌，瞬間發力，瓶蓋叮零落地，窗台沿兒只留下淺淺的痕跡，酒瓶子沒有一點啤酒濺出來。辛荑的開瓶絕技是用槽牙撬。後來科研實習，我和辛荑二選一，爭進婦科腫瘤試驗室，婦科大老陳教授因為見識過我的鐵砂掌開瓶絕技，挑了我：「秋水手狠，靈活，知道如何利用工具。辛荑就算了，養細胞基本不用槽牙。」辛荑去了藥理試驗室，試驗用狗用兔子，先把狗和兔子搞成高血壓，然後再用降壓藥，看生理改變。以後，辛荑咧嘴笑，露出他精壯閃亮的大白槽牙，我總仔細打量，懷疑他槽牙的縫兒裏，每天都藏着狗肉絲和兔子肉絲，心裏艷羨不盡。

「窗台會壞的。是不是需要賠償給學校？」小白喝了口我倒給他的燕京啤酒，沒乾杯，第一句話是擔心的詢問。

「你簽的合同上有不讓用窗台當酒瓶啓子這條嗎？」

「沒有。甚麼合同都沒簽。」

「你到了中國，到了北京，好些東西要學會湊合，尤其是最初幾個月，工具不齊，舉目無親，要有創造性。窗台可以當啓子，門框可以夾碎核桃，門檻可以當單槓。這個，常住宿舍的都會，辛黃和厚朴都是專家。還有，不管有規定說不讓幹甚麼或是讓幹甚麼，如果你想幹，先小規模幹幹，看看領導和群眾的反應，沒事兒，沒死太多人，再接着明目張膽地幹，中國就是這樣改革開放，一小步一小步走向富強和民主的。」

「哦。酒淡。」估計小白沒聽明白，又喝了一口，然後爬上床，站在靠牆的床沿上，繼續將一面美國國旗，用大頭釘固定到牆面上。

「嫌淡就多喝。」

「直還是不直？」小白牽着美國國旗，紅紅藍藍的，星星和條條，很有形式美。

「應該說平還是不平。你要是中文困難，我們可以說英文。」

「平還是不平？」

「平。」

小白的屋子裏，一床，一桌子，一書櫃，一對沙發，一個

獨立衛生間，一對小白帶來的大箱子，箱子上貼着英文的航班標記：CA986舊金山到北京。我坐在沙發裏，對着瓶子喝啤酒，小白爬上爬下，一邊從棕熊杯子裏喝酒，一邊收拾東西。

一些花花綠綠的外國書，基本都是醫書，基礎課和臨床的都有，《生理學》、《病理學》、《解剖圖譜》、《藥理學》、《希氏內科學》、《克氏外科學》之類，立在書架上，書名要人扭着脖子從側面才能看清。走近些，那些書散發出一股木頭的味道，和我們的書不一樣，我們的書散發出油墨的味道。

桌子上兩個相框，一大一小，兩片厚水晶玻璃夾住照片，下沿兒左右兩邊兩根細不鏽鋼支撐。我沒有相框。我女友有相框，照片是我們倆和她父母的合影，他們家三個胖子，我一個瘦子，我艷慕地笑着，彷彿希望我也有成為胖子的那一天。我女友的相框是塑料的，兩片薄塑料夾住照片，周圍塗金漆，框子上有凸起的四個字：美好回憶。小白的大相框裏，一男一女，男的戴眼鏡，高大，女的不戴眼鏡，矮小。背景是海水以及海邊乾淨的樓房，翠綠明黃，彷彿水果糖，乾淨得一看就知道是腐朽的資本主義。

「左邊的是我爸，右邊的是我媽。我爸原來也是仁和醫學院畢業的，我媽是彈鋼琴的。」小白說。

我後來知道，顧爸爸是仁和的傳奇，每門課都拿全年級最高分，不給其他任何人任何一次得第一的機會。和大內科王教

授一撥趕上鬧文化大革命，插隊到內蒙古，五年一眼書都沒看，王教授《內科學》看了九遍，四人幫一倒台，四處炫耀，在別人面前倒背如流，還是不敢在顧爸爸面前背書。八十年代初，顧爸爸覺得國內實在是欺負人，男的做醫生做一輩子做到吳階平好像也比不上開豐田皇冠車的司機爛仔，女的做醫生做一輩子做到林巧稚好像也比不上穿露陰毛旗袍的涉外酒店服務員。所以顧爸爸通過一個台灣教授的介紹去了紐約，到了肯尼迪機場，兜裏有二十塊美金。剛到美國，醫生當不成，還要吃飯，顧爸爸就當黑中醫郎中。買了一盒銀針，看了三天針灸書，八層報紙上扎了一天，自己胳膊上扎了一天，顧媽媽胳膊上扎了半天，然後就在紐約下城 Bowery 街附近的中國城開始扎別人的胳膊。三年後，《世界日報》上管顧爸爸叫神針顧，和包子劉、剃頭郭、大奶孫一個等級，店舖開到哪裏，哪裏就交通擁堵，雞飛狗跳，治安下降。到了小白長大，看正經東西一眼就犯睏，提到玩耍兩眼就發亮。顧爸爸覺得自己的種子沒問題，有問題的一定是土壤，美國沒有挫折教育，孩子不知道甚麼叫吃苦，沒得過感冒，如果早上爬起來上學唸書感到內心掙扎，法律規定需要請心理醫生。顧爸爸打包把小白押送回北京仁和，交到昔日同學王教授手裏，說，還是學醫容易養活人，要是比我資質差，看一遍記不住，就照着你的方法做，看九遍，要是根本就不看書，就大嘴巴抽他。王大教授說，一定。小白第一次拿針，

靜脈採血，像是拿着一把二斤沉一尺長的殺豬刀，要被採血的病人還是個老人民警察，刑訊時還多次犯過嚴刑逼供造成疑犯傷殘的錯誤，看見小白的眼神，說他聽見窗外有豬叫聽見門外北風吹，死活求周圍的護士再關嚴一點已經關緊的窗戶和門。

辛荑說，小白別緊張，很簡單的，靜脈採血就像玩剁刀，和小時候下完雨，在泥地上玩「剁刀切肥肉」一樣，把病人的胳膊想像成在濕土地上畫出的肥肉。小白說，他小時候沒玩兒過剁刀，他開過卡丁車，他去 Tango Woods 聽過露天音樂會貝多芬的《D 大調小提琴協奏曲》，去超市買肉也是切好凍好在冷凍區放好的。之後實習，小白也出了名，和甘妍一樣，被當住院醫的師兄師姐們重視。如果病人總無理要求見老教授和大專家，就把表情凝如斷山上半身如白板的甘妍帶過去冒充。如果病人總無理要求繼續治療，病好了還賴着病床不出院，浪費國家醫療資源，就把小白帶過來，告訴病人，顧大夫明天給你抽血，做骨髓穿刺和腰椎脊髓穿刺，還有血氣試驗，同時在病房裏大聲說：「顧大夫，你看看，咱們病房的局麻藥是不是剩得不多了。」小白比起顧爸爸，按我老媽的話說，就是黃鼠狼下耗子，一撥不如一撥，一輩不如一輩，都這樣。我的確不如我老媽，我不會說蒙古話，眼神裏沒有狼的影子，喝不動六十八度的套馬桿酒，喝多了也不會唱「藍藍的天上白雲飄，白雲下面馬兒跑，手舉鞭兒向四方，哪裏是我的家鄉」。我們教授也總這樣說，

他們五八級的不如解放前畢業的，八零級的不如他們五八級的，我們九零級的不如八零級的。另外一個例子是辛蕪。辛蕪說，他爺爺最棒，最像日本人，解放前在滿蒙上的日本軍校，從初中開始，連上八年，中文基本忘了，動輒看見太陽就以為是日本旗幟流下眼淚，最無恥的論調是漢唐以後的中國文化精髓都在日本，中國早就異化忘本了，早就沒有笑談生死縱情酒色的大漢豪情了。辛爸爸就差很多，日語水平連爺爺的腳跟都摸不上，但是留仁丹胡，染黃頭髮，網名小腰向日葵，在 MSN 上勉強能用日文聊天，還泡上過日本籍寡婦黑木純子。到了辛蕪，只對日本的毛片感興趣，甚麼都看，學生，小護士，白領麗人。男的和女的，男的和男的，女的和女的，男的和禽獸，女的和禽獸，一個男的和好幾個女的，一個女的和好幾個男的，好幾個男的和好幾個女的，等等。辛蕪說，你看看人家的性幻想能力，不會日文不怪我，小高中生，小護士，小白領幹不正經事兒的時候都不說日語，舌頭舔上嘴唇，舔下嘴唇，舔別人的嘴唇，一句正經話都不說，哼唧。日子久了，辛蕪向我訴苦，壞了，我腦子出毛病了，我現在看見醫院的護士總想起日本的毛片，護士帽子啊白大褂啊鞋子啊襪子啊在腦海裏瞬間就能不見了，然後就剩一個光屁股的護士，舌頭舔上嘴唇，舔下嘴唇，然後舔我的嘴唇。我想了想說，你這樣想，咱們醫院的護士都是革命同志，都是劉胡蘭的後代，都是烈士遺孤，不是日本帝國主

義者，看看管不管用。

　　總之，人類的遺傳史，就是一部退化史。從一個更廣闊的時空視角，孔丘説，堯舜禹的時代，是個異性戀的聖人和同性戀的藝術家遍地走的時代。五千年前的古人按現在的角度看就應該是半人半神，從道德品質和身體素質上看，和我們都不在一個水平上。小白、我、辛夷都是證明。

　　小白另外一個小些的相框裏，一個女孩兒，右手托腮，唇紅齒白地笑着，短頭髮，吹風機吹過。照片裏粉紅的柔光，顯得女孩兒的肉臉很圓潤，長得有點像關之琳。我想，美國是好啊，打在人臉上的光都不一樣。後來才知道，這種柔光照片，叫藝術照。後來，小紅認識了一個叫迷樓影棚的老闆，也去照了這種藝術照，説是在紙上留住青春，等有女兒了向她證明，媽媽比女兒好看，人類的遺傳史，就是一部退化史。一套十好幾張，黑白照片，泛黃的基調，小紅燒肉上了很重的妝，嘴顯得很小，眼神無主，手足無措，彷彿雛妓。小紅燒肉問我要不要挑一張走。最像雛妓的一張已經被她爸挑走了，最不像雛妓的一張被當時已經是她男朋友的小白挑走了。我説，不要。

　　「你女朋友？」我指着照片問小白。

　　「女的朋友。我媽的鋼琴學生，很小就和我一起練琴，她坐琴櫈的左邊，我坐琴櫈的右邊，也就是説，她坐我左邊，我坐她右邊。」

「不是女朋友，照片這麼擺着，別的姑娘看見，容易誤會，擋你的機會。」我女友見小白第一眼，知道了他爸爸的傳奇以及小白從美國來，對我説，班上個子矮的女生要倒霉了，要被騷擾了。我説，小白看上去挺老實的啊，個子不高，白白的，乖乖的。我女友説，你戴上眼鏡，看上去也挺老實的。

「這樣更好，我爸爸希望我努力學習，看九遍《內科學》，像王教授那樣，笨人下死功夫。」

「你中文不錯。」

「我上完小學才出國的。原來在和平街那邊，和音樂學院的一些子弟玩兒，我媽是音樂學院教鋼琴的。但是好久不説了，生硬。」小白説。

聽到鋼琴，我看看了我的手指。我的手指修長，小指和拇指之間的展距大於二十五釐米。小學老師開始不知道我五音缺三，跟我老媽講，讓他學鋼琴吧，否則浪費天才。我老媽説，我們家放了鋼琴，老鼠側着身子都進不去屋子了，鋼琴？我們廠長都沒見過。後來，我老媽給我買了一個口琴。但是我肚子不好，一吹口琴，吃到前幾天的口水，就鬧肚子，所以基本沒吹。我長大了之後，還是五音不全，還是對音樂充滿敬畏但是一竅不通，對能歌善舞的姑娘沒有任何抵抗力，在她們面前充滿自卑感。我無限羨慕那些精於口哨唱歌彈琴跳舞的優雅男生，趁熱兒吃碗滷煮火燒，坐在琴櫈前，打開鋼琴蓋兒，一首門德

爾松的小夜曲，地板立刻變成祥雲，姑娘立刻變成公主，手指產生的音符就是手指的延長，直截了當地解開公主靈魂的胸罩和底褲，集中於敏感點反覆撩撥。再後來，我姐姐生了個兒子，他繼承了我修長的手指。加州灣區的房子大，我姐姐要給我外甥買個鋼琴。我老媽說，還是買兩把菜刀吧，再買一塊案板，一手一把菜刀，也能敲打，也練手，剁豬肉，剁韭菜，實用，省錢。我外甥喊，我要菜刀，我要菜刀，我不要鋼琴。我姐姐惡狠狠看了我老媽一眼。

「這裏生活還算方便。」我開始介紹，「大華電影院北邊有個奧之光超市，吃喝拉撒的小東西都有，就在你住的這個酒店斜對面。穿的，去秀水市場，各種假名牌都有，便宜，偶爾還能找着真貨。來料加工，一百套的材料做出一百零二件，一百件按合同運到國外，剩兩件流入國內，來到秀水。這種真貨，辛荑和魏妍都會認，魏妍更會砍價錢，讓她陪你去，不吃虧。但是買完衣服，她會暗示你，請她吃法國大磨坊的麵包，秀水邊上就有一家店。東單街上也有很多小店，你喜歡可以逛。辛荑說，晚上七、八點鐘逛最好，白領姑娘們都下班了，手拉手逛街，一家店一家店地逛。但是你別像辛荑一樣，從正面盯着人家看太久，小心姑娘喊，臭流氓。那樣警察就會出來，你美國護照不及時亮出來，就可能被帶到派出所。你可以從背後看，按辛荑的話說，看頭髮，看肩膀，看屁股，看小腿，沒人管，

而且，背影好看的比前臉好看的女生多很多。住在醫院附近，兩點最好，一，暖和，病人怕冷，醫院暖氣燒得最早最足。二，吃的方便，總要給手術大夫預備吃的，食堂從早上六點到晚上十二點都有飯。醫科院基礎所的食堂，十點鐘有餛飩，豬肉大蔥，好吃。厚朴有私藏的紫菜和蝦皮，我們可以一起搶，放在餛飩湯裏。不要怕他叫，杜仲的嗓子比厚朴大多了。厚朴要叫，杜仲會喊，厚朴，你吵甚麼吵，再吵打死你。要玩兒，到我們宿舍來，基礎所六樓，你要快點學會麻將。九號院可以打網球，仁和醫院的各個天井裏都可以打羽毛球。」

「聽你說，辛荑應該是個壞人？」小白問。

「辛荑是個好人。」我回答。

啤酒走腎，我去小白房裏的洗手間。媽的，小白的洗手間可真大，足有十幾平方米，可以橫着尿、豎着尿、轉一圈然後接着尿。我看着尿液濺出一層厚厚的泡沫，比啤酒的泡沫還厚，我想，啤酒是為甚麼啊，進入身體又出去？

我是倒尿盆長大的。我們整個兒一個胡同的一百多人，共用一個十平方米的廁所。我做飯糊鍋，洗碗碎碟子，掃地留灰。我老媽說，尿盆總會倒吧？倒不乾淨，留着明天再倒。從此，倒尿盆成了我唯一的責任。我端着五升裝的尿盆，尿盆是搪瓷的，外壁上印三條巨大的金魚，蓋上印一朵莫名其妙的蓮花。我穿過巨大的雜院，我躲過自行車，我閃開追逐打鬧的小孩兒，

我疾走到胡同口，我看到廁所附近被屎尿滋潤的草木茁壯成長，我掀開尿盆蓋，我看見廁所牆上粉筆重彩二十四個字「天冷地面結冰，大小便要入坑，防止地滑摔倒，講衛生又文明」，我將尿液急速而穩定地傾倒進大便池，我盡量不濺到旁邊蹲着看昨天《北京晚報》、堅持不懈、默默大便的劉大爺，我退出身兒來，我長吸一口氣。所有活動，我都在一口氣內完成，從小到大，我其實並不知道尿盆的味兒。後來，我發現我肺活量極大，四千五百毫升，長跑耐力好，三千米從來不覺得憋氣。我還發現我嗅覺不靈敏，和公共廁所比較，每個姑娘在我的鼻子裏都是香香的。這些都是從小倒尿盆的好處。

在小白十幾平方米的洗手間裏，沒有發現拿着《北京晚報》的大爺，我自由自在地小便，然後不慌不忙把小弟弟收進褲襠。我想起在廁所裏看《北京晚報》的劉大爺，他總是堅持看完一整張報紙，撕下他認為文氣盎然可喜應該保留或者給小孫子們看的好文章，我學着辛夷歸納總結了一下，我和小白最大的區別，就是五升裝尿盆和十平方米洗手間的區別。

第四章
信陽陸軍學院，第一眼

　　後來，小紅告訴我，她在信陽陸軍學院第一眼見到我，注意到我困惑而游離的眼神，就從心底喜歡上了我。

　　我沒見過自己的眼神。對着樓道裏的更衣鏡，我看見的總是一個事兒事兒的反革命裝屍犯（王大師兄為定義我而鑄造的詞彙）。我更無法想像，六、七年前在信陽陸軍學院，我的眼神是甚麼樣子的。

　　「我眼神是不是賊兮兮的？」後來，在我和小紅燒肉在一起的唯一的兩個星期裏，我仰望着由於粉塵污染而呈現暗豬血色的北京夜空，問懷裏的她。

　　「不是。很黑，很靈活，毫無顧忌，四處犯壞的樣子。隔着眼鏡，光還是冒出來。」小紅燒肉香在我懷裏，閉着眼睛說，豬血色的天空下，她是粉紅色的。她的頭髮蹭着我的右下頷骨和喉結，我聞見她的頭髮香、奶香和肉香。我癢癢，但是兩隻手都被用來抱着她，我忍住不撓。

　　「你喜歡我甚麼啊？」我問小紅燒肉。王大師兄說過，這種

事屄問題，只有理科生才問。他也問過成為了他老婆的他們班的班花，班花罵他，沒情調，沒品味，沒文化。可是我想知道，一個沒有經過特殊訓練的姑娘，如何從幾百個同樣穿綠軍裝剃小平頭配一條陰莖兩個睾丸三千根腿毛的男生中間，一眼挑出那個將來要她傷心淚流日夜惦記的混蛋。沒有沒有原因的愛，沒有沒有原因的恨，學理的需要知道論證的基礎，沒有基礎，心裏不踏實。

「眼神壞壞的，說話很重的北京腔，人又黑又瘦。當時的你，比現在可愛，現在比將來可愛。聽說過嗎，好好學習，天天向下？說的就是你的一生。當時那個樣子，才能讓人從心底裏喜歡，我現在是拿現在的你充數，試圖追憶起對當時那個北京黑瘦壞孩子的感覺，知道不？所以，你是條爛黃花魚。」小紅繼續香在我懷裏，閉着眼睛說。天更紅了，人彷彿是在火星。

「那叫濫竽充數，不是爛黃花魚。」

「我從小不讀書，我眼睛不好，我媽不讓我讀書，說有些知識就好了，千萬不要有文化。有知識，就有飯吃，有了文化，就有了煩惱。爛黃花魚比濫竽好玩。」

「從心底裏喜歡是種怎麼樣的喜歡啊？」我問。

「就是有事兒沒事兒就想看見你，聽見你的聲音，握着你的手。就是你做甚麼都好，怎麼做都是好。就是想起別人正看着你，聽你聊天，握着你的手，就心裏難受，就想一刀剁了那個人，

一刀剁了你。就是這種感覺，聽明白了吧？好好抱着我，哪兒來那麼多問題？你這麼問，就說明你沒有過這種感覺，至少是對我沒有過這種感覺。」

「我有。我只是想印證，我們在這個問題上的感覺像不像。」我說。

我剛考上大學，去信陽軍訓的那年，一米八一，一百零六斤。夏天在院子裏，知了扯着嗓子拉長聲叫喚，我光了上身沖涼，順便在自己的肋骨上搓洗換下來的襪子和褲頭，順便晾在棗樹樹枝兒上。當時 ELLE 雜誌上說，有個從非洲逃出來的世界級名模，也是一米八一，一百零六斤。雜誌上沒提，那個姑娘胸有多大，我無從比較。我想，一米八一，一百零六斤，胸能有多大？我一口氣能做三十個雙槓挺身，胸肌發達，要是名模的乳房不比我胸肌大許多，我也可以號稱名模身材了。

因為仁和醫學院的預科要和北大生物系的一起上，所以，我們要和北大一起軍訓。我問我老媽。「為甚麼北大和復旦要去軍訓啊？」

「因為去年夏天那場暴亂。」我老媽說。

「那跟我沒關係啊，我當時才上高二。」

在這件事兒上，我當時簡直是模範。89 年 5 月底的一個下午，全學校的狗屁孩子都被校門外的大學生隊伍招呼到街上去了，男女雜處浩浩蕩蕩昂首挺胸急切地衝向天安門，彷彿在天

黑前趕到就會被寫入幾百年後編撰的《中華人民共和國通史》。我怕走長路，而且天也陰了，悶悶的，蝙蝠和燕子低飛，要下雨。要是去天安門，身上沒帶傢伙，劉京偉怕被白虎莊中學的仇家圍起來打，張國棟下了學要去找他女朋友看一個叫《霹靂舞》的電影（除了張國棟自己，沒人認為那個女孩兒是他女朋友，包括女孩兒自己），我說，傻屄呀，馬上要下雨了，桑保疆說，那好，咱們打牌吧，三扣一，不賭脫衣服了，劉京偉，你長得跟牲口似的，看了會做噩夢的，看了你的玩意兒我都不好意思拿出自己的玩意兒撒尿哦。秋水，你長得跟手風琴似的，沒甚麼可看的。咱們賭真錢，人民幣，但是衣服可以換成錢，不論大小，一件當五毛。生物課老師夾着講義來上課，教室裏只有我們四個人。我們圍坐兩張課桌對拼成的牌桌，我和劉京偉平平，張國棟輸了，桑保疆贏大了，桑保疆正吵吵，再贏下去，張國棟就有藉口當掉褲頭，光着屁股見他的姑娘了。生物課老師說，你們為甚麼打牌啊？我說，其他人都去遊行了。生物課老師說，別人遊行，你們也不要打牌啊？我說，那，我們也遊行去？桑保疆說，那，我們不打牌了，我們打麻將吧。張國棟說，那，老師您上課吧。劉京偉說，你愣着幹甚麼，快講課啊，課本翻到多少頁啊，女的和桑保疆到底有甚麼不同啊。生物課老師沒說話，放下生物進化時間表的教學掛圖，湊過來看我們打牌。窗外，黑雲就掛在楊樹梢兒上，街上亂糟糟的人群以更

快的速度向天安門廣場移動，彷彿天安門廣場有避雨的地方。我瞄了一眼，那張生物進化時間表上是這樣描述的：「四十五億年前，地球形成。十五億年前，出現最古老的真核細胞生物。一百萬年前，新生代，人類繁盛。」街上忽然一陣風，雨點忽然砸下來，濺起地上的塵土。

「沒關係也是有關係。知道不，人民的政權，就是有權對人民做一切事情，人民就是自己人，自己人必須聽安排，自己人怎麼都好安排。」我老媽說。

「哦。但是為甚麼只選我們和復旦兩所學校啊？不公平。」我的理科生天性改不了。

「人民的政權講究組織決定，強制執行，公平不公平取決於你看問題的角度。只有你們這兩所大學享受這麼好的教學設施，國家財政撥款和國家給的名氣，公平嗎？我沒遇見你爸的時候比你現在聰明多了，但是舊社會沒有給我上學的權利，公平嗎？要是我上了大學，我能當部長，比你還牛屄。」我老媽被我長期的提問訓練出來了，基本能應付自如。

「那，一年軍訓有用嗎？一年之後，腦子就明白了，不上街了？如果這是標準，我現在就不上街了。」

「再給你講一條，最後一條，人民的政權講究先做再看效果，效果不好，不是組織的決定做錯了，是沒有做好。組織決定要做的事情都是正確的，即使有失誤，也是正確的，也是前

進中的問題，以後調整一下就好了。」

「你為甚麼讓我學醫啊？」

「養兒防老。我本來想生四個孩子，一個當售貨員，一個當司機，一個當醫生，一個當廠長。這樣，生活不愁。你姐姐當售貨員，不用油票和糧票，不用排隊，也能買到花生油和糧食。你哥當司機，你當大夫，我和你爸有了病，你哥就開車接了我們，到你的醫院去看病，不用擠，不用掛號，不用花錢。你的弟弟當廠長，廠長有權分房子。結果只生了你們三個，而且你哥和你姐都沒有出息，不上進，不聽組織決定，不按照我給他們設計的軌跡成長。就剩你了，你當然要當醫生。」

「生四個最好了，可以不拉別人家的小孩兒也能湊夠一桌打牌了。我哥不當司機，你也有車坐啊，他買了一個車。我不當醫生，我將來開個醫院給你住，給我爸住，進甚麼科，你們隨便挑。」

「小王八羔子，你咒我們得病啊，沒良心的東西。你不當醫生，你幹甚麼去啊？」

「哦。」這個問題問住了我。我從來不知道我該幹甚麼。我，劉京偉，張國棟，桑保疆都不知道自己該幹甚麼。劉京偉喜歡牛屄和打架，張國棟熱愛婦女。我知道我一定不能學的專業，比如中文，那還用學啊，不就是把中國字從左邊碼到右邊，切吧切吧，搓搓，長短不一，跟你老媽唱唱反調，跟你單位領導

唱唱反調，跟街上賣的報紙雜誌唱唱反調，就是小說。我還知道我學不會的，比如數學，我真不會啊。我吃了一根冰棍，我又吃了一根冰棍，我一共吃了兩根冰棍，這種邏輯我懂。但是1＋1＝2，我就不能從心底認同。桑保疆更慘，他的邏輯是，我吃了一根冰棍，我又吃了一根冰棍，我吃了一頓冰棍，爽啊。高考過後，桑保疆苦着臉找到我說，他蒙對了好幾道大題，考過了重點線。我說，好啊，恭喜啊。桑保疆說，好你媽，分數太低，報的重點學校都沒考上，被分配到了南開大學數學系，陳省身是名譽主任，系裏的介紹材料說，這個系是培養數學大師的。我從來沒有樂得那麼開心過，惡有惡報，天理昭昭。

「當醫生好，沒誰的飯吃，只要還有人，就有醫生這個職業，就有醫生的飯吃。」我老媽接着說。後來，我發現，我老媽把她遇事探最底線的毛病一點不剩都傳給了我。我坐到麻將桌上，就做好準備，把兜裏的錢都輸光。我在東單大街上看見從垃圾筒裏掏出半張烙餅就往牙裏塞掏出半罐可樂就往嘴裏灌的大爺，就琢磨，我會不會有一天也淪落到這個地步，然後想，果真如此，我要用甚麼步驟重出江湖？

「那幹嗎要上仁和醫大啊？還有那麼多其他醫學院呢？」我問。

「廢話，哪兒那麼多廢話。這還用說嗎，你上學，國家出錢，仁和八年一貫制，你讀得越多，賺的越多，出來給博士。而且，

學得越長，説明本事越大，就像價錢越貴，東西越好一樣。傻啊，兒子。」

總之，我上了仁和，跟着北大理科生在信陽陸軍學院軍訓一年，這一年軍訓救了我，我從一百零六斤吃到一百四十斤，從一個三年不窺園的董仲舒，鍛煉成為一個會打三種槍，會利用牆角和窗戶射擊，會指揮巷戰，服從命令愛護兄弟的預備役軍官。

在信陽陸軍學院，我第一眼看到小紅的時候，她和其他所有女生一樣，早飯吃兩個大饅頭，穿鍍金塑料扣子的綠軍裝，遮住全部身材，剪劉胡蘭一樣的齊耳短髮，露出一張大臉，臉上像剛出鍋的白麵大壽桃一樣，白裏透紅，熱氣騰騰，沒有一點點褶子。第一眼，我不知道小紅的奶大不大，腰窄不窄，喜不喜歡我拉着她的手，聽我胡説八道。小紅對這一點耿耿於懷，她説她會記恨我一輩子。

後來，那兩個星期，小紅燒肉對我説：「你不是對我一見鍾情，不是第一眼見到我就從心底喜歡上了我，這樣對我不公平，你永遠都欠我的，這樣我們就不是絕配，既然不是絕配，和誰配也就無所謂了。」

「你為甚麼對這個這麼在意？我和你上床的時候，已經不是處男了，我和你上床的那段時間裏，也和其他人上床，這些你都不在意？」

「不在意，那些不重要，那些都有無可奈何或者無可無不可。但是，你不是看我第一眼就喜歡上我的，這個不可以原諒。」

「我有過第一眼就喜歡上了的姑娘，那個姑娘也在第一眼就喜歡上了我，那時候，我除了看毛片自摸、晚上夢見女特務濕褲襠之外，還真是處男，那個姑娘家教好，不看毛片，不自摸，夢裏基本不濕，那時候一定還是處女，但是那又怎麼樣？你是學理的，假設是可以被推翻的，時間是可以讓化學物質產生反應、然後讓反應停止的，變化是永恆的。現在，那個姑娘抱着別人的腰，現在，我抱着你。事情的關鍵是，我現在喜歡你，現在。」

「我知道那個姑娘是誰，我嫉妒她，每一分鐘，每一秒。秋水，你知道嗎，心裏有一個部份，是永遠不能改變的。」

「你第一眼見辛荑是甚麼感覺？是不是也立刻喜歡上了他？那時候，他也是眼神壞壞的，說話很重的北京腔，人又黑又瘦。不要看他現在，現在是胖了些，可軍訓那時候很瘦的。」

「我對他沒有感覺，沒有感覺就是沒有感覺，和其他事情沒有關係，也沒有道理。我知道那個姑娘是誰，給我把剪刀，我剪碎了她，每一分鐘，每一秒。」

我說，你汪國真讀多了吧？腦袋吃腫了吧？我們去吃四川火鍋吧？我們去水錐子人民日報社附近的一家小店，山城辣妹

子火鍋，小紅對老闆說，鍋底加麻加辣，啤酒要冰的。小紅一人喝了三瓶啤酒，給我剝了兩隻蝦，夾了四次菜。吃到最後，小紅對我說，她從上嘴唇到尾巴骨都是熱辣辣的。我說，吃完到我的實驗室去吧，冰箱裏有半瓶七十度的醫用酒精，加冰塊喝，加百分之五的冰鎮葡萄糖溶液喝，讓你從上嘴唇到尾巴骨都是熱辣辣的。小紅說，不用麻辣燙，不用七十度的醫用酒精，她的奶大腰窄嘴小，她自己就能讓我從上嘴唇邊邊到尾巴骨尖尖都是熱辣辣的。

　　我第一眼看到小紅燒肉的時候，我剛到信陽。接待我們的教導員是個有屎硬幽默的人，他說信陽是個光輝的城市，除了灰，甚麼都沒有。

　　我們都住進了一樣的營房，睡一樣的鐵床，用一樣的被褥，坐一樣的四腿無靠背椅子，剃了一樣的平頭。發給我們每個人兩套夏常服，兩套冬常服，一套作訓服，一件軍大衣，一件膠皮雨衣，一頂硬殼帽，一頂便帽，一頂棉帽，一雙皮鞋，一雙拖鞋，兩雙膠鞋，一套棉衣，一套絨衣，兩件襯衫，兩條秋褲，四件圓領衫，四條內褲，兩雙襪子，一個軍綠書包，一個小櫈子，兩個本子，一本信紙，一個鉛筆盒，四支鉛筆，一支圓珠筆，一塊橡皮，一個尺子，十個衣架，四個木質小夾子，一個飯盆，一雙筷子，一個臉盆，一塊手巾，一塊肥皂，一個水杯，一個漱口杯，一支牙刷，一管牙膏，一包手紙。除了陽具都發了，

所有人都是一個牌子，一定數量，沒有差別。

　　厚朴説，這可不行，所有人都一樣，東西很容易丟。厚朴先記下物品上本來的編號：小橙子，24-092號。飯盆，296號。水杯，421。沒有編號的物品，厚朴用自己帶的記號筆，在所有發給他的東西上寫下他的名字：厚朴。實在沒地方寫下中文的地方，比如那四個木質小夾子，厚朴就寫下他的漢語拼音縮寫：hp。後來，我們的細小東西都丟光了，只有厚朴的配置還全，我們拿厚朴的東西來用，從來不徵求同意，從來不還，厚朴就在整個營房到處扒看，連廁所也不放過，尋找帶自己名字的物品：厚朴或hp。再後來，厚朴感覺到名字品牌的重要性和互聯網的巨大潛能，1996年1月晚上七點多，用北京高能物理所的電腦，試圖註冊www.hp.com，發現被惠普公司早他十年註冊掉了，後悔不已，認定失去了一生中唯一一次不勞而獲的機會。那天晚上，厚朴在後悔之後，註冊了www.hpsucks.com和www.hpshabi.com，幻想着惠普公司的人哪天拎着一麻袋鈔票來和他理論。

　　黃芪説，這可不行，所有人都一樣，人很容易傻的。負責剃頭的是炊事李班長，李班長從當小兵開始就負責殺魚刮魚鱗，殺雞拔雞毛，殺豬去豬毛，所以剃頭技術好。黃芪求炊事李班長，頭髮少剪些或者索性剪再短些，哪怕剪光禿，「至少有些不一樣嘛。」炊事李班長説，休想，都是平頭，推子沿着梳子

推過去，梳子有多厚，頭髮就剩多長，太長是流氓，太短也是流氓，黃芪，你再嚷嚷，把你睫毛也剪短，省得招惹是非。黃芪會畫畫會寫毛筆字，他在他穿的圓領衫前面寫了六個篆字：恨古人不見我，在圓領衫後面仿蔡志忠，畫了一個老子側臉像，然後在營房裏走來走去。

　　辛荑知道我是北京來的，知道我原來的中學是有名的流氓出沒的地方，就小聲跟我說，這可不行，沒發香煙，也沒發套子。我當時就覺得辛荑在裝壞，看上去油頭粉面的，像個老實孩子，而且還是四中的。我說，不好意思，我不抽煙，也沒用過套子，香煙可以到軍人服務社買，甚麼地方有套子賣，就不知道了。八個人一個房間，女生都褪了毛，孔雀成了土雞，要套子又有甚麼用啊？戴在手指上防凍瘡嗎？辛荑說，自摸也要戴套子啊，衛生。我說，是嗎，第一次聽說，你實在需要就拿棉線手套改吧。

　　後來發現，每天睡十個小時覺兒，吃一斤半糧食，不吃肉，不吃蔥蒜，不喝酒，不喝可樂，幹六個小時體力活兒，背一百個英文單詞，周圍看不到雌獸的毛髮嫩滑，沒有裙子和細長的小腿和尼姑，鋪底下不藏《閣樓》和《龍虎豹》和觀音造像，方圓幾里沒有貓和貓叫和青蛙和蛙叫，時間長了，我們也沒用套子的慾望了。每天就是早起晨僵那五分鐘，才感覺到小弟弟硬硬地還在，然後馬上跑三千米練隊列，冷風吹，十分鐘後，小弟弟就縮進殼裏了。辛荑瞎操心。

剃完頭，我們大致安頓了行李，統一穿了夏常服，和白楊一起，一排排站在操場上，夕陽下，紅閃閃綠油油的一片，教導員站在隊伍前面，胖得很有威嚴，兩腮垂到下頜骨，頭從側面看，成直角梯形，底邊很長，下巴突出。頭頂基本禿了，僅存的幾縷被蓄得很長，從左鬢角出發，橫貫前額，再斜插腦後，最後髮梢幾乎繞了一圈，回到出發點。教導員在大喇叭裏用河南話喊：

　　「同學們！同志們！你們第一次來到軍營，歡迎你們！」

　　我們鼓掌。

　　「同學們！同志們！我們大隊，來自二十六個省市，一百一十九個縣，我的辦公室有張空白全國地圖，我把你們的家鄉全用大頭針標出來了！」

　　我們鼓掌。

　　「同學們！同志們！到了軍營，穿了軍裝，就是軍人！第一次，你們跟我喊個高音，『殺！』」

　　「殺！」我們齊聲喊。

　　「聲音不夠大！女生先喊，『殺！』」教導員的河南話，聽上去像在喊：傻。

　　「殺！」女生喊。

　　「好，男生喊，『殺！』」

　　「殺！」男生喊。

「男生比女生聲音還小！這裏是軍營。為了準備迎接你們，我們一個區隊長三週內接到三封電報，『母病重』，『母病危』，『母病死』，但是他一直堅持在軍營！他家就在信陽郊區，就在距離這裏三十公里之外！這是甚麼意志品質？大家一起喊，『殺！』」

「殺！」我們齊聲喊，楊樹葉子嘩嘩亂動，營房屋頂上的瓦片落地，我們的身體被自己的聲音震得一晃，我們被自己嚇着了。

「好！吃飯！明天起，吃飯前唱歌！」

從第一天起，黃芪就在筆記本的封底開始畫「正」字，他說，再熬三百零二天就回北京了。厚朴有時間就背英文單詞，他說，英文是通向知識寶庫的橋樑，是通向美國和歐洲的橋樑，而且是免費的，有心人，天不負，每天背一百個單詞，就好像在通向寶庫、美國和歐洲的征途上邁了一步。厚朴帶了三本英文字典，《遠東簡明英漢詞典》、《柯林斯字典》、《遠東大字典》，小中大成為系列，小的時刻放在他褲兜裏，大的放在桌子抽屜裏，不大不小的放在床頭。那本小三十二開本的《遠東簡明英漢詞典》永遠和厚朴在一起，類似六指兒、甲狀腺腫大和陰莖增生，是他身體的一部份。即使下雨，我們也要去練瞄準，靶場地大無邊，天大無邊，西瓜皮帽子一樣，扣在四野，一邊是青青黑的雞公山，一邊是疙瘩瘩的黃土地，我們披着膠皮雨衣，

趴在泥地裏，五四半自動步槍支在靶台上，左手托槍身，右手握扳機，右眼瞄準，右肩膀頂住槍托，雨點打在背上，水順着屁股溝流下來。厚朴找了根樹杈，戳在面前的地上，架住步槍槍托，自己攤開《遠東簡明英漢詞典》，不發聲地背誦，直到教官發現他的槍頭翹起，準星歪得離譜，掀開他的雨衣帽子，看明白了之後，一腳踢在他大屁股上，他的腦袋撞塌了靶台。日久天長，《遠東簡明英漢詞典》被厚朴摸搓得書頁油膩黑亮，他睡覺之前，字典攤在他兩腿之間，書脊和他的陰莖只隔着一層棉布內褲，他眼睛微微閉上，手指反覆撥弄書頁，嘴角嚅動。我的想像之眼看到厚朴慢慢爬上英文單詞搭造的橋樑，伸出他的肉手，摸向橋那邊的金髮美女和金條美元。

從第一天起，我的注意力就是吃。我們的伙食標準是一天兩塊四，陸軍學院的學員生是兩塊一，部隊生是一塊九。我們每天見豬肉影子，節假日加菜有狗肉和鱔魚。後來我發現，信陽其實是個不錯地方，不南不北，農副產品豐富，原來五七幹校就設在信陽，鱔魚和狗肉新鮮好吃。鱔魚是活殺的，小販有個條櫈，一根大釘子在一頭反釘出來，露出釘子尖兒，你買一斤，他當場伸左手從大臉盆裏拎出一條四處亂鑽的鱔魚，鞭子似的一甩，鱔魚的頭就釘到了釘子尖兒上，左手就勢一抻，鱔魚身子就順在條櫈櫈面上，右手揮舞利刀，剔內臟，去頭，兩秒鐘的功夫，左手上就是一長條剔好的鱔魚肉，三兩分鐘，就

是一斤新鮮鱔魚肉。我們沒有親眼見過殺狗，但是大冷天，狗肉扔在肉案子上，冒着熱騰騰的白氣兒。辛荑在軍訓結束後的那個暑假，眷戀信陽的狗肉，背了一隻扒了皮去了內臟的大肉狗，同他一起坐火車回北京。天氣出奇地熱，火車裏人太多，人肉胳膊擠人肉胳膊，錯開的時候拉出黏黏的細絲，再加上火車晚點，大肉狗終於臭不可耐了，被列車員強行在豐台站扔下了車，同時被扔下去的還有幾十隻德州扒雞。辛荑後來告訴我，他差點哭了，回到美術館，他肩膀上沒了狗肉，只有狗味，美術館的公狗都躲着他，母狗都想湊過來蹭蹭他。這是後話。每天早上，我吃兩個饅頭，中午吃兩個饅頭，晚上吃兩個饅頭，再努力吃碗麵條。早飯和晚飯後，我歪在橙子上泛胃酸，床不敢隨便躺，弄亂了太難整理。一碗麵條被強壓下去，在我的胃裏左衝右撞，蛇一樣探頭探腦，但是我的賁門緊閉，我的胃酸讓蛇的身體一圈圈變得瘦弱。在股股酸意中，我聽見麥苗在五百米外的田地裏展葉，聽見我的脂肪細胞正在分裂和變大，我的肌肉纖維在逐漸變粗。的確是要長肉了，吃得多，屎少。後來算了一下，一天平均長一兩肉啊，豬肉狗肉和鱔魚肉變成了我的人肉，我人生第一次體會到成就感。如果不是負責打飯的小值日，進入飯堂的時候都要唱歌，唱歌聲音不響，不能進飯堂。教導員說，飽吹餓唱，大家要重視唱歌，將來談女朋友，也是要用簡譜的。教導員說，女同志最常問的一個問題是，你

知道四項基本原則嗎？最常提出的請求是，你給我唱一支革命歌曲吧。厚朴不愛唱歌，厚朴喜歡到炊事班幫廚，他把豬肉切成大塊，裹了澱粉，用手揉啊揉，用手插啊插，或肥或瘦的生豬肉從他的手指縫隙間溢出來。幫廚的班負責分菜，可以挑肉。我坐在條櫈上等待厚朴走過來，每次看着厚朴端着魚肉高度集中的菜盆走向我們的桌子，我想，他臉上流淌的那種東西，就是政治課上講的幸福吧，將來如果厚朴當了官兒，一定是個貪官。

　　從第一天起，辛荑的注意力就在姑娘上。前三週，他說的最多的話是：「看不見女的，還不給肉吃。」辛荑給他所有認識的女生寫信，包括已經軍訓完畢回了北大的師姐。信中基本都是探討如何不虛度這八年的醫學院生活，以及畢業之後可能的出路和如何為之做出充份的準備等等。給每個女生的信的內容都差不多，辛荑常常一式抄寫七八份，偶爾裝錯信封。「反正沒有兒女私情，裝錯信封也沒甚麼。」辛荑說。他上廁所總要等窗口能望見女生練隊列的時候，每次小便總會超過十分鐘。他還從家帶來了一個天文望遠鏡，還帶一個三角架。他和教導員說，望遠鏡是看星星用的，信陽的灰都在地上，天空比北京清澈，沒有沙塵，晚上，銀河真的像河一樣，從天空的一頭流到天空的另一頭，留下銀色的軌跡，讓人覺得祖國真美好。辛荑到軍校的第二天就對我說，女的剃了短頭，真難看，問我，

女的哪個部份最令我興奮，腿，胸，還是手？我說，頭髮吧，頭髮黑的實在，頭髮直的溫柔。辛黃支起望遠鏡，拉開窗簾一角，對準對面的女生營房，說：「秋水，你過來看看，頭髮絲都能看得真真的，唯一的缺點是看到的是倒影，但是如果不看眉眼，只看乳房，正反都是一樣的。乳房最令我興奮，小紅的乳房最大，腰又細，那天她穿着背心兒，沒拉窗簾，大月亮似的。沒錯，一定是小紅，其他人沒有那麼大的月亮，那麼細的腰。」

後來，在我和小紅在一起唯一的兩個星期裏，小紅燒肉問我：「你不是看我第一眼就喜歡上我的，這個我知道，這個不可以原諒。但是，秋水，你是從甚麼時候開始從心底喜歡上我的？還是從來就沒有過？」

第五章
北大游泳池，燒紅成肉

後來，我向小紅坦白，直到回到北大一年以後的那個夏天，在游泳池看到小紅燒肉的眼睛和身體，我才從心底喜歡上了她。但是之後，這個事實永遠不能改變，我喜歡她，哪怕北京一月打雷三月沒黃沙七月飄雪花。那個時候，小白還在波士頓上大學，小紅和我都還不認識他。

北大收集了好些從專業隊退下來的運動員和教練員，在他們牛屄的年頭，他們的名字常常佔據報紙頭版上半截的位置。所以我們的體育課內容豐富，一年兩個學期，跑跳投足籃排乒乓球羽毛球隨便選兩項。因為有未名湖和游泳池，滑冰和游泳是必修，冬天滑冰，夏天游泳。

辛荑拉着我首先選了排球，他說排球秀氣，球是白的，沒有野蠻身體接觸，女生報名的多，而且多是身材修長梳馬尾辮子的。天氣熱些，太陽出來，未名湖邊的柳樹綠了，隨風搖擺，清秀高挑女生臉紅撲撲的，頭髮向後梳理，皮筋紮住，露出蔥白的額頭，在網前跳起來，馬尾辮子和乳房一齊飄揚，辮子飛

得比乳房還高，一個個伸出兩條蓮藕一樣的胳膊，傳球，墊球，皮球在白胳膊上打出紅印子，紅印子上面還有星星閃閃的砂土顆粒。

我又選了乒乓球，那是我強項，原來在先農壇北京體校練過兩個月正手攻球和正手弧圈球，一個從德國進口的自動送球機，一刻不停，從球台對面發出各種速度和角度的上旋球和下旋球，我的右胳膊腫了兩個星期，動作基本定了型，長大了想忘都忘不了，跟一旦學會了騎自行車、寫小說以及喜歡上小紅一樣，都屬於小腦負責的智慧，不用重物強擊和手術切除，刪不掉。有次市少年宮比賽，因為種子選手都喝了過多的免費假冒北冰洋汽水，同時鬧肚子，我得了一個小學男子組第三名，之後號稱半專業。體校老師說我腦子快，手狠，特別是對自己狠，練起來總把自己的身體當成是從別人那兒借來或者偷來的破自行車，毫不留情，說我有前途，好好練，為國爭光，上人民日報，出國比賽為自己家掙彩電。但是練了兩個月之後，我老媽沒收了我的月票，死活不讓我繼續練下去了，她出具的道理和十幾年後她不鼓勵我小外甥練鋼琴的道理一樣：「有病啊，練那沒用。沒用，懂不懂？爭光不如蒸饅頭。」

「但是我喜歡。」我拿着我老媽給的十塊錢，從白家莊一直騎到王府井利生體育用品商店，花了七塊二買了一隻友誼球拍，七二九號的膠皮，郗恩庭用的就是這種型號，直握球拍，

正手弧圈球兇狠。也有四塊八一隻的，這樣我就能剩下五塊二，五塊錢能買兩斤最好的三鮮餡餃子了，可以和劉京偉和張國棟一起吃一頓。但是我最後還是買了七塊二的友誼七二九。

「喜歡值幾個錢？耽誤時間，時間就是錢，時間是用來學習的，學好了，將來能生錢的。」當時已經改革開放了，深圳蛇口剛剛提出「時間就是金錢，效率就是生命」。

「不耽誤學習，那點功課我一會就明白了，而且打乒乓能換腦子。」

「腦子不用換，也沒人能換，去醫院，大夫都不能給你換。你記住，喜歡是暫時的，沒用。錢，學業，前途，才是永遠的。」

「你就知道學業、前途。」我把友誼七二九的拍子扔到鋪底下。

我老媽是把問題簡單化的大師，毛主席在，一個領袖一個聲音，共產主義理論清晰，我老媽就聽主席的話，跟黨走，夏天做西紅柿醬，冬天儲存大白菜。改革開放了，我老媽就立刻轉化世界觀，一切用錢衡量。我老媽說，歷朝歷代對事物都有一個最簡潔最完善的衡量標準，原始社會，用打來野獸和泡來姑娘的多少來衡量，男人把吃剩下的動物牙齒打個洞串起來掛在脖子上顯示牛屄，封建社會，用糧食和土地多少來衡量，打仗的時候，用槍，現在改革開放了，用人民幣。後來我在商學院學企業金融學，學到金融資本定價模型（CAPM），老師講，

股票市場不盡完善，但是沒有比它更完善的了，所以，我們只好假定股票市場是完善的，其他一切模型和理論，從這個假設出發。在商學院的課堂上，我想，我老媽真他媽的是天才。

我周圍幾個人有類似的經歷，辛莢的架子花臉和流行歌曲都有天賦，小時候是廁所歌王樓道歌王浴室歌王，長大之後在卡拉OK唱趙傳，音響再差，也常被服務小姐誤以為是加了原聲。黃芪說，他三歲就夢見鄧石如、張大千和齊白石，七歲筆墨被老媽藏起來，一直沒再練過，現在寫出的鋼筆小字還是有靈飛經的感覺。改革了，開放了，我們忽然有了方向了。除了前途，我們這撥人從來就沒有過任何其他東西。

我老媽對這個問題有無數的說法，反覆陳述，我可以輕鬆地把她的語錄寫成演講詞：「你們小兔崽子們知足吧，我們那時候甚麼都沒有，尤其是沒有前途。那時候，分配你的工作，你可以幹也可以不幹，不幹就甚麼也沒的幹了。分配你的房子，你可以要也可以不要，不要就得睡馬路了。分配你的老婆，你可以摸也可以不摸，不摸就只有自己摸自己了。去食堂吃飯，你可以吃也可以不吃，不吃就餓着。現在，你們這幫臭小子有了前途，就該好好抓住，像抓救命稻草一樣抓住，像抓小雞雞一樣抓住，抓住了，翅膀就長出來。沒有無限度的自由，不要想三想四。妄圖過多的自由，就是自絕於家庭，自絕於國家和人民，就是自掘墳墓。」

後來在電視裏轉播某屆世乒賽，我看到曾經和我在體校一起練的一個天津小夥子得了世界杯亞軍，我跟我老媽説，有獎盃和獎金的啊！金的啊！沉啊！錢啊！名啊！當年，在體校的時候，他正手弧圈球的穩定性還沒我好呢。我媽説，那是人家走狗屎運，你傻啊，你知道這種狗屎運的概率有多大嗎？辛薇和他的假日本爸爸説起王菲靠唱歌每年上千萬的進項，黃芪和他老媽説起范曾每平方尺五萬塊的潤格，他們從父母那裏得到的説法和我得到的基本類似：所謂前途，是條康莊大道，不是一扇窄門。走窄門的，基本是傻屄。

公共滑冰課是在未名湖上教的。和珅的石舫前面，平整出一大塊湖面，遠看彷彿一張青白的大扁臉。湖周圍柳樹的葉子都掉光了，乾禿的細枝兒彷彿幾天沒剃的鬍子，稀稀拉拉叉在湖面周邊。教滑冰的老師是個大黑扁臉的胖子，臉上全是褶子，褶子裏全是沒刮乾淨的鬍茬。他利用每個休息時間，從好些個不同角度，向我們證明，他曾經帥過。他像我們一樣年輕的時候，比我們二十幾個小夥子身體上最好的零部件拼在一起都帥，是那時候的師奶殺手，外號冰上小天鵝。他穿了白色比賽服在冰上滑過，彷彿涼席大小的白雪花漫天飛舞，中年婦女們的眼神像蝴蝶般在雪花中搖擺。辛薇説，別聽他胡吹，當黑臉胖子還是小混混的時候，穿白衣服的男的，只有兩種人，戴大殼帽子的是警察，不戴大殼帽子的是醫生，根本就沒有穿白衣服的

天鵝。

我們穿了黑色的跑刀冰鞋，先學兩隻腳在冰上站穩，再學一隻腳站在冰上，另一腳抬起懸空，再學用懸空的一腳側面施力踏冰面驅動身體，最後學扭脖子看後方轉彎和止動。教完這四個動作，黑臉胖子說，所有基本功都教給你們了，自己使勁兒滑去吧。好學的厚朴立刻如飢似渴地滑了出去，他說，他摔倒了再爬起來，摔倒了再爬起來，甚麼時候他的厚軍綠褲子摔得全濕透了，他就學會滑冰了。

厚朴對學習總是如飢似渴，他最開心的時候是他在瘋狂學習瘋狂進步，而我們其他人正在扯淡遛達虛度時光，他能同時體會到絕對成長和相對成長的雙重快樂。厚朴沒決定買甚麼之前，絕不進商場，尿液不強烈擠壓膀胱括約肌之前，絕不去洗手間，所有十二條內褲都是一個牌子一個顏色，穿的時候省去了挑選的時間。厚朴對每個實用項目都有類似滑冰的實用成功標準。比如厚朴增進單詞量的成功標準是，背五遍含詞彙五萬五千的梁實秋編訂的《遠東簡明英漢詞典》，直到把那本詞典翻到滑膩如十幾歲重慶姑娘大腿內側皮膚、污穢到背完詞典不洗手就吃東西一定鬧肚子。

厚朴第一次單獨滑冰的那個下午，他的褲子很快就在冰上摔得透濕，回宿舍扒開，四分之三的屁股都紫了，臉面朝下睡了一晚上。第二天我和辛荑架着他去校醫院，拍了 X 光，醫生

説，厚朴的屁股只是軟組織挫傷，過幾天瘀血散了，就沒事兒了，只是以後屁股就不會像原來那樣粉白了，不會影響性功能。從片子看，厚朴的尾椎骨裂了一道小縫，一條尾巴變成兩條尾巴了，要養一陣，但是也沒有甚麼特別的治療方法，肋骨骨折和尾骨骨折，只能等待自然癒合。

小紅原來就會滑冰，沒跟我們一起學。小紅燒肉穿了一件白色的外套，窄腿暗藍色牛仔褲，白色的花樣滑冰鞋，繞着和坤石舫前最大的圈，滑了一圈又一圈，偶爾還原地做個旋轉，從下蹲到直身，到雙手伸向天空，同時仰頭看天，彷彿渴望着甚麼，身體的半徑越來越小，轉速越來越快。我們不會滑的男生，在小紅燒肉冰刀反覆划出的湖面大圈裏，在冰面上前後左右拉開一米的距離，五人一排，排成四列，在黑臉教練的指導下，雙手背後，兩眼前看，一隻腳站在冰上，另一腳抬起懸空，一蹬再一蹬，抖一抖，彷彿二十隻公狗同時撇腿撒尿。

辛荑也已經會滑了，他家住在美術館北海後海附近，自古多水，每年夏天都淹死幾個游野泳的，每年冬天都摔折幾條滑野冰的大腿。辛荑原本想以專家的身份輔導不會滑的漂亮女生，摸姑娘戴手套和沒戴手套的手。上滑冰課前夜，辛荑臨睡前在床上擬了一個漂亮女生的單子，一共五六個人吧，上了滑冰課之後他發現，單子上所有的女生都會滑了。

「這些姑娘上中學的時候一定都被居住地的小流氓和老流氓

手把手教過！一定不是處女了！手把手！」辛荑有三個人生幻
想：當一陣子小流氓，吃幾年軟飯，有生之年停止思考，混吃
等死。這三個幻想，我認為他一個都實現不了。後來，過了幾年，
當肖月早已成了小紅燒肉之後，我問辛荑，小紅在不在他的單
子上。辛荑說，不在。

「是不是滑冰要矮些，重心低，容易保持平衡，胖些，轉起
圈來有慣性？」我問。

「誰說的？我個子和你差不多高，我滑冰也挺好。」

「沒有姑娘可教，你可以教厚朴嘛，你難道沒有被厚朴的學
習精神感動嗎？」

「我不想摸他的手。我不能碰男的，也不能被男的碰。」

「小紅滑得不錯，胖就是好滑。」

「小紅一點都不胖。她是臉圓，胸大，你看她的小腿，看她
的腳踝，一點肉都沒有。她的外套不是羽絨服，料子很薄的，
全是被胸撐的，才顯得那麼鼓。」辛荑說。

小紅又滑了一陣，熱了，脫了白色的外套，扔在石舫上，
露出白毛衣，臉和胸跟着都出來了，然後接着圍着我們轉圈，
滑了一圈又一圈。辛荑觀察得細，小紅一點都不胖，只是胸大。

到了第二學期，天氣熱些，太陽出來，未名湖邊的柳樹綠
了，辛荑和我也沒看見小紅的白胳膊被排球砸出淺淺的紅印子，
我也沒有機會在女生面前顯示我半專業的正手弧圈球，聽乒乓

球教練説，能上北大的女生，小腦都不發達，沒人選乒乓球。小紅後來自己説，她個頭矮，胳膊短，所以也沒選排球。

　　進入 6 月，天氣烤人，開始上游泳課，男生用東邊的更衣室和池子，女生用西邊的更衣室和池子，東邊和西邊的池子之間是個過道。我清楚地記得，小紅燒肉穿了件比三點式只多一小巴掌布的大開背游泳衣，火紅色，坐在那兩個游泳池之間的過道中間，左腿伸直，右腿圈起，右肘支在右膝蓋上，右手托着下巴，曬太陽，同時照耀東西南北。我、辛荑、厚朴都不會游泳，在教練的指導下，雙手扒着水池的邊緣，練腿部動作：浮起，併攏，收縮，蹬出，再併攏，再收縮，再蹬出。練出些模樣之後，頭埋進水裏，收腿時抬起來。我穿了條極小的三角短褲，我老媽從箱子底翻出來的，説黑不黑説黃不黃，我老爸小時候穿的，我老媽説：「只要不露出小雞雞就好，這個不用花錢，老東西質量就是好。」我抬頭換氣，看見在兩個游泳池之間曬太陽的小紅燒肉，距離很近，兩三米而已，我覺得她非常高大，非常明亮，強光從肉縫和衣褶往外，洪水般奔湧出來，比照耀男女雙方的公廁電燈泡亮多了，大多了。我一次次從水中抬頭，我的眼睛斷斷續續地順着小紅燒肉的游泳衣繞了一遍，我的大腿收不回來了。我又看了一眼小紅燒肉的身體，胸的確大，大得彷彿就貼着我的睫毛，大得彷彿滴答流過我眼睛的水珠都是一個個放大鏡，我每抬一次頭都想起李白的詩：山從人

面起，雲傍馬頭生。胸上面罩着的那塊布是紅色的，被完全撐開，顏色變淺，隱隱透出裏面的肉色，彷彿中山公園 4 月裏瘋開的芍藥和牡丹，彷彿朝外大街邊上新出籠屜的大餡菜肉包子。小紅燒肉的腰很細，那兩塊肉紅色就在第五根肋骨左右峭壁般騫然升起，毫無鋪墊。「就算是氣球也要吹一陣啊」，我想。我的心一陣抽緊，「為甚麼這麼兩團大肉堆在那個位置，就無比美好？」

我那時候還鑽牛角尖尖，想不清楚蛋白分子式的空間結構和顱骨底面十幾個大孔都是哪些血管神經穿過，我吃不出嘴裏的東西是包子還是饅頭。三十之後才漸漸說服自己，小紅燒肉的兩團大肉為甚麼無比美好，和兩點之間線段最短以及乾坤挪移大法第九重以及共產主義是社會發展的極致等等一樣，按性質分，統統屬於公理，沒道理可講。

我又一次抬頭，小紅燒肉忽然轉過頭，也看了我一眼，媽的，她的眼睛比她的胸還大，我一陣發冷，我的身體一陣痙攣，小腿抽筋了，幾個腳趾不由自主地扭曲在一起，靠，我忽然意識到，除去春夢失身，還有好些其他時候，身體不由分說就被別人借走，彷彿一輛破自行車，想剎車都剎不住，狂捏手閘也沒有用。

厚朴、辛荑、杜仲、黃芪把我從游泳池裏打撈出來，我身體蜷縮得彷彿一個被開水猛燙了一下的蝦球，很多濕漉漉的身

體圍着我看,「怎麼了?怎麼了?」身體們發出聲音。「抽筋了,抽筋了,讓他躺下,扳他的腳掌。」滿眼全是濕漉漉的身體,小紅燒肉的大眼睛和大乳房消失了,我的腳板被三四雙手朝我鼻尖方向兇狠地扳動着,我蜷縮得更厲害了,彷彿一個三尺長的胚胎。

當天晚上,我夢見了游泳池,小紅燒肉又坐到游泳池邊上,兩塊肉紅色變得更加巨大而輕靈,眼睛一錯神兒,就向我周身瀰漫過來,上下左右完全包裹住,質地稀薄而有韌性。我感覺一陣寒冷從腳跟和尾椎骨同時升起,我又抽筋了。一陣抽搐之後,我醒了,內褲裏濕漉漉的,全是精液,窗戶外邊的月亮大大的,深淺不一的黃色,朦朧看去,彷彿一張人面,五官模糊。

「秋水,聽說,那天小紅燒肉到了游泳池,男生游泳池的水就溢出來了,所以不只你一個,你不用自責,我也不用自責。」辛荑說。

「辛荑,你說肖月怎麼就忽然變成小紅燒肉了?」我問。

「是啊,不起眼的一個姑娘,忽然一天,刷刷牙,穿條褲子,挺胸出來,就照耀四方,母儀天下了,游泳課之後,其他系的人都開始跟我打聽了,聽說有個精瘦的壞孩子立刻就抽筋兒了?我們都走眼了,都走眼了。」

「辛荑,小紅成了小紅燒肉,一定是你幹的?少裝,老實交代。」我詐辛荑。

「你媽，你媽幹的。我還高度懷疑你呢。」

「我有女朋友了。」

「我也有女朋友了。」

「你意淫，小紅在你的意淫之下，逐漸開竅，慢慢通了人事。」

「那東西我不會，我連《紅樓夢》都沒看過，那東西你從小就練。我只會用眼睛看人。而且，小紅是近視眼，誰在看她，她都不知道。」

「你教唆，小紅一定是讀了你借給她的壞書，逐漸接受了資本主義的價值觀和人生觀，慢慢春花燦爛。」

「你不要總把你想要做而不敢做的事兒按在我身上。我的分析判斷，肖月成了小紅，和你我都沒有關係。」

後一兩週，我和辛薆在北大後面幾個雜草叢生的小湖溜達，撞見小紅和三個男的。其中一個年紀大些的，瘦高，一米八五上下，面容陽光，眼神溫潤，眼角皺紋舒展踏實。他的胳膊很長，右手伸出，蜿蜒纏繞，悍然從後面摟住小紅的腰，手掌繞了一圈，在前面斜斜地搭在小紅的小腹上，中指尖伸直，觸及小紅左胯骨的髂前上棘。小紅的大眼睛漫無目的的四下觀望，伸左臂搭瘦哥哥的腰，頭斜靠瘦哥哥的肩膀，乳房封瘦哥哥右側的十至十二肋間。辛薆後來說，瘦哥哥和小紅從後面看，就像一個瘦高的黑老鼠拎着一袋子白大米。另外兩個年紀輕些的男的，

齊膝短褲，拖鞋，移動在瘦哥哥和小紅周圍。後來小紅交代，那幾個是瘦哥哥的小弟。

我和辛薑當時就斷定，肖月成了小紅燒肉，一定是瘦哥哥搞的。辛薑說，不是瘦哥哥，是獸哥哥，獸，禽獸的獸。我說，是，禽獸的獸。

小紅在學三食堂的週末舞會第一次遇上獸哥哥，春夏之交，天氣不冷不熱，食堂雜工剛剛打掃完地面，彩燈亮起，小紅記得空氣中還是一股淡淡的土豆燒牛肉的綿暖味道。社會閒雜人員要認識北大女生，北大女生要認識社會閒雜人員，食堂員工要創收發獎金，食堂舞會是主要機會。小紅後來說，她那次去食堂舞會，主要原因是因為天氣漸漸熱了，無由地想起我，覺得無聊異常。我說，我哥哥姐姐那一輩人，說起他們沾染吃喝嫖賭抽的惡習和遭遇婚姻不幸事業不幸人生不幸都認定是四人幫害的。小紅說，沒錯，一定是你害的，而次要原因是她上海表姐給她帶來一件白底大紅花的裙子，剪裁得精細，還有一瓶香奈爾的 No.5 香水。裙子穿上，V 字領，開得很低，左邊乳房露出右四分之一，右邊乳房露出左四分之一。耳根腋下噴一噴香水，小紅感覺香風吹起，看了看鏡子裏穿花裙子的自己，她知道很多人會心跳，於是決定去學三食堂，對抗土豆燒牛肉，讓那些不知名的陌生人好好看看，讓他們的鼻子血流成河。

在學三食堂舞場上，小紅隨便就看見了獸哥哥，他太高了，

在以清華男生和民工為主的社會閒散人員中，明顯高出半頭。下一個十秒，小紅還沒完全移開眼神，獸哥哥已經走到了她面前：「請你跳支舞，好不好？」小紅在近距離再次打量獸哥哥，他的眼神出奇地清澈，淫邪而曠朗坦白，熱愛婦女而不帶一絲火氣，和清華男生和民工為主的社會閒散人員明顯不同。

「我不會。」裙子裏的小紅，感覺自己就像桃樹上垂得很低，等待被摘的桃子。她看着獸哥哥的臉，彷彿就像看着一隻採摘桃子的手，她腦海裏一片空白。

「會走路就行，音樂一起來，你跟着我走就好。」

那天晚上，小紅學會了北京平四和南京小拉等多種反革命地方交誼舞蹈。小紅後來問我，還記不記得那天晚上，我去幹甚麼了？我說，我怎麼會記得。小紅說她記得，我去和一夥男女去打排球了，其中包括我女友，之後還去洗了澡。我說，你怎麼知道的？「我就是知道，你女友把你運動完洗澡後換下來的衣服，仔細洗了，晾在女生宿舍裏，我和她一個宿舍，你說，班上這麼多女生，為甚麼偏偏我和她住一個宿舍？你還記得你內褲的樣子嗎？白色，很短，上海三槍牌，晾的時候裏面衝外，所以看得見三槍的商標圖案，三條半自動步槍架在一起，內衣怎麼會叫這麼奇怪的牌子？」小紅接着告訴我，那天晚上她和獸哥哥一直跳到散場，又去小南門外的館子喝了啤酒，發現後腳跟的皮膚被跳破了，但是一點也不疼。回去時那條內褲還他

媽的沒走，小紅從躺下的床頭望去，「他媽的比月亮還大，他媽的比月亮還靠前。」小紅說。接下去的七天，小紅和獸哥哥跳了七天舞，週末在學三食堂，其他時候，在JJ迪廳。「你為甚麼不拿回去你的三槍內褲？明明已經晾乾了，乾透了，為甚麼還不收衣服？一天不消失，我就出去跳一夜舞，我需要累到可以倒頭就睡。」我說，我有好些條三槍牌的內褲，我也忘了，它們和襪子一樣，慢慢自己長出腿腳和翅膀，神秘消失。

一週之後，七晚上北京平四和南京小拉之後，小紅去了獸哥哥的房子。那是一個在城南勁松小區的地下室，窗戶高出地平線不到半尺。獸哥哥做過各種古怪營生，很早就去了歐洲，和他一撥的人或者得了國際名聲，或者得了國際貨幣，他沒有國際名聲也沒有國際貨幣，帶着一根飽受苦難的國際陽具回了國，繼續學他的德語專業。因為89年春夏之交的那個事件，差兩個月，獸哥哥沒有拿到博士學位，在全聚德烤鴨店找了個和革命或者德語沒有一點關係的活兒做，趕上單位最後一批福利分房，他排在最後，拿到這個被人騰空的地下室。地下室裏有一箱空啤酒瓶子，大半瓶伏特加酒，幾包前門煙，半架子書，一張床，一架立式鋼琴，除了琴上和床上，到處是厚重的灰塵。獸哥哥開了門先進去，背對着小紅問，跳渴了吧，你喝不喝水？小紅進門的時候感覺像是掉進了一個山洞，蝙蝠成群結隊地飛翔，她下意識地掩上門，獸哥哥已經轉過身，從後面把小紅抱

在懷裏了。之後獸哥哥沒有說一句廢話，沒有徵求許可，他的手乾燥而穩定，很快地剝開小紅的衣服，小紅彷彿沒了表皮的蜜桃，跳舞出的汗還沒乾透，她感到風從地平線上的窗戶吹來，一絲涼意，汗珠子慢慢流下，或者慢慢蒸發到空氣裏。再一絲涼意，一針擠壓，沒有疼痛，獸哥哥已經在她的身體裏了，沒有血。

「你一晚上最多做過幾次？」小紅後來問我。

「和一個人？」

「你還要和幾個人？好，算你狠，你先說和一個人，一晚上最多做過幾次？」

「別誤會，理科生的習慣，在答題之前，要先問清楚題幹。我一晚上最多和一個人做一次。那你一晚上最多做過幾次？」

「七次。」

「禽獸。」

「都是因為你。」

「我姐姐說，她小腿比大腿粗，她幾何沒學好，她路癡，她小時候男生一眼都沒看過所以現在千山萬水睡遍中西無忌，都是四人幫害的。我哥哥說，他打瞎子罵啞巴，他敲寡婦門挖絕後墳，他三十五歲頭髮白了眼睛老花了，四十歲出頭就沒有工作沒有革命方向了，都是四人幫害的。」

「第一次之後，我笑了。我跟他說，你怎麼一句話不說就進

來了？這是我第一次啊，就是房間門，也要敲一敲啊，我們還沒有這麼熟吧。我笑着對他說，護士打針，也要告訴小朋友，不疼的，打了針之後，病就好了，然後才趁其不備捅進來。他還是一句話都沒說，甚至眼皮都沒有抬，就開始了第二次。他的手指慢慢摸我，我想他練過啞語吧，手指會說話，一句一斷，說得很慢，說得很準，摸得都是我想要被摸的地方。我想他的手指也練過北京平四和南京小拉吧，節奏感真好，手指落下的時候，正是我皮膚的期待到了再忍受就不舒服的時候。第二次的時間很長，他到高潮的時候，我的小手指指甲陷進他的後背，小手指的指甲留了好久，兩側向中心包捲，彷彿管叉，他一聲悶叫，我小手指尖感到血從他背上的皮膚流出來，我以為是汗。之後他說，他十五歲時是個小詩人，代表學校去區裏比賽，得過一等獎，還上台朗誦他自己寫的詩，他記得他的腿肚子一直在哆嗦，最後徹底扭轉到脛骨前，和他的臉一起面對觀眾，雞雞縮到無限小，幾乎縮回了盆腔。他說，十五歲之後，二十年沒做詩了，然後，他點了一根大前門煙，唸，

你是我這個季節最美麗的遭遇
首都北京 1992 年四五月間最鮮艷的雛菊
你離開的時候我的門前排放着七支香煙
不同時間點上不同心情下體會你的七種纏綿

煙絲燃燒是你的絲絲呻吟你的尖聲高叫

我抽盡七支大前門就是做你七次

　　第三次和第四次之間，他去燒水，泡茶。他說，你一定渴了。今年雨水大，是小年，新茶不太好喝，將就吧。我平時不喝茶，喝了一定睡不着覺。我喝了兩杯，我的確渴了。我睜着眼睛看他，他說我的眼睛真亮，在黑暗中閃光，星星沒有存在的意義了，他住的地方不是地下室了，是銀河帝國的心臟。第四次和第五次之間，他打開鋼琴，他說，隨便彈點甚麼給你聽吧，正在和老師學，在烤鴨店端盤子掙的工資都交給鋼琴老師了，鋼琴也該調音了，不太準了。他彈琴的時候，沒有穿衣服，開了一盞小台燈，照得只有他的身體是亮的。他的小東西癱軟在他兩腿間，疲憊而安詳，全是皺紋，隨着琴聲偶爾點頭，彷彿一隻聰明的老狗。他的眼睛裏沒有任何時間的概念，沒有將來，沒有過去，只有現在，我在他的破落中看到一種貴族氣。第五次和第六次之間，他說，你一定餓了。然後廚房裏就飄出來土豆燉牛肉的味道。他說，牛肉越燉越入味的，你胸這麼大，一定需要吃肉，三十五歲之後才能不下垂。第六次和第七次之間，他說，天快亮了，你沒課吧？別去了，我給你燒點水，沖個澡，睡會兒吧。我說，八點的課，《脊椎動物學》，我一定要去。他說，好，索性不睡了，一起喝杯酒吧。」

小紅回到宿舍，不到七點，除了我女友去操場跑步鍛煉身體去了，宿舍裏其他人都還睡着。小紅看到三槍內褲不見了，她一肚子的土豆燉牛肉，不想吃早飯，也不敢睡下，怕一躺下就爬不起來了，於是洗了把臉，直接去了第三教學樓，提前看看今天要講的內容。那天《脊椎動物學》講脊椎動物的器官結構演化，甚麼下頜骨如何變成耳骨之類，後來期末考試，在這個問題上出了大答題，小紅這門課得了全班最高的九十七分。

　　「那個禽獸不如的夜晚，七次之中，你到了幾次高潮？」有一次，我問。

　　「甚麼是高潮？」

　　「我推想，就是不由自主，自己在一瞬間失去自己，肩頭長出翅膀，身體飛起來，遠得看不見了。」

　　「一次也沒有，我滿腦子都是三把自動步槍。」小紅說。

第六章
《少年先鋒隊隊歌》，時刻準備着

在我進入我女友身體的前夕，我女友的左手在她腹股溝附近堵截我的陽具，一把連根抓住，兩眼焊着我的兩眼，問，你準備好了嗎？

我感覺到她手上的勁道，她體育有特長，跳遠，長跑，鐵餅，國家二級運動員。我躲不開我女友的雙眼，那雙眼睛可真大，比她的倆奶還大，一個龍潭湖，一個未名湖，陰風怒號，濁浪排空。我的眼神游離，左突右擺，左邊還是龍潭湖，右邊還是未名湖。透過無色的結膜，從外到裏，白色的是鞏膜，棕黃的是虹膜，黑洞洞的無窮無盡的是瞳孔。在我女友的瞳孔裏，我看見我自己，我的眼睛，結膜，鞏膜，虹膜，黑洞洞的游離的我的瞳孔。我女友的瞳孔問我的瞳孔，你準備好了嗎？

小學二年級的時候，我考了雙百，語文和數學都是滿分。班主任大媽新燙了一個硬邦邦的鬈花頭，炭黑油亮，心情像雪花膏一樣簡單美好。她辦公室案頭放着塑料的芍藥花，花瓣長如小刀子，邊緣鋒利如小刀子。牆上的鏡框裏一條真絲的紅領

巾，血紅，套在小孩兒的脖子上彷彿被彎刀掠過表皮，血從破了的頸前靜脈和頸內靜脈慢慢滲出。班主任笑着說，你考得不錯啊。班主任兩眼焊着我的兩眼，說，祖國，是我們的母親，她有錦繡的河山、悠久的歷史、燦爛的古代文化、光榮的革命傳統，以及優越的社會主義制度。她經受了苦難的折磨，正在煥發青春，展現新顏，走上中興的道路。「我愛社會主義祖國」，「團結起來，振興中華！」這是廣大青年的心聲，我想，也是你的心聲。班主任甩了甩新燙的頭，一頭鬈花紋絲不動，她沉靜地問，學習好的上進同學都加入了少先隊，你準備好了嗎？

　　春天風盛，晚上一陣雨，浮塵落地，月亮露出來，女特務蛻皮一樣卸掉深綠的軍裝，只剩黑色高跟皮靴、藍色花邊乳罩和同樣藍色花邊的三角褲頭，掀開被子，鑽進我被窩。整個過程中，她嘴裏始終嗑着一根細細的綠色摩爾香煙。我沒見過她，我問，你是哪個中隊的？你是哪片兒的啊？我認識你嗎？女特務沒有直接回答，左手拔下髮髻上的中華牌2B鉛筆，甩一下頭，頭髮散開，末端微鬈，右手中指和食指夾住煙卷，右臂半彎，高高擎起，右小指蘭花樣橫斜。女特務伏下頭，散亂的頭髮瀰漫在我下小腹腹壁，黑暗中她的頭髮比黑暗更黑更長。她吐盡一口青煙，左手食指指尖搭在我右乳乳頭，我看見指甲上藍色的繁花點點，上下唇含住我細細的陽具，眼睛上抬，透過頭髮和煙霧，沒有直接回答我的問題，反問我，你準備好了嗎？第

二次高考模擬考試過後，成績出來了，印刷惡劣的高考志願表攤在桌子上，第一批錄取院校四個志願，第二批四個志願。我老媽小時候沒填過這個，她出身破爛地主，沒資格進修，我分數看上去足夠，我老媽彷彿兜裏有一百張一百塊大鈔站在崇文門菜市場門口，想吃點嘛就吃點嘛，彷彿她老家小時候真正的地主，周圍十來個村子，想摸誰就摸誰。我老媽自言自語，比我興奮多了：「清華好啊，還是北大好啊？清華好像一個醬肘子，北大好像一把月季花。你從小吃不了甚麼肉，腸子不好。還是北大吧。學醫當然要去仁和，不能去北醫，保送也不去。要去就去最好的，時間長點也無所謂，反正你甚麼時候出來都是危害社會。定了，第一志願就是仁和了。還去北大上預科，被拉到信陽軍訓，好啊，軍訓好啊。在軍校少讀點書，傻吃悶睡，長些肉。你讀書壞腦子，你讀書雖然也長心眼兒，但是基本上長壞思想，你壞思想比心眼兒長得更快，你沒救了。長肉，好。長心眼兒，別人也瞧不見，長肉實在。第二志願就報北大，你和肘子緣份不大，人各有命，不能強求。但是畢竟是第二志願了，專業你就挑不了了，要找些冷門的，越冷越好。別怕，行當不怕冷，熱的行當，一萬個牛屄，你即使牛屄了，也是萬分之一，主席想不明白了，不會想到找你。冷的行當，就你一個牛屄，好事兒都是你的，你背的那個詩如何說的，宋朝的那個詩，寂寞中獨自牛屄，描述的就是這種狀態。核物理？算了，

那都要到大西北去，一年到頭見不到你，去看你還要被搜身。而且，死了之後別人才能知道你牛屄，活着的時候看着自己的牛屄飛上太空也只能憋着一句話不說。還聽説，核輻射殺精子，你生的兒子，我的孫子，會長出獨角，四蹄，犀牛那樣，過去叫瑞獸，新社會叫怪胎。歷史系不招理科生，選考古吧，扒不了鐵路，扒古墓。沒準挖出來個宋朝的東西，瓷器甚麼的，看看荒郊野外，你手舉着一個瓦罐，是不是寂寞中獨自牛屄？我們蒙古，我們老家，赤峰，巴林右旗，就出玉，甚麼形狀都有，鷹啊，雲啊，外星人啊，太陽啊，小雞雞啊，小時候我都見過。挖的大的都上交給旗政府了，旗政府交給北京了，小的都夾在褲襠裏塞進屁眼裏帶回家了。玉好啊，比青銅器好，青銅器過安全檢查要叮噹亂響，那麼大，褲襠屁眼怎麼夾帶啊？大的不交的，有的發財了，帶電子錶，騎鳳凰自行車。有的被抓了，綁了，插個牌子，反革命盜墓賊，槍子崩了，砰，倒了，當時他穿了全身的棉衣，站着像個面口袋，倒下像一口袋地瓜。將來，你撿着大的不能不交啊。小的要挑值錢的撿，白的，潤的，有雕花的。個頭兒太大，弄壞屁眼。你覺得怎麼樣？你準備好了嗎？」

我的陽具在我女友的掌握中，她右手大拇指和食指合圍成鐵環，在我陽具根部鎖住恥骨陰莖海綿體肌和會陰淺橫肌，尿道海綿體被勒得喘不過氣來。我的女友眼神平靜，我早知道她

臨大事有靜氣。她彷彿抓住一把寶劍的劍柄，平靜地等待着上天和寶劍告訴她是否要從地底下拔出，她可以負責拔，但是上天和寶劍要負責後果。她彷彿攥住小白楊的樹幹，平靜地等待小白楊説，根被拔出來之後，它的苗兒會更壯葉兒更圓。

我二年級班主任問我要不要加入少年先鋒隊的時候，我在琢磨我第一次上身的圓領衫。我老媽五塊錢給我買的，二十八路汽車站旁邊的地攤上買的，第一次專門給我買的，以前我或者撿我哥哥穿剩兒的，穿上之後，如果叼根煙像小流氓，不叼煙像憤怒傻屄老青年，或者撿我姐姐的，穿上之後，叼不叼根煙都不像男的也不像女的。第一次圓領衫上帶圖案，一隻五色斑斕的雄雞，表情淡然地等着第一線天光綻放，然後高唱。以前的圓領衫都是白色的，至多有些獎勵勞動先進等等的紅色字句，穿舊了變成灰色的，永遠變不成五色斑斕。我覺得這個雄雞圓領衫應該是我外部存在和內心狀態的集中表現，但是它太大了，雄雞的胸比我的胸還寬大，不穿內褲，下襬也能完美覆蓋我的下體，我聳一聳肩膀，它就完全掉下來，堆到我褲帶周圍。我在想，我穿着這隻雄雞，老師會覺得我像好學生嗎？女生怎麼看？班上有兩個女生長得好看，一個是班長，短頭髮，她替班主任管理我們的時候，強悍易怒，她生氣的時候，小臉緋紅，額頭滲出細細的粉色的汗珠，掛在她細細的黑色的髮絲上，她如果出生在解放前，加入共產黨會變成江姐，加入國民

黨會變成女特務，抽摩爾香煙。另一個是學習最差的那個女生，高個兒，長胸不長腦子，她好看到一個問題都回答不出，我還是喜歡看她，她如果出生在解放前，無論落到共產黨、國民黨還是日本人手裏，都會變成文藝兵。我在想，我穿着這隻雄雞，她們會注意我嗎？比我考雙百分更容易吸引她們嗎？班主任問，加入少年先鋒隊，你準備好了嗎？《少年先鋒隊隊歌》唱過千百遍了，「準備好了嗎？時刻準備着！我們都是共產兒童團。將來的主人，必定是我們，滴滴嗒嘀噠嘀嘀嗒嘀嗒。小兄弟們啊，小姐妹們啊，將來的世界是無限好啊。」我回答班主任，我時刻準備着！

女特務上下唇含住我細細的陽具，反問我，你準備好了嗎？不用我回答，陽具它自己無限脹大，女特務的頭髮無限蔓延，森林一樣，海一樣，女特務含住的不是我的細細的陽具，而是我整個的細細的身體，陽具是吸管，我是一瓶細細的可口可樂。身體和女特務的聯繫在柔軟中瞬間建立，身體和我之間的紐帶在無奈中瞬間消失。我對身體說，被單弄髒了怎麼辦啊？身體說，簡單啊，我安排我的手去洗啊。我的眼睛透過香煙的煙霧，透過彌散的頭髮，看到女特務的眼睛。她的眼睛從我被她含着的陽具上移開，抬起對着我的眼睛，睫毛彎曲如刀。我的身體對我說，你丫自己看到了，我毫無抵抗。我說，好吧，你準備明天手洗吧，我的身體說，時刻準備着！我老媽拿出鴕鳥牌炭

素墨水，灌滿我的永生牌金筆。我寫字用力，而且用力不均勻，金筆筆尖的左邊已經磨禿了，露出銀白的金屬顏色，右邊還是金牙般閃亮。她基本漢字都會，理也沒理我，戴上老花鏡，開始填寫：第一批錄取學校，第一志願，仁和醫科大學，臨床醫學系。第二志願，北京大學，考古系。第三志願，復旦大學，科技英語系。第四志願，南京大學，天文系。第二批錄取學校，第一志願，針灸骨傷學院。我老媽放下筆，說，其他就空着吧，要是這些都考不上，你就再補習一年，再考，咱們還是填這些志願。我老媽望着窗戶裏盛着的星星，夜來香和茉莉花的味道從紗窗透進來，早熟的對自然界不滿的蟲子在叫，她的眼神堅定決絕，未來的不確定性蕩然無存。我老媽從十四歲拉扯着我姥姥過生活，從來沒有讓別人替她拿過任何主意。她六十八歲時在舊金山的唐人街買了一本盜版的《狼圖騰》，看完之後她電話我老哥說她開始苦練英文半年之後參加美國入籍考試，說她一定能在一年內把老哥帶到美國，手段包括偷渡假結婚考MBA。她電話我說她留在北京的檀木匣子裏面有幾件祖上傳下來的東西，包括和闐玉煙嘴，珊瑚耳環和一顆真正的狼牙，她說讓我幫着在狼牙根部打個洞，做成一個項鏈，替代我送她的戰國黃玉絞絲紋環，掛在脖子上映襯她的眼神，彰顯她的志向。她告訴我，我出生之前，計劃生育政策出台，最開始不是強制一對夫妻只生一個娃兒，而是全面消滅「老三」。所有的人都

聽黨的話，包括哥哥姐姐老爸奶奶姑姑叔叔舅舅舅媽廠長書記科長組長，叫囂着把我消滅在她的陰戶之內子宮之中。第一次打胎，我老媽從垂楊柳醫院二樓廁所的後窗戶沿着圍牆溜走，她說，多少年過去了，每當她想起替工廠黨委書記死守廁所門口的我老爸警惕的眼神，她就覺得人類是由兩類人組成的，一類是傻屄，另一類是混蛋，其中傻屄佔百分之九十九，混蛋佔百分之一，我老爸屬於第一類。第二次打胎，我老媽結石位叉開兩腿在婦科檢查床上，仰面朝上，不彎脖子，已經看不見醫生，但是我老媽說，我在她肚子裏代替她非常準確地看到了那個醫生的醜惡嘴臉，於是抬腳就把他踢出了治療室。這一腳的踢法，在之後三五百次的敘述中變化巨大，但是中心思想一致，就是我的肉身是我老媽堅定決絕意志力的產物，這個不容改變。我聽見蟲聲，聞到夜來香，我看見我老媽的眼神，只要不讓我上數學系，我說，好，我時刻準備着。

我的陽具還在我女友的掌握中，陽具的馬眼看着二十釐米外我女友的森林，我的龜頭憤然揚起，它比我的大腦和小腦都更明確，我們要去向那裏。它惡狠狠地對大腦和小腦說，你們腦子裏有水啊？你們想不清楚啊？你們傻屄啊？趕快答應！

我點點頭，對着我女友的瞳孔回答，時刻準備着！像生命中所有重要的時刻，我時刻準備着！

第七章
保衛祖國，八次列車

　　小紅小學三年級就戴了眼鏡，度數深，如果忘戴眼鏡，課間偶爾梗着脖子撞進男廁所。同班小個子男生通常靦覥，坐在教室前排，一怕老師忘帶假牙，努力口齒清楚，唾沫成瀑布。二怕小紅忘戴眼鏡，課間上廁所的時候，小雞雞還沒收藏好，抬頭見小紅進來，晚上會反覆夢見，同樣不由分説地梗進來，同樣讓他們尿水長長。厚朴後來去澳大利亞進修人工授精技術，出了車禍。辛荑説厚朴那陣子滿腦子都是交媾，MSN 個人圖標是精子電鏡照片，簽名檔是「在高倍顯微鏡下看到單個卵子都能想起邱淑貞」，不出車禍才奇怪。厚朴説，那是敬業。厚朴説，撞他的人扔下車就逃竄了，他一動不動，怕加劇內臟或者脊椎損傷。他看着面前的氣囊鼓起，一個白人警察走過來，驢子一樣高大，用英文問，你叫甚麼？厚朴。你哪年出生？1971。你多大年紀了？厚朴忍不住了，「我肏你媽，今年 1999，我腦袋都被撞得震盪了，屎尿都被撞出來了，你丫就不會自己算一下嗎？你們國家的小學教育真的這麼差嗎？」厚朴唯一一次喝多

了，因為辛荑說他 1995 年的夏天，坐在魏妍旁邊聽神經解剖課，魏妍穿水綠無袖低領棉衫兒，彷彿露點，厚朴彷彿汗出如漿。厚朴說辛荑污穢，和辛荑拼酒，膽汁都吐出來，然後自言自語，撞他的是個新款奔馳，仿古典的凸起的大車燈，遠看像大奶近看像沒睫毛的大眼睛，猶豫不定地迅速地梗進他視野，厚朴馬上想起了《無脊椎動物》課間，梗着脖子闖進男廁所的小紅，他一下子尿了。

從小學三年級開始，小紅媽媽跟她說，不要讀閒書了，一本都不要讀了，對身體發育不好，對思想進步更不好。

小紅爸媽都是清華大學 65 年畢業的。和解放後文革前的大學畢業生一樣，除了俄文、中文和英文的通信技術書籍，小紅家裏只有小紅爸爸長期訂閱的整套《啄木鳥》和《法制文學》：江西山區某農民睡了老媽虐待老爸姦殺親妹妹，美國某華裔少女人生理想是創造連續性交世界紀錄至今為止是二十小時三十一分一百零八個男人，雲南邊疆某鎮長大面積種植罌粟工業化鴉片煉製一邊接縣委書記電話討論防止耕地流失問題一邊接受兩個女秘書口交。小紅爸爸看完之後，反覆給小紅講教育意義：壞人真壞，封建社會真愚昧，資本主義社會真腐朽，社會主義社會，如果不好好管制，依法治國，提高國民素質，有比封建社會還愚昧比資本主義還腐朽的危險。後來，我見到了小紅的爸爸，他右半拉腦袋明顯大於左半拉腦袋。帶動着右

眼明顯高於左眼，右嘴角明顯高於左嘴角，右卵明顯高於左卵。
我想，那些俄文、中文和英文的通信技術書籍一定裝在右半拉
腦袋，《啄木鳥》和《法制文學》和大盆的水裝在左半拉腦袋。
這一現象，除了右卵明顯高於左卵，和我學習的《神經解剖學》
和《大體解剖學》不一致。

小紅說她的腦袋沒裝那麼多詞彙，所以平常話不多。和我
們混在一起的時候，我們說三句，小紅經常笑笑不說話或者最
多說半句。這不說明她傻，五子棋我從來下不過她，自學麻將
牌之後，每次聚賭，都是她贏。小白說都是因為辛夷每次都做
清一色一條龍，每次都被小紅搶先小屁和掉。辛夷說都是因為
三男一女，女的一定贏錢，牌經上說的，不可能錯。小紅說：「你
們別吵了，打完這四圈，我請客去南小街吃門釘肉餅。」

但是小紅時不常會和我討論，我是如何上了我女友的床。

我說：「世界上，人生裏，有很多事情是沒有道理可講的。
比如，你的胸如何按照這個速率長得這麼大？是甚麼樣的函數
關係？多少是天生，多少是後天？天生中，母親的因素佔多少，
父親奶大有沒有作用，生你那年林彪死了，有沒有影響？後天
中，多吃奶製品更有用還是發育期間多看黃書更有用？再比如，
我為甚麼這麼喜歡你？我為甚麼看到你心裏最發緊，比看毛片
之前還發緊，在 12 月的傍晚，在王府井街上，在我的毛衣裏顫
抖？」

小紅説：「你邏輯不通，偷換概念。奶大沒有道理好講，但是讓誰摸不讓誰摸，這個有道理，我主動，我作主。你看到我，心裏發緊，第一，你不是第一眼就是這樣。你第一眼看見我，彷彿我不存在，彷彿一頭母豬走過，彷彿一輛自行車騎過去。第二，這個道理非常明顯，你看到我心裏最發緊，那是因為在你見過的姑娘當中，我的奶最大，最挺，和腰的比例最不可思議，這個不涉及你的靈魂，不涉及你在黑暗中苦苦摸索。」

我説：「那，再換套邏輯。世界上，人生裏，有很多事情是不由個人所控制的，個人是渺小的，是無助的，人為刀俎，我為魚肉。比如，我爸媽生下我，我沒有説過願意，因為我根本就沒有被徵求過意見。我老媽認定，將來需要一個司機，所以有了我哥。將來需要一個售貨員，所以有了我姐。將來需要一個廠長或者醫生，負責分套房子或者生老病死，所以力排眾議，有了我。因為力排眾議，所以我更加必須成為一個廠長或者醫生。因為我老媽想不清楚，除了做人混蛋之外，如何才能當上廠長，所以穩妥起見，我只能當個醫生，這是我的責任。因為我老媽生我的時候，被她踢過面門的婦產科醫生用力過大，她落下了子宮脱垂的毛病，腹痛腰痛，總感覺到陰道內有異物或有滿脹感，所以我更加有責任當個醫生。如果我提前知道，我有義務為了我們家托着我老媽的子宮當一輩子醫生，或者有義務為了我們祖國托着炸藥包炸掉美國人的碉堡，我一定不同

意被生出來。但是這個不歸我管。類似的例子還有很多，出生之後，一定年歲，我一定要去上小學，一定時候開始長雞雞，一定夜晚小雞雞帶着我做夢。這些都是被決定了的，比歷史清楚太多，不容篡改。法國為甚麼那時候出了個拿破侖？美國為甚麼那時候出了個林肯？這些都是諸多偶然因素共同作用下的必然結果。拿破侖和林肯是好是壞，這個水份很大，但是他們的出現，沒有水份。」

小紅說：「秋水，我們是學自然科學的，你說的論據和論證都對，但是我想問你的是，你上一個姑娘的床是必然，但是為甚麼上了你女友的那張床？這個偶然，如何解釋？道理上，我們沒有差異，只是你的論據和論證讓你的論點立不住腳。」

我第一次看見我女友，她距離我五百米之外。

一年軍訓，課程安排以強健身體挫刮腦子為主。後來見過小紅爸爸之後，我馬上理解了當時的安排。對於多數壞孩子，正常的殺毒軟件已經失靈了，癌組織和正常組織已經從根本上糾纏在一起了。這一年的目的是把這些壞掉了的腦袋先格式化。回去之後，再填進去各種知識、技能和實用科技，其他空間，就裝《啄木鳥》和《法制文學》和一些基本公理，比如祖國偉大，人民牛屄，大奶好看，偉大的中國和牛屄的中國人民五千年前就發明了一切人類需要的東西而且將會永遠偉大和牛屄等等。然後，這些壞孩子就成才了，長得就像小紅她爸一樣了，

右半拉腦袋明顯大於左半拉腦袋，右眼明顯高於左眼，右嘴角明顯高於左嘴角，右卵明顯高於左卵。到那時候，《神經解剖學》就要改寫了。所以除了《大學英語》和《大學語文》之外，都是《人民軍隊》和《內務條例》之類的課程，討論如何宣誓，軍官和首長的區別，首長進屋後我們沒戴帽子要不要敬禮之類問題。

黃芪說，如果有拉屎這門課，就會聽見這樣的對話：「報告教官同志，二十四隊八班拉屎集合完畢。是否上課，請指示！」

「好。拉屎分解動作開始。場地劃分一下，前五名第一、二坑位，後五名第三、四坑位，上坑！」

《大學語文》是個河南籍老師教的，他說，中國歷史上一半的美女產自河南，《詩經》裏一半的詩歌是河南詩人創作的，他讀，「曰歸曰歸，歲亦莫止，靡家靡室，獫狁之故。曰歸曰歸，心亦憂止，憂心烈烈，載飢載渴」，辛荑和我怎麼聽，怎麼是「丫歸丫歸」。辛荑小聲嘀咕：「你丫想回來就回來吧，還做首詩？」

辛荑最喜歡上《大學英語》，因為男女合上，能看見長頭髮。我說，能比我們的長多少，辛荑說長多少也是長。上完兩堂《內務條例》，我們在教學樓三樓的走廊等待女生的到來。天氣陰冷，楊樹的葉子都掉光了，我們都穿了棉襖和棉褲，靠在鑄鐵欄杆上，有小風吹過，順着後脖子舔到尾骨，人一陣哆嗦，然

後望見，從楊樹那邊，從營房那邊，一大隊女生列隊走了過來。臉，圓的，紅的，被凍的。身子，圓的，綠的，早餐一頓兩個饅頭一大碗麵粉湯催的，被棉襖棉褲撐的。遠遠的，彷彿一個大球頂着一個小球，肉把骨形淹沒，然後一堆球整整齊齊地滾了過來。

之後變成我女友的姑娘，走在隊伍的最前面，明顯是班長，雖然不是個子最高的一個，但是顯得最高大，在那一大隊球裏，她也穿軍綠的棉襖棉褲，但是遙望過去最不像球。隊伍快到樓梯的時候，我女友一臉剛毅地喊：「一二一，一二一，一二一，立定。」便步上三樓，帶隊齊步進教室，然後我女友一臉剛毅地喊：「報告教官，二十五隊全體到齊，請您上課。」教官喊：「請坐下。」然後我女友一臉剛毅地坐下，其他女生也紛紛坐下，肉屁股和木椅子碰撞，發出此起彼伏的悶聲。等下課的時候，我女友又站起來，一臉剛毅，喊：「報告教官，二十五隊學習完畢，是否帶回，請指示！」教官喊：「帶回去。」全學院範圍內聚會，我還見過多次我女友指揮女生隊唱歌，她的雙臂控制着所有女生的聲音，她的臉上聚集了無數男學員的目光，她一臉剛毅，沒有一點畏懼，最後右臂一揮，全部聲音驟停，我覺得她很帥。

我和辛薆坐在教室的最後面，他綠着臉背于敏洪的《GRE詞彙》，每背一課，就小聲而堅定地罵一句于敏洪他媽媽，然

後就拉我扯蛋聊天。辛荑說，厚朴告訴他的，每次記憶訓練，開始和最後接觸的部份記得最牢，所以要記得深刻，就要增加停頓次數。辛荑在軍訓的時候培養了一個歷史學家常犯的壞毛病，他把自己想出來的雞賊觀點都借着厚朴的嘴說出來。我剛看完原版的《大衛‧科波菲爾》，接着看《查泰萊夫人的情人》。我看完一部原版長篇，就在英文字典的扉頁上劃上正字的一筆。魯迅在雜文裏說，他在日本無聊的時候看過一百部小說，之後寫小說的底子就基本有了，後來就成了文豪。我想在二十五歲之前也要看完一百部原文長篇小說。好久之後，我隱約發現，我被魯迅誤導了，他說的一百部，一定不都是長篇，很有可能大部份是短篇，而且是日文短篇，而我念的都是英文長篇，都三百頁以上，多費了我好些倍的時間，我日他媽。讀勞倫斯的時候，我無需引導，瞬間體會到他所有的苦，覺得他是英國的屈原，書後有勞倫斯的小傳，這個癆病鬼只活了四十多歲，想到我的來日無多，想起我看長篇小說浪費的光陰，我又日他媽。

每過十來頁《查泰萊夫人的情人》，我看前面仙人球一樣的女生，歇眼睛。我女友坐在最前面，頭髮是這些球裏最長的，幾乎拂肩膀，表情最剛毅，最顯眼。後來我女友告訴我，頭髮的長度是她全力爭取的，軍官區隊長以及區隊長的上級中隊長放出狠話，說留髮不留官，班長不要當了，但是找不到替手，

其他女生都在專心背英文，而且表情沒有我女友剛毅，一半都沒有。又説留髮不入黨，軍校火線入黨就不要想了，但是我女友高中二年級就入黨了，還是市級優秀學生幹部。我當官過敏，但是我長期被女幹部吸引，她們剛毅勇決，認定屈原和勞倫斯是傻屄，理直氣壯不問人生為甚麼，剪刀一樣氣勢洶洶地活過八十歲。如果我是蔦蘿，她們就是大樹。想起她們，我的心裏就感覺踏實。辛荑後來説，我脊椎骨裏橫躺着一個受虐狂，這個暗合《生理學》，正常男人大便和高潮時候的痛苦是骨子裏的歡樂。

我女友説，她注意我比我注意她晚很多，所以界定我們的戀愛史時，官方説法是我追逐她。我們軍訓所在的陸軍學院有一個挺大的圖書館，閱覽室的大桌子，兩邊坐人，中間一道鐵皮隔斷，防止兩邊的異性之間或者同性之間四目相對，但是隔斷靠近桌面的地方開了一道一指寬的縫。我女友後來説，她第一次注意我，是從縫隙裏看見我的嘴，薄小而憂鬱，燦如蘭芷。我算了算，那時候我應該在讀《查泰萊夫人的情人》描寫最細緻的三五十頁，那兩片嘴唇流露迷人的氣質都是憋出來的，這種氣質的吸引力是有激素基礎的，也符合《生理學》。

我和我女友熟悉起來，是在陸軍學院組織的全學院黨的知識競賽，那次競賽，我們聯手，得了第一。

貫穿軍訓一年，我們有各種集體活動，基本目的都是消耗

體力和腦力，抵抗方圓一平方公里內積聚的大量激素。國慶之前，中隊指導員做國慶動員：「我軍有三個基層組織，一是黨支部，是核心。二是團支部，是助手。三是軍人委員會，是參謀。明天就是國慶了，祖國的生日，我們所有人的母親的生日，我們怎麼能不激動？怎麼能不自豪？再過三天就是中秋節，我們怎麼能不期望？怎麼能不暢想？我隊做了周密的安排。第一天上午，和二十三隊打籃球，全體人員必須參看並且鼓掌。這是毫無疑問的。沒有集體活動，就不能成為一個集體。沒有好的集體活動，就不能成為一個好的集體。下午，看電影，《危樓傳奇》。第二天，上午也是電影，《飛人傳奇》，下午乒乓球比賽，晚上當然有晚會，首長講話，部隊學員代表發言，北大學員代表發言，部隊學員代表表演節目，北大學員代表表演節目。第三天，上午也是電影，《鬼屋傳奇》，下午展開勞動競賽，把上周幫助老幹部活動中心挖的人工湖填平，種上松樹。有幾點注意，第一，必須注意安全。第二，要注意在節日裏學雷鋒，適當到廚房幫廚。第三，上級規定，外出人員不許超過百分之五。第四，節日時間，從 9 月 30 日，即今天，下午六點開始，到 10 月 3 日下午六點結束。現在，各班帶回，每個人表表決心，如何過好這個光輝而偉大的節日。總之，好好過，否則，媽屄裏上屎，大家搞不成。」晚會上，我代表發言，結尾是這樣的：「三百六十五天，只是一瞬間。花開了又落，葉子綠了又黃，

樹木的年輪又增加了一圈。祖國啊，祝您生日快樂，祝您又走過了光榮的一年！三十而立，四十而不惑。四十一歲的您又經歷了多少滄桑風雨。風雨終將過去，您仍是您，不，您是更成熟的您。祖國啊，祝您生日快樂，祝您身體健康。」黃芪彈吉他，辛荑演唱「我要的不多」：「我要的不多，無非是一點點溫柔感受。我要的真的不多，無非是體貼的問候。親切的微笑，真實的擁有，告訴我哦告訴我，你也懂得一個人的寂寞……」。辛荑說，他當時在台上，想到「丫歸丫歸」，看到所有女生的眼裏都是淚水。之後兩個月，女生中隊跑步一個人暈倒，校醫在非凡的想像力作用下馬上測試 HCG，結果陽性。領導們一點疑問，為甚麼懷孕的女生長得不算好看？一點結論，和晚會，特別是辛荑的演唱有關，因為女生中隊的隊長指出，辛荑演唱的時候，這個女生哭得最兇。那之後，我們都按照這個邏輯，說那個女生肚子大了，都是因為辛荑。我安慰辛荑，有些事，說有就有，說沒有就沒有，女方告就有，不告就沒有。辛荑說，我日于敏洪他媽，我日你媽。那之後，集體活動也只剩看電影和挖湖填湖了。

　　我想盡辦法逃避集體活動。推選黨知識競賽的代表，大家說，厚朴最會背了，夢話都是單詞，他應該去。秋水也會背，圓周率能記得小數點後一百位，他也應該去。厚朴抱着他三本大小不一的英文字典，說，好呀好呀。我也跟着說，好呀好呀。

女生中隊派來的是我女友。我們三個佔據了大隊的會議室，厚朴放下屁股就說，他負責黨章，也就是一本字數少於《道德經》的小冊子。我女友放下屁股喘了一口氣就說，她負責黨對軍隊的政工，也就是一本少於五十頁的《支部建設手冊》。我說，你們倆都是你們省市的高考狀元吧？反應真快。好，我負責黨史，包括人物，事件，會議，還有軍史，國民黨史，還有其他。

　　會議室很大，大方桌，坐十來個人沒有問題，不用去集體看電影，去挖湖填湖，還有勤務兵送開水。信陽產毛尖，大隊政委送了一斤當年的新茶，說，多喝，少睡，多記，為集體爭得榮譽。我們仨各坐一邊。我背半個小時的黨史：一大，1921年7月23日，二大，1922年7月，八七會議，1927年8月7日，六大，1928年6月18日到7月11日，古田會議，1929年12月，然後看十來頁《查泰萊夫人的情人》，然後看我女友的頭髮這兩天又長了多少。厚朴背半小時英文字典，背幾分鐘黨章，再背半小時英文字典，然後去會議室旁邊的小賣部看看賣東西的女兵。厚朴和那個女兵早就認識，我聽辛荑說，他們第一次對話時，他在現場，當時的情況是這樣的：

女兵問厚朴：「要甚麼？」

厚朴答：「手紙。」

「大的小的？」

「當然是小的。」

後來，辛薁見厚朴就喊，「當然是小的」。厚朴學習了很多北京民間緩解壓力的方式，想也不想，對着辛薁回喊，「你大爺當然是小的。」

小賣部沒人的時候，厚朴常常教那個女兵文化，「這不是陪陵榨菜，這是涪陵榨菜」，「這不是洗衣粉，這是奶粉」，「這不是秦國話梅，是泰國話梅」。會議室敞着門，聽得真切，我發聲地笑，我女友不發聲地笑。我女友一背《支部建設手冊》就是兩個小時，然後起來伸展腰腿，眺望遠方，然後再背兩個小時。我們倆很少説話，她時不常帶來小米薄脆、桔子罐頭、花生米、雞公山啤酒，擺在大方桌一角。除了啤酒，厚朴吃掉百分之八十，他比女生還能吃。吃完汗就出來，透過襯衫，直滲外衣，明確顯示他奶頭在甚麼位置。厚朴説，如果不出汗，他會成為一個大得多的胖子。

中午午睡的時候，值班的狂喊，秋水，有女生電話找你，我喊，你喊甚麼喊，我媽。接了電話，是我女友。

「不是天天都在會議室見嗎，怎麼想起來打電話？」

「買了一個西瓜，我吃了一半，另一半想給你。帶到會議室，又都餵厚朴吃了。」

「好啊。我也不喜歡看他吃完了露出奶頭。」

「我怎麼給你？」

「我過去拿？太顯眼了吧？你過來送？太顯眼了吧？」

「十分鐘之後，去大操場。操場北邊，『保衛祖國』四個大字標語台，在『保』字下面見。」

走在去「保」字的路上，我在想，餐具都在食堂，中午上了鎖，到甚麼地方去搞把勺子，攞西瓜來吃？「保」字下面，我女友拿着個半透明的塑料飯盒，不是半拉兒西瓜，飯盒裏有個塑料的叉子。

「而且西瓜是去了籽兒的。別問我為甚麼知道，我就是知道。我一邊在床上背單詞，一邊看着你女友剝籽兒的。一共三十七顆，二十二顆全黑的，或者叫成熟的吧。」小紅有一次説。

「我還知道，你沒和大夥一起回北京，她幫你定了第二天的八次列車。別問我為甚麼知道，我就是知道。記得我問過你是不是五號走，你説六號走？我負責女生訂票，你女友定了兩張六號的車票。」小紅有一次説。

六號的八次列車，擠死，到處是人，車廂間過道，座椅底下，頭頂行李架上，廁所裏，如果車廂外面有掛鈎，一定也會是人，如果人能飄着，車廂上部空餘的空間也會飄滿人體。我和我女友一起回北京，周圍沒有其他認識的人。到鄭州之前還挺着站着，過了鄭州，車廂裏更擠了，我女友找了張報紙，疊了幾摺，鋪在地上，兩個人一起坐了上去。

天漸漸黑了，火車和鐵軌碰撞，發出單調的聲音。我慢慢失去意識，夢見高考揭榜後，張國棟考上了北京電影學院，

三十個高中男女生去他家大聚大吃。張國棟喝得臉紅到肚臍，和嘴唇一個顏色，舉起一碗湯，餵了褲襠。朱裳也去了，到處和人喝酒，基本沒和我說話。她給別人說她要去上海，說沒報北京的學校，她說，「聽天由命。我，聽天由命。」聲音越來越大，我驀然醒了，手在我蜷起來的腿底下，在我女友的手裏面，頭在我女友的肩膀上，她完全清醒着，兩眼看車廂前方，表情剛毅。

「我累了。」我說。

「嗯。接着睡吧。」

「軍訓一年，你有甚麼收穫？」

「黨知識競賽的時候，你說，『我們發下來的軍毯屬於軍用物資，用完上交，太遺憾了，多好的打麻將布啊。』我幫你買了一條，我打進包裹，直接運到北大去了。9月開學的時候，你就能用上了。」

「真的？」

「真的。」

「你頭髮已經很長了。」

「你喜歡長頭髮？等一下，我把辮子散開，你枕着舒服些。」她的頭髮散開，墊在我的頭和她肩膀之間，我心境澄明。

「說句話，你別生氣。」

「不生氣。不會生你的氣。」

「我想抱你。」

「現在不成。人真討厭。」

「你生氣了？」

「沒有。我高興。」

「男孩心思太苦。很多時候太累，表面強悍，實際上很弱。」

「我知道。我喜歡。接着睡吧。」她的手乾燥而穩定。

車廂裏沒有人注意我們。每個人都在努力，在車廂裏給自己找個空間放好。

「我知道你如何上了你女友的床，你自己爬上去的。一種可能，你對於你女友充滿愛戀。另一種可能，你沒有任何意志力，有個洞你就鑽，有個菜你就撿，有個坡兒你就往下出溜。你或者甚麼都想要，或者不知道自己要甚麼。兩種可能，對我來說，一個意義。你知道我為甚麼問你想幾號走嗎？因為我有同樣的想法，我想你晚一天走，和我一起走，然後車上我有機會告訴你，我喜歡你，請你上我的床。」小紅有一次說。

「你知道嗎，老兵洗腳，一隻一隻地洗，洗左腳的時候，右腳穿着襪子，穿着鞋，繫着鞋帶。據說，這樣，如果戰鬥打響，跑得快。」我當時回答。

第八章
無性之愛，夏利車

　　小紅有獸哥哥，平均一週見一次，她的獸哥哥又開始經常扛着巨大的編織袋跑東歐，名片上註明，他在捷克有個藝術工作室。辛荑現在和一個外號「妖刀」的北大女生探求靈魂上的至真至美至純粹至善良的愛情，他第一個前女友女工秀芬已經被他爸拆散了，第二個小翠也已經被他媽否決了。小白每個週末必須去他大姨家，吃飯，感受家庭溫暖，每週必須去王教授家一次，吃飯，感受大醫風範。我必須和我女友每天吃三頓飯，睡覺不在一起，學校不讓，宿舍的其他人也不讓，進入臨床實習後，我要求兩個人自習不在一起，我說我怕我女友的魅力干擾我探究古今學問，我女友說隨便。其他時候，小紅，小白，辛荑和我常泡在一起，辛荑說，這就是傳說中偉大的至真至美至純粹至善良的無性友誼，無性之愛，小紅說，真的啊？

　　小紅，小白，辛荑和我四個人泡在一起最常見的形式是坐車出去吃喝。

　　1996年，北京街面上屎黃顏色害蟲模樣的麵的還沒有絕跡，

115

車沒鼻子沒屁股，十塊起步，鑽過胡同鑽過褲襠，一塊一公里。普通型桑塔納和尼桑皇冠算最牛屄的車型，車有鼻子有屁股，司機師傅百分之五十戴白色棉線手套，二元一公里，街上基本攬不到生意，他們集體穿西裝，有鼻子有屁股，在五星飯店趴着截擊老外。麵的和桑塔納尼桑之間是夏利，車有鼻子沒有屁股，一塊二一公里，是小白的最愛。小白初到中國，先喜歡的是屎黃的麵的，便宜，肚大，我們三四個人在車裏面對面坐着，小白說，恍惚中內部空間如同加長卡迪拉克，中間焊個玻璃桌子、小冰箱，圓口矮杯，喝加了冰塊的白蘭地。後來，小白坐麵的差點出了車禍，急刹車之後，腦門和鼻子撞在車窗玻璃上，腦門腫了，鼻子流血了，架在鼻樑上的一副雷朋眼鏡碎了。之後，小白愛上夏利，說，顏色好，豬血紅，底盤低，開起來感覺掠地飛奔，彷彿法拉利。

這種豬血紅的夏利長久在我記憶裏。

基本的畫面是這樣的：小白坐在的哥旁邊，左耳朵聽的哥臧否中央黨政軍時尚人物，左手攥着一個厚實的黑皮錢包，負責到地方點車錢，眼睛巡視前方左右兩邊人行道和自行車道上衣着暴露肢體出眾的姑娘，看到左邊有就揮左手，看到右邊有就揮右手，同時用他短促、低輕但是有穿透力的聲音，叫一聲。

那個錢包是黑皮的，看上去很軟，最外邊清晰印着"Hugo Boss"。這個牌子，我和辛荑在王府飯店地下購物區的專賣店裏

看到過，一條內褲，都是兩百多塊，夠買我們倆一輩子穿的內褲，夠我們兩個月的伙食或是在燕雀樓買一百五十瓶燕京啤酒。當時，在冷艷的導購小姐面前，辛荑機智地徵求我意見：「馬來西亞生產的，不是德國原裝貨，不要買了。」導購小姐偷看了一眼，看看我和辛荑有沒有手拉手。很久以後，小白告訴我們，錢包是在秀水市場買的，二十塊，他同時還買了一塊勞力士的滿天星，八十塊。Hugo Boss 的錢包質量好，用了很久。勞力士表送給了他老爸，錶盤裏的滿天星，三個月就開始鬆動脫落，他老爸需要將手錶同地表放平行，脫落的星星們在重力作用下均勻分佈，大部份回落到原來的坑裏，才能勉強看清時間。辛荑總結，小白身上，鞋是名牌，耐克，牛仔褲是名牌，李維斯，而且是李維斯的銀牌，所以身上的名牌只需要百分之三十左右是真的，就足夠讓別人認為你全身名牌，所以超過百分之三十就是浪費和傻屄。那個錢包層次很多，小白有很強的組織能力，有的層放人民幣，有的層放發票，他說以後到了公司上班，發票就能報銷了，現在只能給他爸媽。我在那裏面第一次見到了墨綠色的美金，單在錢包的一個層次裏放著，一塊、十塊、百塊都一樣大小，比我們的十塊錢小很多，比我們的一塊錢也小一些，一元紙幣正面印個鬈毛禿頂老頭的半身像，面帶贅肉，表情老成持重，彷彿清宮太監，反面是個洋房，比故宮太和殿規模小了很多。

辛薁，小紅和我坐在後排。後排空間小，我坐左邊，辛薁坐在右邊。小紅坐在我們中間，身體正對前排的手刹和後視鏡，左腿貼着我的右腿，左乳貼着我的右臂，右腿貼着辛薁的左腿，右乳貼着辛薁的左臂。小紅說，她坐車喜歡坐後面，後面比較顛，身體一顛一顛，上下，左右。小紅說，她坐車喜歡坐我和辛薁中間，「左邊也是帥哥，右邊也是帥哥。左邊是個一米八的精瘦帥哥，右邊是個一米八的微胖帥哥。」因為是個夏利，左右都沒有多少縫隙。小紅不是小白的女朋友之前，常常這麼說。小紅成為小白的女朋友之後，也常常這麼說。

　　我有個錯覺，儘管都沒有多少縫隙，我還是覺得小紅貼我這一邊比辛薁那一邊更緊一些。小紅長得非常對稱，肉眼目測，不存在左腿和左胸大於右腿和右胸的現象。我一百三十多斤，小黃笑話辛薁一百九十多斤，相差的六十斤肉，填補在小紅和辛薁之間，可是我還是覺得小紅和我更近。所以我認定這是個錯覺，彷彿躲在小屋子裏看武俠小說，沒過幾十頁就把自己錯覺成小說中的主角少俠，我一定稟賦異常，生出名門，一定父母雙亡，被人追殺，一定掉進山洞，碰到一個白鬍子殘廢師父，一身功夫一肚子脾氣全身沒一個雞巴，找到一本天下第一的《易筋經》，沒幾分鐘就練成了。為了替我父母和我師父報仇，我出了山洞，每到一個小鎮都遇上一個脾氣秉性不同但是胴體一樣動人的女俠。總之，在錯覺裏，所有好事都會冰雹似的砸到

我身上，躲都躲不開。幾年之後，一個夏天，小紅從波士頓回到北京，「秋水，小神經病，幹甚麼呢？我回來了，你有空兒嗎？咱們去捏腳吧。」街頭已經沒有麵的了，多了一種叫富康的一塊六一公里的出租，多數也漆成豬血紅，從遠處駛來，要很好的眼力才能分辨出不是夏利，有屁股的。小紅天生大近視，我左眼一百五十度，右眼二百五十度，但是忘戴了眼鏡。我還是瞇縫着眼睛，放走五六輛富康，分辨出來一輛夏利，小紅和我重新擠進夏利車的後座，我坐左邊。天氣很熱，日頭很毒，司機師傅說，好多年的老夏利了，開了空調就開不起來速度，開起速度來就沒有空調，像我國的宏觀經濟一樣，中央一放就過熱，冒出很多不良貸款和貪官，中央一收就硬着陸，很多人失業，社會開始動盪。所以他開一會兒空調，開一會兒速度，就像國務院調整我國的宏觀經濟一樣。後排座子的窗戶被司機用兩張《北京青年報》擋了，「陽光進不來，車裏涼快」，司機說。小紅燒肉一手扯掉報紙，說，「我喜歡眼睛到處看」，身子擠過來，說，「我還坐中間好不好？」車堵得厲害，我在流汗，我回憶起我過去的錯覺，當初學醫的時候，教授說人類有記憶，記得時間、地點、人物、故事的發生、發展和結束，說過人記得其他嗎，比如觸覺、味覺、聽覺、嗅覺？好些事實，時間長了，也就成了錯覺。好些錯覺，時間長了，反覆確認，也就成了事實，反正腦子裏沒有確鑿的證據。我忍不住把這些告訴小紅，小紅

眼睛看着車窗外的賽特大廈，説，「捏腳的良子店就要到了。」

我坐在夏利車的後排左邊，右邊是小紅的左腿和左乳。實在是擠，小紅的胳膊只能放在突出的乳房的後面。小紅是我們學校無可爭議的豪乳。她個頭剛過一米六，腰一尺七，襯出她D罩杯不成比例的巨大。小紅後來告訴我，她中學的時候，一心向學，腦子累了眼睛累了就吃大白兔奶糖雙橋酸奶和梅園乳品店的奶酪乾，吃成了一個大胖子，後天加上天生，很快眼睛壞了，九百多度了，甚麼閒書都不看了，甚麼也都不吃了，身子瘦了，但是奶還在，身材就不成比例地好了。我説，我中學時候看書，三年不窺園，累了就睡，醒了就看，心裏腫脹，連着胃口也滿滿的，甚麼都不想吃，早知道，我就吃甘蔗吃白薯吃竹筍吃豬鞭吃鹿鞭吃野狗鞭，然後下身也就不成比例地好了。小紅説我變態，她説在國內沒有買到過合適的衣服，腰合適了，胸一定嫌小，胸合適了，腰一定嫌大。這個問題到了美國之後才得到基本解決，美國那個地方，有麥當勞巨無霸漢堡賣的地方就有巨乳，A杯才是珍奇。所以小紅在國內上醫學院的時候，基本沒合適的裙子穿，只好穿圓領衫和短褲，除了多了胸少了腿毛，和小白的打扮類似。小白在確定追求女朋友的目標之前，考慮過很多，罪魁是辛夷。辛夷幫他定的指標，最重要的是三大項：材，才，財。還明確了定義，材指臉蛋和身段，才指性格和聰明，財指家裏的權勢和有價證券。還明確了權重，材佔

百分之四十，才佔百分之三十，財佔百分之三十。

小黃笑話辛薆對我說：「給小白用 EXCEL 做個電子表格，把他徹底搞暈，小紅就是你的了，我們要保衛班花。」

我說：「我有女朋友了，還是留着你用吧。要不我和我女朋友商量一下，就說是辛薆說的？」辛薆馬上閉嘴了，我女朋友的慓悍和他女友的慓悍一樣有名氣。他的女朋友在京西，鎮北京大學。我的女朋友在京東，鎮仁和醫學院。辛薆現在睡我下鋪，在京東，在仁和醫學院。

辛薆對小白說：「把你的可能目標都交代出來，我幫你確定分數值以及確定最後目標。」

小白說：「小紅奶大腰窄嘴小。她奶大，李加加說的。」李加加也是個留學生，住北方飯店小白的對門，主攻內分泌，我想主要是為了治好她媽媽和她自己的毛病。李加加是個話癆型八婆，感慨於加拿大地廣人稀，冬天漫長，沒有「八」的對象，除了在自己院子裏私種些大麻，偶爾白日飛升，每分鐘二點九九美金電話性交，沒有其他娛樂。李加加讀了斯諾的《西行漫記》之後，決定效法白求恩，來到中國。她在北方飯店的房子和小白的一樣，有十平方米的獨立衛生間，但是她最喜歡的事情是去仁和醫院的集體澡堂子。一週三次，拎着一個塑料桶，裏面裝一瓶洗頭香波，一瓶潤絲，一瓶浴液，一瓶塗身子的潤膚霜。李加加仗着中文不好，口無遮攔。她告訴小白癡顧

明，她親眼看到，小紅全裸的面貌，「太大了，比所有人都大，比我的也大。燈光下的效果如同三克拉的鑽石，要多少眼珠子掉出來，就有多少眼珠子掉出來。周圍有多少眼珠子，就有多少眼珠子掉出來。你要是不把握機會，你就後悔吧。我就看不起你。我還有我媽都看不起你。」

辛荑說：「奶大只是一類指標中的一個指標，雖然重要但是不能代表全部。你要全盤考慮啊。」

顧明說：「小紅奶大，李加加說的。」

辛荑說：「奶大是會改變的。生氣之後會小，年紀老了會下垂。你看多了，會腦溢血，摸多了，會長腱鞘炎，哪隻手摸得多，哪隻手就先長。好東西也要全面考慮，考慮將來，考慮副作用。」

小白說：「小紅奶大，李加加說的。」

我後來認識了一個叫柳青的女人，她心煩的時候會問我方不方便見面吃飯，我方便的時候，她會出現，所以小白、辛荑和小紅都見過。柳青也是大奶，她告訴我是遺傳，她爸爸不到五十就發育成彌勒佛一樣的大奶垂膝，五十歲出頭得了乳腺癌。柳青時常出差到國外，她說香港有專給外國人的服裝店，有合適她穿的裙子。小白把我當成好兄弟，他見過柳青後，拍拍我的肩膀，說，哪天咱們交換一下指標，看看小紅和柳青誰更偉大。辛荑說，看看是遺傳偉大還是後天培養偉大。

我坐在夏利車的後排左邊,我蜷縮着一動不動。我的右胳膊和小紅的左胸之間只隔着一層衣物,我穿短袖,那層衣物是小紅的圓領衫,我的右腿和小紅的左腿之間一層衣物也沒有隔。那一邊,是熱的。我的眼睛直直地盯着前面司機師傅的後腦勺,他的毛髮濃密,油質豐沛,頭皮屑如奶酪粉末一樣細碎地散落其間。我聞見小紅的香水味道,我是老土,我洗臉都用燈塔肥皂,我不知道那種香水的名字。後來,柳青告訴我,小紅用的是香奈爾的 No.5,夢露晚上睡覺,只穿 No.5。夏利車常常在夏天空調不好,空調不好的時候,除了 No.5,我還聞見小紅的肉味兒,不同於豬肉味,鹿肉味,野狗肉味,我沒有參照系。她的頭髮總是洗得很乾,小紅說,她兩天不洗就會出油,就會有味道兒。車子左拐,她的頭髮就會蹭到我的右臉,很癢,因為右手如果抬起來一定會碰到小紅的左胸,不能撓,所以,汗下來。夏利車在東單附近的馬路上開過,馬路下面是大清朝留下的下水道,雨下大了就都在地面上積着。我的屁股距離地面不足十釐米,車子每壓過路上一個石子,一個冰棍,或者開過一個小坡,我的屁股都感到顫抖。那種顫抖從尾椎骨開始,沿着脊椎直上百會穴,百會穴上脹痛難忍。我坐在夏利裏,坐在小紅左邊,我了解了,為甚麼國民黨認為,美人也是一種酷刑。我記不得一共坐過多少次夏利,但是我丟過一個眼睛盒,兩支派克筆,三個錢包,兩個尋呼機,一包口香糖,都是放在左邊

褲兜裏，不知甚麼時候掉在車裏了。我發過誓，以後再也不在褲子口袋裏放東西。以後我隨身帶個書包，裝我的各種小東西，放在我的雙腿上，遮擋我的下體。

辛薑比我有條理，他沒有在夏利車裏丟過任何東西，還撿過二十塊錢。我們四個開始一起坐夏利之後三個月，小黃笑話辛薑開始流鼻血，棉花球堵，冰塊鎮，鞋底子抽都沒有用，流十幾毫升自己就停了，一個月一次，基本規律。我懷疑，他惦記五一三室的小師妹，是為了蹭吃蹭喝那一鍋補血的烏雞紅棗党參湯。

第九章
石決明，JJ 舞廳

　　在醫學院的後半截，在決定要爭取去美國實地考察資本主義腐朽沒落之前，在手術前刮陰毛備皮和手術中拉鈎子抻皮之外，我和辛荑的時間和金錢差不多都花在吃小館和喝大酒上。

　　我們住宿舍象徵性地每年交五十塊錢，一間十平米的房間，六個博士生，三個上下鋪，一個臉盆架子，一牆釘子，雜物堆掛擠塞在任何人類或者鼠類能找到的空間，蟑螂在人類和鼠類不能利用的空間裏穿行，晚上累了，就睡在我的褥子和床框之間，睡在我和辛荑之間。蟑螂們前半夜隨處大小便，產出物隨風飄落，然後聽到辛荑夢裏磨牙的聲音。他們後半宿夜起彷徨，常常三五成群走過我的臉。我在牆上貼了黃芪寫的行草「行苦」，杜仲這個沒文化的總唸成「苦行」，黃芪寫的時候啤酒已經喝腫了，「行」字最後一筆被拉得很長，長得沒有頭地絕望。這幾個人從來沒想過，再過三十年，中央領導人的小命就掌握在這幾個人手裏。所以，當我姐姐說她要在美國換個大房子，至少要四間臥室，她自己一間，老媽和老爸各一間，老媽提供

的理由包括，她天生敏感睡得很輕老爸夜裏翻身吐痰抽煙磨牙打呼嚕她天生多病看到老爸常常想到彼此人生觀如此懸殊誘發心臟房顫室顫同時老爸還有腳氣和神經性皮炎她天生肥胖基因到了美國有了吃的很快逼近二百斤老爸不到一百斤萬一翻身壓死了他屬於意外殺人，我七歲的外甥自己一間，我姐姐提供的理由是，他要上小學了，他的脖子長得可快了，我老媽縱論鄰里矛盾的時候，他伸長了脖子往別人家裏看，眼睛能高過窗台，他要有他自己的空間，發育他自己的靈魂和自我，養他的千古萬里浩然之氣。想起我六個人十平米的宿舍，我覺得我老媽和我姐姐講的一定是抹香鯨的語言。

交通也用不了多少錢。宿舍在東單和王府井之間，和大華影院、奧之光超市、東單體育場，東單公園、王府井百貨大樓等等的直線距離都在二百米之內。在北京這個大而無當、從來就不是為了老百姓舒服生活而設計建造的城市裏，屬於少有的安靜豐富。辛荑家的一間破平房在美術館北邊，順風的時候，憋着泡尿，從仁和醫學院五號院西門出發，急走幾分鐘就到。我從小時候住的平房就夠破了，我們六個人十平方米一間宿舍就夠擠了，第一次看到辛荑家的老房子，我還是感嘆人類忍耐苦難的能力和理解夏商周奴隸制存在的可能。我家已經不住平房了，輾轉幾處，最後又搬回了垂楊柳。如果需要回去，我從宿舍走到東單公園，坐四十一路汽車，兩毛錢到家。

辛荑在穿衣戴帽上，沒有來自女友的任何壓力。辛荑第一個女友女工秀芬看辛荑基本是仰視，基本只看辛荑鎖骨以上，辛荑下六分之五穿甚麼無所謂。辛荑第二個女友小翠在北京二環內長大，看習慣了軍裝逛蕩着和片兒鞋跩拉着的混混兒。我們軍訓時候發了五套軍裝，正裝上掛塑料鍍金扣子和血紅肩章，鍍金扣子比金牙還假，回到城市不能上街，但是作戰和訓練用的作訓服還是和抗美援朝時候的軍裝很像，辛荑常常穿着它，產生醫學博士生和街面土混混兒另類搭配的詭異氣質。小翠看着辛荑身上的作訓服眼睛就發藍光，想起自己的初潮，想起自己的失身，陽光暖洋洋照在身上，紅暈濕臉頰。我和厚朴和杜仲都從心底裏喜歡小翠，我們把我們的作訓服都給了辛荑，這樣，他將來十年，無論胖瘦都有的穿，我們也有機會看小翠眼睛裏的藍光。辛荑現任女友「妖刀」強調精神，心眼遙望美國和未來，心火昂揚，青布衣裳。清湯掛麵的頭髮和生命力旺盛的眼睛，彷彿黑白資料片裏抗戰時期在延安的江青。只要辛荑的陽具包裹在路人視線之外，「妖刀」就沒意見，所以辛荑一年在衣服上也花不了兩百塊錢。現在進入實習期，白天白大褂，夜裏作訓服，基本不用錢。

我很小就有自我意識，四歲分得出女孩好看還是難看，上幼兒園的時候就開始抱怨我老媽，總有用最少的金錢投入把我打扮成玉米、茄子、窩瓜這類北方植物的傾向。三十歲之前，

我基本上是被我老爸手動推子剃平頭，基本是穿我哥穿剩下的衣服，基本上不需要我老媽金錢投入。我老媽的觀點是：「靠，穿那麼好看幹甚麼？你不是說肚子裏有書放屁都是荷花香、長痔瘡都是蓮花開放嗎？你怎麼不想想，你十一歲就要五十八塊錢買二十八本一套的《全唐詩》，那時候，我一個月才掙四十八塊啊。你當時可以選啊，買五十六條內褲還是二十八本唐詩。」我哥淡然玄遠，他是我接觸的真實生活裏，交過最多女朋友的人。我伸出左右手，數不過來。剛粉碎四人幫的時候，嗑了藥一樣，全國性強迫性欣快症，大家縱極想像，也想不出日子如何能夠更美好，天堂如果不是北京這個樣子，還能是甚麼樣子，但有心室最隱秘的角落，隱約覺得，好像有甚麼地方不對。電影裏，英雄兩種表情，陽具被電擊後那種二十四小時抹不去的燦爛笑容或者二十四小時內死了舅舅又死了叔叔的巨大悲憤，後種表情多數只用在日本鬼子和國民黨身上。我哥正青春年少，大鬢角、絡腮鬍子。一部叫《追捕》的日本電影在中國紅了，裏面的杜丘和高倉健，大鬢角、絡腮鬍子，皮下肉裏和我哥一樣淡然玄遠，我哥穿上風衣就是杜丘，穿上內褲就是高倉健。我哥這種長相，成了時尚。他當導遊，吃飯不用錢，帶客人去餐廳吃飯，餐廳還給我哥錢。他的錢都用在行頭上。

每過幾個月，我老媽就問我哥：「錢都哪裏去了？」

我哥總是對這個問題很氣憤：「錢都哪裏去了？那你說，

幾個月前的空氣哪裏去了？幾個月來的糧食都哪裏去了？這幾個月的青春都哪裏去了？」

在之前和之後的漫長歲月中，無論我哥境遇如何，他總是擺脫不了和我老媽的頭腦激盪和言語相殘，任何需要拿出大筆現金的時候，他總是要仰仗我老媽。我哥最低落的時候，像總結革命老幹部一樣總結老媽：沒有生活樂趣，酷喜鬥爭，貪婪無度。我哥說，他們倆的恩怨只有其中一個死了才能了斷。我老媽最低落的時候，還是動之以情，就是看着我哥的眼睛說，我怎麼生了你這樣一塊東西。還不管用，就曉之以理，問，你怎麼出門不讓車撞死？你怎麼不去北京站臥軌？你怎麼不去我家？門後有半瓶沒過期的敵敵畏，你最好都喝了。這些都不管用了，最後的最後，我老媽說三個字，還我錢。

我哥各屆女友用她們的美學偏好指導我哥買行頭，我哥每換一屆女友，我就多了幾套一兩年前曾經非常時髦非常昂貴的衣裳，其中包括一條周潤發在《上海灘》裏那種白色羊絨圍巾。十多年後，我哥開始成套繼承我的筆記本電腦和手機，都是兩、三年前最先進的，比如 2006 年用 IBM Thinkpad T41 和諾基亞 Communicator 9500。

我哥想不開的時候，說：「北京風沙太大，乾得尿都撒不出來，十年河東十年河西，比上，我們不如老媽老爸，他們無成本養兒育女，國家福利分房子，還有勞保。比下，我們不如

你們，沒有趕上四人幫，有前途，沒被耽誤。這些都是報應。」

我說：「我六歲偷看你抄在日記本裏的港台靡靡之音，『我知道你會這麼想，把我想成變了樣。我不怪你會這麼想，換了自己也一樣』，十歲的時候，讀兩千年前的詩，三十歲以前穿你以前的衣裳，這是傳承。」

在原來沒有小白和王大師兄的時候，我們有錢的時候去燕雀樓之類街邊小館，沒錢的時候去吃朝內南小街街邊小攤的京東肉餅，有錢沒錢都喝普通五星啤酒和普通燕京啤酒。王大師兄早小白兩年回到仁和醫大，一整身白肉和一皮夾子綠色美金，一塊美金比我們一塊錢人民幣大十倍，十塊美金比我們十塊人民幣大十倍，讓我們所有的人都服了，認定美國的確是個該去的好地方。王大師兄剛來的三個月，我們從南到北，從東單北大街南口吃到地壇公園，又從西到東，從鼓樓東大街吃到東直門。有了王大之後，我才知道了東來順、翠華樓和東興樓裏面到底有沒有廁所，才知道了不是普通的燕京啤酒是甚麼滋味。

「王大，你說普通燕京和精品燕京到底有甚麼區別？」我沒問辛荑，他倒尿盆的歷史比我還漫長，和我一樣沒有這方面的幼功。

「價錢不一樣，差好幾倍呢。還有，商標不一樣，精品燕京，酒標燙着金邊呢。還有，口碑不一樣，你看點菜的時候，小姐一個勁兒說精品好。還有，精品的泡沫多，倒小半杯，出半杯

泡沫，尿蛋白含量老高似的。」王大説。

我基本認定，不管王大後天的實驗室修為有多深，少年時代也是倒尿盆長大的。

「都是騙錢的。」辛荑説，「總要人為區別一下，否則如何多要錢？學醫不要學傻了，以為人都一個樣，即使脱了褲子也不一樣。説實在的，你説，魚翅和粉絲有甚麼區別？龍蝦刺身和粉皮有甚麼區別？燕窩和鼻涕漿糊有甚麼區別？沒區別。唯一有些獨特的，應該是鮑魚。」

「甚麼獨特？」北大上無脊椎動物學實驗的時候解剖過鮑魚，耳朵似的貝殼，貝殼上一排九孔，學名叫石決明。

「鮑魚是最像屄的肉。」辛荑説。

我始終沒有改變我在信陽陸軍學院對辛荑形成的看法，辛荑的流氓都在一張嘴上。他常年睡在我下鋪，真正的流氓不可能有那樣徹朗寶玉的睡像。醫院供暖期超長，辛荑常年裸睡。人髒，床鋪也髒，但是兩種不同的髒，產生不同的色彩，一個清晰的人形印在辛荑的床鋪上。憑着這個人形，我能清楚地分辨出他的睡相：頭面牆，微垂，枕左手，基本不流口水，肚子微墜，肚臍比下巴低，膝收起，大小腿呈九十度，右臂搭身體右側，一晚上全身基本不動。這個人形長久戳在我腦海裏，時間沖刷不掉，過了很久用天眼看過去，彷彿看着新挖開的古墓：內壁長一零八至一八六公分，寬二十四至三十二公分，係石板

立置砌成女性墓。頭向正西，頭部馬蹄狀束髮玉箍，胸前一對玉雕豬龍。在朝內南小街街邊的京東肉餅店，我和辛葳和小白坐在層疊至屋頂的啤酒箱旁邊，街北十五米外是汽油桶改的烙餅爐子。辛葳看着街道旁邊憑空而起的板樓，說，他小時候，跑步最慢，家周圍大單位蓋樓房，街上的混混兒沒見過一家一戶的廁所，在跑得最快的混混兒帶領下，躥上快蓋完了的樓房，跑進一家家廁所。抽水馬桶的水箱都在頭頂，控制水流的繩子垂下來，末端是葫蘆形的墜子。混混兒一把扯下葫蘆墜子，跑得最快的混混兒扯得最多，多到覺得沒用還是都揣在懷裏，辛葳跑在最後，跑了一下午，一個葫蘆墜子都沒搶到。辛葳還說，在那片板樓的地下室，在人住進去之前，男女混混兒常去鬼混，他站崗。跑得最快的混混兒給他一瓶五星白牌啤酒，說，不是給你喝的，不是給你砸人的，是有人過來就摔在地上，聽響，報警。站在門口，辛葳聽見倆喇叭錄音機，「美酒加咖啡」，手碰吉他，吉他碰酒瓶，酒瓶碰酒瓶，酒瓶碰牆，肉碰牆，肉碰肉。辛葳說，一直在等那個跑得最快的混混兒出來，對他說，輪到你了，但是一直沒有。「後來？後來也沒輪到我。後來我拎着那瓶啤酒回家，酒瓶蓋兒都沒啓開，天上有月亮，酒瓶蓋大小。後來，又過了兩週，下午，還上課呢，初中的班主任讓我去她辦公室，辦公室裏面坐着兩個警察，然後我就被帶走了。派出所裏，我看見了那個女混混兒，眼睛還是亮的，但是沒神

兒了，皮膚還是白白的，但是皺了。一個警察問，那天地下室裏有他嗎，看仔細了，仔細看。那個女的看着我，看了足足三天，三個月，三年，三十年。然後説，沒有。後來，警察讓我回去了，讓我自己和班主任説，認錯人了。後來，那學期我沒評上三好學生。後來，我高中考上了四中。」

後來，王大師兄不再拉我們吃高級飯館了。「理由很多，第一，我錢花得太快了，你們麻將又打得太小，一晚上贏不了一百塊，我也不一定每次都贏，我有出沒進，我老婆在美國查得到我的賬戶，她有意見了，認為我在北京有其他女人了，比她年輕的，比她現在漂亮的。第二，我太胖了，我超過二百斤了，我血糖也超標了，我老婆説，如果再超百分之十，過了能被十五開平方的二百二十五，就不見我了，更別説做別的了。我老婆説，如果我再胖，我的雞雞都被我肚皮孵住了，肚皮比包皮厚多了，小雞雞硬了也出不了頭，想做也做不了了。第三，我要集中精力好好學習了，我要畢業，然後回美國當校醫，我不能草菅人命，我不能砸了仁和這個牌子。」

後來，王大師兄愛上了蹦迪。王大師兄開始穿皮鞋，週一到週五，值完班，脱了白大褂，食堂喝碗餛飩，鋼進夏利出租車後座，就去小西天的JJ，全場飛旋。在不帶我們出去喝酒之後的三個月時間，聽小護士説，王大師兄有了個外號，JJ安祿山。雖然更結實了，體重卻沒有因為跳舞降低到二百斤以下。

王大師兄蹦迪完，吃夜宵。一個人的時候，吃東單上的街邊小館和京東肉餅，如果蹦迪的時候帶着有小女護士或者小女大夫或者體形嬌小但是年紀不小的老女大夫，吃一個叫雪苑的上海館子。我在東單街上仰頭見過，王大師兄一邊吃一邊揮舞着他柔弱無骨的大肉手，小女護士或者小女大夫或者體形嬌小但是年紀不小的老女大夫，面積基本上不到王大師兄的四分之一，體積不到八分之一，微笑着坐在對面聽着，王大師兄的肉身和肉手佔據了雪苑臨街所有面積的一半，彷彿拉下了一半的巨幅窗簾。

後來，王大師兄改去勞動人民文化宮週末交友會場，王大師兄基本都不帶身邊的小女護士或者小女大夫，但是也穿皮鞋。他教育我和辛薁和厚朴，他到了歲數，現在越來越喜歡俗氣的女孩，二十歲上下啊，認識的漢字不超過一千個，常說的漢字不過五百個，會寫的漢字少於兩百個，在王府井百貨大樓包個櫃台，比仁和醫大的女大夫女護士女學生強多了，小動物、小樹木一樣簡單，更純粹，更容易好看。他和我説，勞動人民文化宮集體交友的人都站在享殿外巨大的平台上，那個享殿比太和殿還高，站在平台上看得到準備祭祖用品的井亭、神廚、神庫。男男女女在平台上各自紮堆，男的多，女的少，所以往往女的立在圓心，男的圍成一圈，輪流介紹自己的情況，談成績談理想談人生談工作談學習談最近的國家大事。會場的喇叭反

覆放「一把金梭和一把銀梭，交給你來交給我，看誰織出最美的生活」，但是不許唱歌跳舞，所以每個男的都從腳踝發力到喉嚨使勁兒說。王大師兄站在旁邊，基本沒有他說話的份兒，即使輪到他，他剛說，「我是個醫生」，下一個男的馬上接着，「我也是一個醫生，我行醫五年多了現在是三甲醫院主治醫年底很有可能提副教授我是放射科的但是別擔心我受輻射不多有帶薪假穿鐵褲衩不影響生育有科學證明發表在上一期《自然》雜誌上。」王大師兄說，唯一有一次，一個女的跑過來，說，我盯你好久了，這麼多人，就數你老實，有誠意。我老實跟你說，我離過婚，有一個小孩兒，雖然我顯得小，但是三十多了，你的情況呢？

後來，小白來了。

第十章
翠魚水煮，七種液體

　　我問小白，當他站在東單街頭，兜裏揣着厚實的黑皮錢包，裏面塞腫墨綠色的美金和七張不同品種花花綠綠的信用卡，他是不是感覺如同帶着一把裝滿子彈的五四式手槍，站在兩千五百年前燕國首都薊的中心廣場，想誰就是誰，想怎麼樣就怎麼樣，陽具像革命英雄紀念碑一樣潔白俊朗高大明亮，晝夜挺直。

　　小白說：「呵呵，呵呵。」

　　我是在我老姐的錢包裏第一次看到傳說中的美國綠卡，其實綠卡不是綠的，是深棕色的，印着我老姐的照片，比較真實的那種。我是在小白的錢包裏第一次看到那麼多張信用卡，花花綠綠金光銀光，好看，我一張卡也沒有，我有個工商銀行的紙存摺，在銀行營業部打印流水單，從來沒見過大於一百的數字。小白將信用卡一張張從錢包裏拿出來，然後一張張告訴我：「這張是花旗銀行的 Visa 卡，跑到哪兒的大商店大酒樓都能用。這張是美洲銀行的 Master 卡，也是跑到哪兒的大商店大酒樓都

能用。他們常常在不同時候舉行不同的促銷活動，所以兩張都要有，佔兩邊的便宜。這張是 Discover 卡，基本到哪兒都不能用，但是你自己可以挑卡片的圖案，比如美國國旗啊、聖誕老人啊、你喜歡的美女啊，你媽媽你爸爸你女朋友的照片啊，而且一旦能用，每花一百塊美金它返還給你幾個美分現金，關鍵是，你一旦申請到了，就沒有辦法退，你打電話過去，普通接線員不能受理，她們給你轉到客戶經理，你至少要等半個小時，然後才能和客戶經理說話，客戶經理通常都是印度人，通常她說話你聽不懂，通常她會解釋這個卡的各種好處，警告你如果退卡，男的有得陰莖癌的危險，女的有得陰道炎的危險，說話方式和你和辛夷很像，如果你繼續堅持一定要退，三秒鐘沉默，電話就斷掉了，我打算管小紅要張她的藝術照，做成 Discover 卡，放在錢包裹，反正退不掉，就當壓塑照片用。這張是 Visa 和西北航空公司的聯名卡，你消費刷卡，同時可以積累航空里程，里程多了，你可以換一張免費機票，但是一般來說，你忍住不刷卡省下的錢足夠買一百張機票。這張是 Diner's Club 的卡，吃飯用的，去餐館，特別高級的餐館，沒有這張卡不讓進門，但是實際上，基本沒用，你手上攥着美金，基本都讓你進去。這張是 Barns & Noble 書店和 Master 的聯名卡，有了這張卡，可以坐在書店的地板上看書，沒有人有權力趕你走。這張卡是 American Express 卡，有個戰士戴個頭盔，世界上最早的信用

卡，最初都是給最富有的人，拿出來的時候，周圍知道這個背景的人都會用另外一隻眼睛看你。後來 American Express 出了一個子品牌 Optima，開始發給青年人。我這張是正牌 American Express 卡，我爸爸的附屬卡，也就是說我花錢，他需要每月月初付賬，我不用管，呵呵。」我想起老流氓孔建國，他有個大本子，土灰色，封面紅字「工作手冊」，下面兩道紅線，可以填名字或者日期或者課目。孔建國的本子裏夾了七張女人的照片，大小各異，孔建國號稱都和他有關係，讓我和劉京偉和張國棟以後在街面上遇見，不要上手，畢竟曾經是師娘。孔建國有次一張一張講過來，用了很少的詞彙：「這個，清通，敢睡，忘憂。這個，簡要，屄緊，事少。這個，話癆，速濕，會叫。這個，另類，發黑，口好。這個，大氣，腿細，毛密。這個，聰明，腰細，反插。這個，卓朗，臀撅，耐久。」對於我，孔建國的話比小白的話，好懂多了。我還想起柳青，是柳青第一次教導我如何喝紅酒。我們已經隔了很久沒有見面，柳青穿了套男式西裝，盤着的頭髮散下來，比兩年前削短了很多，側身站在七樓自習教室的門口，隔了半分鐘，我抬眼看見。柳青說：「出差到香港，在太子大廈找老裁縫做了一身西裝，穿上之後覺得半男半女但是很帥，忽然想起你。既然穿了西裝，去吃西餐吧，還有另外一個朋友也去。」我們去了王府井北邊東廠胡同附近一個叫凱旋門的法國餐廳，端盤子的都是男的，柳青教導我說，

高級西餐館子最大的特徵之一就是端盤子的都是男的，更高級的西餐館子，端盤子的都是「玻璃」。我點頭，反正我不懂，柳青說甚麼就是甚麼。柳青那個朋友也點頭，他也穿了西裝，不像男的也不像女的，像個胖子。我們互相介紹，我說我是學醫的，婦科。他說，他懂，呵呵。他說他是做商業的，文化投資，儒商。我說，不懂。他說，他原來是做林業的，後來商業運作成功轉型到能源領域，後來全球大勢和中國經濟持續穩定提升，他很快完成了原始積累，很快掙了沒數的錢，很快體會到了中年危機：知道了自己的斤兩，這輩子，知道有些東西一定做不到，比如比爾蓋茨還富，已經絕望，有些東西一定做得到，比如搗鼓搗鼓掙幾個億，但是已經做過了，已經不再刺激，之後三四十年做甚麼？到五台山睡了三天之後，離婚之後，決定做文化，文化是最沒有止境的東西，手機鏈上拴塊老玉，決定做新中國第一代儒商。柳青說，更通俗易懂的版本是這樣的，儒商原來是山西的，他爸和他叔叔窮得共用一個女人，他原來承包了村邊上的兩個山頭，打算種山楂果樹，一鎬頭下去挖出了煤，就做了運煤的，錢很快堆起來，不想讓人看死他是個挖煤的，又喜歡小明星，僱了兩個沒進成投資銀行和諮詢公司的 MBA 和兩個過氣導演，開了一個投資公司，報亭天天讀文學雜誌看哪個小說可以拍電影電視劇，八大藝術院校附近到處看哪個姑娘可以拉來培養成明星。那個朋友說：「呵呵，是啊

是啊，最難的是培養一個民族的精神，有了錢不一定有文化，但是有了文化，一個國家，一個民族就有了長期的希望和基礎。最近有個寫東西的，說寫了個八十集電視連續劇，說這是第一季，如果投資拍，一定火，火了之後，觀眾逼着，連着拍八十季，推着進世界紀錄。還說女主角都找好了，他女朋友。我看了劇本，夠神的，深情。女的說，你如果不信，我把心給你掏出來。男的說，不信。女的扒開乳房和肋骨就把心掏出來了，帶着血在跳動，真是牛屄啊，我真服了。那個女主角候選，大方極了，在天安門前，我說，裝個夢露，女主角候選二話不說就撩裙子，這麼敬業，能拍不好嗎？我真服了。但是最後，他們漏餡了，露怯了，他們說，保證掙錢，我說，靠，騙誰啊，保證掙錢我拍甚麼啊，我們是做文化投資的啊，我是儒商啊！」凱旋門餐廳的酒單法文英文雙語，法文我一個都不認識，英文每個字母都認識，合在一起，一個詞都不認識。柳青教導我，中國產的紅酒，都是垃圾，越有名氣，越垃圾，垃圾場的面積巨大而已，然後挑了瓶澳洲的紅酒，說，新世界的酒，物超所值。男服務員戴了個眼鏡，當着我們面兒麻利地擰開軟木塞子，給瓶子圍了塊深紅色的抹布，單獨給柳青面前的杯子倒了一口，柳青右手大拇指和中指夾住杯底，傾斜酒杯，襯着她的白襯衣左袖口，看酒的顏色，輕輕搖晃，那口紅酒上下浮動，在杯壁留下微微鼓起的暗紅色，觀察杯壁上的痕跡，鼻子插進杯口，頓五秒，

拔出，深深一口進嘴，漱口，並不出聲，停五秒，目微合做陶醉狀，大口嚥下，閉目做更陶醉狀，最後説一聲，好，於是男服務員給我們依次倒酒。等男服務員走了，柳青一一教導，每個動作的目的，看甚麼，聽甚麼，聞甚麼，舌頭尖、側、根各品嚐和觸摸甚麼，説閉上眼睛，嚐到藍莓、紅莓、黑莓的味道，聞到雨後澳大利亞森林的松柏香，説，這是功夫，她花錢、花時間學來的，現在免費教給我們兩個。在全過程中，儒商朋友一直半張着嘴、鼻毛閃爍，我一直大睜着眼、睫毛閃爍，彷彿在《診斷學》課上聽老師講如何在不同肋骨間隙聽病人的心音，如果病人乳房太大妨礙聽音如何撥挪到一邊。喝之前，我問柳青，如果她對男服務員不説好，這瓶開了的酒還算我們錢嗎？是不是男服務員晚上下班自己喝了？你説如果我們只要三杯免費的冰水，服務員會讓我們一直坐這兒嗎，還會端免費麵包上來嗎？柳青沒搭茬兒，問我，她穿西裝好看嗎，説，如果我覺得好看，她就再去做兩套。我説，不懂啊。儒商朋友説，好看，好看。永井荷風説，男人的人生，三樂，讀書，婦人，飲酒。你每期《收穫》都看，品紅酒，又是這樣美麗的女人，人生三樂合一啊。我看了那個男服務員一眼，那個男服務員也看了我一眼。我明白他是幹甚麼的，我估計他不明白我是幹甚麼的。

「你一美金在中國當十塊錢人民幣花，而在美國，一美金買不了一塊錢人民幣在中國能買的東西，舉例説吧，幫助你理解，

你一百美金在美國睡不了一個姑娘，但是在中國你可以睡十個姑娘，你是不是覺得自己的陽具毫無道理地長大了十倍？」

小白說：「呵呵，呵呵。」

小白揣着他裝着七張信用卡和上千美金的錢包走在東單的馬路上，我和辛荑一左一右稍稍靠後保護着小白，想像着書包裏藏着的菜刀嘹亮，想像着我們在護送一個剛從支行出來的分行提款員，周圍胡同裏或許會躥出來三個月沒有發工資於是決定來搶銀行的四川民工。小紅再稍稍靠後，左手挽我右臂，右手挽辛荑左臂，我們四個，菱形行進，到處吃喝。有一次我穿了一件我哥前兩年穿的短風衣，下襬搭骻，淺黃布料，古銅色燈心絨領子，小紅也有一件相同款式的，小紅說，我們倆穿一樣的衣服，所以是一對，所以要走在一起。然後左手就拎住我的右臂，停五秒，說，需要平衡，我要兩個帥哥，然後右手就拎住辛荑的左臂，然後我們就形成了這個菱形。以後，小白也買了一件一樣款式的短風衣，我基本不穿那件短風衣了，這個菱形還是沒有變，還是小紅左邊拎着我，右邊拎着辛荑，小紅說，制度形成之後就要長期執行，五十年不變。三年後我在美國學 MBA，才知道，這叫先動優勢（First mover advantage）。

小白和王大師兄不同。王大師兄和劉京偉類似，一生中需要牛屎滋養心靈。如果在沒有人類的史前時代，如果劉京偉是頭獅子，他一定要做獅子王，四足着地，屹立於山巔，下面是

仰望着他的獅群，他的爪子最鋒利，他兩眼看天空，天空上有月亮，陽具在兩腿間腫脹，他的陽具最茁壯。周圍是幾隻母獅子，是獅群中面孔最美麗身材最好屄最緊的，她們看着他，他會不會碰她們，一點都不重要。即使在下一秒鐘，他失足摔死、站得太高被雷劈死、被奸臣獅子毒死，一點都不重要。王大師兄如果是頭獅子，他一定用樹枝和死老鷹的羽毛發明一對翅膀，和自己的胸肌有機縫合，青玉璧塗上熒光粉鑲在頭頂，從山巔飛起，成為第一個鳥獅。下面全是看着他的眼睛，在那些眼睛看來，他和月亮一樣高，一樣亮。如果小白是頭獅子，他一定站在水邊或者樹後，眼神純淨，用餘光端詳他唯一喜歡的那隻母獅子，他伸出前肢，收起爪子，用前掌中心的肉墊慢慢撫摸母獅子的毛髮，從頭到尾，摸一次就好，他的小雞雞就可以硬起來，就會永遠記住。

　　這種差別也體現在找館子上，小白不去金碧輝煌除了鮑翅之外甚麼都不會做的地方。如果有一百塊能吃好的地方，就不去一百一十塊才能吃好的地方，金額計算包括來回夏利出租車費用。北京很大，我和辛荑長在東城和朝陽區，我們覺得豐台是河北，海淀是鄉下，西城是肚臍上劃小叉裝二屄。小白的到來打破了我們狹隘的地域觀念，他第一個發掘出來的物超所值的地方是西城區阜城門西北角的四川大廈。自助任食，人民幣五十八元一位，大冬天竟然有新鮮的三文魚刺身，據說還是挪

威飛來的！但是四川大廈偌大一個二樓大廳，三十多張大桌子，菜台上裝三文魚的盤子只有一個，盤子的大小只有八寸，盤子每三十分鐘才上一次。盤子底兒鋪冰塊，冰塊上鋪保鮮膜，保鮮膜上碼放麻將牌大小、半釐米厚薄的橙黃色三文魚片，夾魚片的半尺長夾子一掃，半盤子就沒了。

我們的優勢是時間。下午四點上完第二節《藥理學》，我們四個攔截個夏利，揚帆向四川大廈出發。四點半之前，北京哪條路都不太堵，穿五四大街，景山前街，過故宮東西兩個角樓，貫皇城門內大街，我們一定在五點前到達。這個時候，後廚和前廳服務員剛睡起來，做晚飯前準備，要到五點三十分，二樓大廳才會開放，要到六點，吃的才會上來。天氣好的時候，我們四個就坐在馬路牙子上等待，還沒到下班時間，自行車還不多，各種車輛或快或慢開過去，沒甚麼風，雲彩慢慢地飄，比自行車還慢，除了公共汽車，包括雲彩，也不知道都從哪裏來，要到哪裏去，也不知道來來去去都是為了甚麼。三五個百無聊賴的老頭老太太帶着三五個無賴模樣的孫子孫女在不大的草坪上反覆踐踏，秋天了，銀杏葉子黃了，只有些最皮實的串紅和月季之類的花還開着，無賴孫子伸手去掐，老頭阻止：「警察抓你！」，孫子停住掐了一半的手，鼻涕流出一半，嚇得不繼續流淌，老太微笑：「騙你的，這附近沒警察，掐吧，掐吧。」孫子樂了，鼻涕完全流出來，下端是黏稠的，上端是清亮透明

的。一兩個中年男子在放風箏,儘管風不大,他們的風箏飛得老高,比雲彩高,比吹着流氓口哨呼嘯而過的鴿子高。那時候,我除了到河南信陽軍訓,其他甚麼地方都沒有去過,那之後,我去了很多地方。我固執地認為,北京最好的藍天是世界上最藍的,又高又藍,那種高那種藍獨一無二,比後來到過的雲南、西藏、古巴的天還要藍,比綠松石、天湖石、藍寶石還要藍。我同樣固執地認為,小紅的奶是最好的,比它挺拔一些的比它短小矮鈍太多,比它肥大一些的比它呆傻癡茶太多。在之後的歲月裏,這點對於秋天藍天和小紅乳房的記憶,從自然和人文兩方面支撐我的信念,幫我抵擋了無數對於北京謾罵。草在風裏搖擺,最黃的銀杏葉子落下來。我想,如果在石器時代,我們四個土人穿着草裙遮擋私處,一邊聊天一邊等着其他土人烤熟野豬,一陣風出來,小紅的草裙擋不住她的乳房,我們三個眼睛都紅了,腰下都硬了,按照當時的行事習慣,應該如何處理?有三種可能,第一種,排隊,一個一個來,誰排前面靠抓鬮決定。第二種,三個人往死裏打,打死一個,打跑一個,剩下的一個就和早就等煩了的小紅走進樹林。第三種,三個人用三頭野豬換一塊玉琮,讓小紅雙手捧在雙乳之間,小紅就做了部落的女神,誰不同意就打死誰。無論哪種可能,都不會像現在這樣,小紅完美的乳房就在兩米開外,三個人安靜地坐在馬路牙子上,看着北京的藍天。

辛荑常常利用三文魚之前這三十多分鐘逼迫我們考慮人生規劃：「咱們今年是大學六年級了，哇靠，再長的大學，再過兩年也不得不畢業了，咱們討論一下，畢業的出路是甚麼，有哪些可能的選擇？第一類選擇，當醫生。第二類選擇，做研究。第三類選擇，和生物和醫學都無關，比如學 MBA、學計算機等等。第一類中，又有三個變種，留在仁和當醫生，去國內其他地方當醫生，去美國當醫生。第三類也有兩個變種，和生物和醫學徹底不沾邊的，比如投資銀行方向的 MBA，還有沾點邊的，比如生物信息學、醫院管理等等。很複雜的，這還沒完，另一個變量是學校名氣，上哈佛之類的名校還是一般學校。以咱們的背景，除了小白，最誘人的選擇最不可能，比如直接去美國當醫生，去麻省總院，我們沒有綠卡，沒有工作許可，不能直接當。但是，又不是絕對不可能，有個變種是結婚，和一個有身份的人結婚，然後移民到美國。小紅最有條件，但是我和秋水都不答應，所以小紅你自己也不要隨便答應。」如果天氣好，風不大，辛荑可以一邊思考一邊憂慮一邊談這些關於明天的變種，一天一夜，再一天再一夜。小紅對辛荑說，求求你，別說了，你想好了，告訴我該如何做就好了。辛荑說，好啊，三文魚開門了。

　　我們搶佔靠三文魚八寸盤子最近的桌子，重新安排四個人的椅子，充份妨礙其他桌子的人靠近魚盤。服務員端着三文魚

盤子走過來，我們三個男的臉皮薄，一左一右一後，從三個方向擋住其他要靠近魚盤的人，小紅把着魚片夾子在服務員前面，服務員進一步，小紅就退一步，就等魚盤放在菜台上的那一瞬間，右手快攻，魚片夾子橫掃過去，兩下之後，盤子百分之八十就是我們的了，然後再慢慢調芥末和日本醬油，然後再慢慢吃，等待半小時之後，下一盤子三文魚的到來。分工是小紅選的，她說，她近視，看得見三文魚片，看不見別人鄙視她的眼神，她說，男人在外面，要撐住門面，有面子。過了兩年多之後，我們畢業前夕照集體照，三十人中間，我們四個的眼睛閃閃發亮，是整張照片上光芒最盛大的八個高光小點，我戴着眼鏡也遮擋不住。辛荑說，都是因為那時候一週一次三文魚刺身任吃的結果。

小白進一步帶領我們發現北京作為偉大祖國首都的好處，比如各個省市都在北京有辦事處，每個辦事處的餐廳裏都有最正宗的地方菜餚。離東單不遠，從新開胡同往東，國家旅遊局北面，我們發掘出四川辦事處餐廳。米飯免費吃，自己拿碗去飯桶裏盛，拌三絲辣到尾椎骨，三鮮豆花嫩，蕓豆蹄花湯飽人，翠魚水煮，香啊。

翠魚水煮是每次必點的菜，一個十寸盆，最下面一層是豆芽菜，然後是鱔魚片，這兩層被滿是花椒辣椒的油水覆蓋，最上面一層是青菜，漂在油水上面，一盆十塊。吃了兩次之後就

開始上癮，辛荑覺得自己懂，隔着玻璃，問廚房裏的大師傅：「花椒辣椒油裏面是不是有罌粟殼？」

「你腦殼裏頭缺根筋！你以為你是哪一個？省領導啥？還想我給你加罌粟殼？」大師傅用川普回答。

我勸我哥，開個飯店吧，甚麼都不賣，就賣這種魚，除了川辦，北京還沒有第二家，一定火。名字我都替他起好了，「魚肉百姓」。我哥說，他們幾個做導遊的，心中有其他更宏偉的想法，討論很久了，他們從國外遊客對北京的不滿中看到很多商機。外國遊客們總結，北京白天看廟，晚上睡覺，所以他們想開個夜總會，附帶一個電子遊戲廳，發揮首都優勢，把北京八大藝術院校的女生都吸引過去，把漂在北京上不了電影電視的三流女星都吸引過去。那之後，過了一年，北京到處是水煮魚，一個城市每年多吃掉一千萬條鱷魚。天上人間也開業了，很快成為北京的頭牌，傳說走道裏站滿了一米七八的藝術類女學生，門票六十，比四川大廈三文魚任食還貴。我哥他們幾個，心中有了更宏偉的想法，從蘇聯進口飛機和鋼材，海拉爾入境，賣到海南去。

我們四個最輝煌的一次是在一家叫花斜的日式燒烤涮鍋店，三十八元任吃，含水果和酒水飲料。1996 年的最後一天，小白說，我們今晚要血洗花斜。我說好，辛荑說好，小紅說，歐哥哥去捷克了，我也去。

早上睡到十一點，早飯睡過去，辛荑說：「要不要吃中午飯？」

「餓就吃吧。」

「吃了就佔胃腸的地方了，影響晚上的發揮。」

「人體器官有自我抑制作用，如果一點都不吃，過兩三個小時，交感神經系統會給胃發出信號，產生飽脹感，那時候我們正好在花斜，你想吃都吃不下了。」

「但是那是假象啊，我胃腸實際上真的是有地方啊，我踹兩斤肥牛下去，飽脹感就消失了。」

辛荑餓到食堂中午快關門的時候，買了一個豬肉大蔥包子，一兩大米粥，一個褶子一個褶子地把包子吃了，一粒米一粒米地把粥喝了。然後嚷嚷着要去消食騰地方，拉我爬東單公園的小山。抵抗到最後，我屈服了，說，好，爬山可以，不能手拉手。辛荑在東單公園的小山上問了無數的問題，比如東單公園如何就成了「玻璃」樂園？如何把「玻璃」同非「玻璃」分開？「玻璃」佔人類人口比例多少，佔中國人口比例多少，為甚麼和蘋果機佔個人電腦總數的比例如此相似？東單公園的小山有多大多高，能藏多少對「玻璃」，如果警察決定圍剿，需要多少警力？為甚麼人體如此奇妙啊，平常小鴨梨大小的子宮能裝十來斤的小孩，「玻璃」的屁眼能放進一根黃瓜？我說，你再問一個類似的問題，我就拉你去公園門口的春明食品店，在你被餓瘋了

之前，餵你半斤牛舌餅。

　　五點整，我們四個坐在花斜的大堂，去了大衣，內着寬鬆的舊衣裳，八目相視，孤獨一桌地等待火鍋開鍋。辛荑説服了我們吃涮鍋，燒烤油大，聞着香，吃不下多少。七點鐘，辛荑抽開褲帶，捲起來放到大衣兜裏。八點鐘，外面排隊的人吵吵鬧鬧，大堂經理微笑着問我們，先生小姐還需要些甚麼嗎？同時遙指門口的長隊，「讓我們分享這新年氣氛吧」。小紅説，還早，我剛補了牙，吃得慢，才剛吃完頭台。九點鐘，小白説，辛荑，你的筷子變得有些緩慢了，我和你打賭，你二十分鐘之內，吃不了三盤肥牛，賭一包登喜路。十點鐘，門口的長隊已經不見了，小紅還在一趟一趟盛黃桃罐頭，然後半個半個地吃，我數着呢，第七盤了，人體真奇妙啊，那些黃桃到了小紅身體裏，彷彿雨點入池塘，了無痕跡。十一點鐘，我們八目相視，孤獨一桌，望着彼此的臉龐，感覺竟然有些胖了。大堂經理獰笑着問我們，先生小姐還需要些甚麼嗎？這樣吃有些過份吧？我們如果現在下班，或許還有希望和家人一起聽到 1997 新年鐘聲的敲響。我説，我在洗手間看到有人吐了，肥牛和黃桃都吐出來了，漱口之後出來繼續吃，太過份了。1997 年 1 月 11 號，我在報紙上讀到，花斜添了一條規定，限時兩個小時，每延時十五分鐘，多收十塊錢。我和辛荑一起慨嘆，是世界改變了我們還是我們改變了世界？是我們改變了世界！

十二點鐘之前，我們四個回到東單三條五號的宿舍樓。小白不願意一個人回北方飯店，要去我們宿舍打通宵麻將或者《命令與征服》。我們三個希望下雪，那樣我們就有理由在鐘聲響起的時候抱在一起，特別是和小紅抱在一起。雪沒有下，天冷極了，三條五號的鐵門鎖了。平常低矮的鐵欄杆在六個小時花斜任食之後，高得絕望。我們三個努力推小紅翻越，我們都感到了黃桃的份量，覺得推舉的不是小紅，而是一大筐黃桃。小紅戳在欄杆的頂部，左右兩手各抓一隻欄杆的紅纓槍頭，左腳下是我，右腳下是辛荑，屁股底下是小白，我們同時看到等在院門裏的獸哥哥。

　　獸哥哥的長髮飄飄，眼神溫暖，伸手抱小紅下來，小紅忽然輕盈得彷彿一隻長好了翅膀的小雞。我聽見獸哥哥在小紅耳邊小聲説：「我想你了，所以早回來和你聽新年的鐘聲。」獸哥哥隱約遞給小紅一個精緻的粉紅色的盒子，説，「送你的，新年快樂。」

　　後來，小紅告訴我，盒子裏面七個小瓶子，袖珍香水瓶大小，每個瓶子一個標籤，分別寫着，淚水，汗水，唾液，尿液，淋巴液，精液，血，盒子外邊一張卡片，寫着：我的七種液體，紀念四年前那個夜晚你給我的七次，1997 年快樂。

第十一章
妖刀定式，素女七式

　　辛荑現任女友妖刀的肉身離開辛荑去美國留學，已經快一年了，刀光還是籠罩辛荑周身，我猜想，除了週末自摸噴射的一瞬間或許想過小紅或者關之琳，辛荑無論在精神上還是肉體上都克己復禮、敬神如神在。

　　這幾乎是個奇蹟，我一天不和我女友說話，兩天不見，三天不摸，我幾乎想不起來她長得甚麼模樣，儘管我女友和鄧麗君剛出道的時候非常相像，模樣非常好記。辛荑和妖刀幾乎很少通電話，當時越洋電話超貴，比小十年後，科技發達的現在，我打電話給二十多年前死去的姥姥還貴。辛荑說：「秋水，這個你不能了解，在妖刀身上，我見到神性。」我說：「你見過神嗎？你見到的只不過是一些非人類的東西。」

　　妖刀和辛荑一樣，也是四中的。妖刀這個外號，典出圍棋中的妖刀定式，在中國流創立的早期，妖刀定式很流行，出手詭異，非人類。在四中這個數理化雄霸全國的男校，妖刀是校史上第一個高考文科狀元，上了北大西語系。妖刀被班主任請

回母校做演講，介紹學習經驗和人生體驗，台下一千多個男生，一千多個小雞雞，八九百副眼鏡，一萬多顆青春痘，妖刀平視遠方：「我覺得，成功，關鍵的關鍵是信念。我聽我爸爸說，我生下來的那一刻，是早上，他從產房的窗戶裏看到天邊朝霞滿天，他認定，我的一生將會不平凡。我崇拜我爸爸，我相信他認定的東西，我聽他的話。我生下來的時候，我盯着周圍的護士，她們打我，捐我，舉我到高處，但是她們沒有辦法讓我哭泣。三歲的時候，我爸爸給我找來《幼學故事瓊林》，我從頭背到尾。五歲的時候，我爸爸給我找來《唐詩三百首》和《毛主席詩詞》，我從頭背到尾。七歲的時候，我爸爸給我找來《十三經註疏》，我從頭背到尾。九歲的時候，我爸爸給我找來英文原版的《小婦人》，我從頭背到尾。」辛夷說，妖刀的班主任也曾經是他的班主任，聽這個班主任說，妖刀的風姿震翻了當時在座所有懷揣牛屎的小男生。妖刀不到九十斤，不到一米六，沒個頭沒屁股沒甚麼胸，僅僅用這種風姿，僅僅在那一次演講會上，成了 1991 年左右公認的四中校花。我說，她爸爸對中國傳統文化還是不了解，應該進一步給妖刀找來《永樂大典》或者《四庫全書》。對西方文學也是太保守，應該給妖刀找來《芬尼根守靈夜》和《追憶似水年華》。

辛夷和妖刀近距離認識是在一個四中的校友聚會上。平常這種耽誤時間的活動，妖刀基本不參與，但是這次聚會是給一

個學計算機的高材生校友送行，妖刀對這個校友一直有些英雄惜英雄式的仰慕。在高中，計算機是稀罕物件，每週每人只有一個小時上機時間，進計算機房要換拖鞋刮鬍子剃鼻毛。遠在那個時候，這個計算機師兄就有無限時穿球鞋泡機房的特權，彷彿古時候聰明多大略的司馬懿可以劍履上殿。「妖刀自小戀父，或許初潮前後的夜晚曾經想念過這個計算機男生。」辛荑曾經酸酸地說。餐館裏很嘈雜，計算機男生的聲音依舊能讓所有來的人聽到：「曾幾何時，有人說，世界 IC 業就是 I，Indian，印度人，和 C，Chinese，中國人的事業。印度人比中國人更靠前面，更主導。我要說，給我時間，給我們這一代時間，世界 Computing 業就是一個 C，Chinese，中國人的事業。我這次去了斯坦福大學，去了計算機的故鄉和熱土，有着惠普發源的車庫，結着史蒂夫喬布斯的蘋果，我不是我一個人，更是我們學校的代表去了斯坦福大學，更是你們的師兄去了斯坦福大學。我去了，就是一顆種子，過幾年，等你們準備好了的時候，我就是一棵白楊。曾幾何時，有人說，我可能成為北大最年輕的教授。我要說，我一定會成為斯坦福大學最年輕的教授，不只是最年輕的中國教授，而是所有人種中，所有國籍中，所有歷史中，斯坦福大學最年輕的教授。」校友們放下溜肝尖和醬爆大腸和燕京啤酒，鼓掌。辛荑說，他看到妖刀臉上潮紅浮現，紅得鮮艷非常。在之後的八年中，辛荑嘗試了從柏拉圖的精神

到小雞雞的溫潤，他都沒有讓這種紅色在妖刀面頰上重現。

那次聚會小翠陪辛荑一起去了，穿了條緊身高腰的彈力牛仔褲，腿更加悠長，頭髮拉直了，順順地搭在肩頭。小翠一句話不和別人說，聽，看，喝燕京啤酒，抽 8mg 的中南海香煙。計算機男生講話過程中，小翠小聲問辛荑：「你丫這個同學是不是詩人？」

「不是，丫應該是科學家，而且渴望牛屄。」

「丫這種人要是最後能牛屄，揚名立萬兒，讓我站在前門樓子上，我都找不到北。」

十多年之後，歷史證明小翠是英明的。成千上萬的計算機詩人抱着顛覆美帝國主義的理想散落在北美大地，十多年之後，住郊區帶花園的獨棟房子，房子的地下室有乒乓球台子，睡着實在不想肏的老婆同學或者老婆同志，養着兩個普通話帶着台灣口音的兒子，開着能坐七個人帶一家三代人的日本車子，成為美帝國主義經濟機器上一顆無名而堅實的螺絲，怎麼 google，都搜尋不到他們的名字。十多年之後，我在新澤西順路拜訪我奧林匹克數學競賽得過金牌的中學同學馬大雪，我停妥我租的車，看到他撅着屁股在花園除草，他長得像貓熊的老婆坐在門口台階上哭泣。馬大雪老婆手裏拿着一個三十二開硬皮日記本，上面兩個大字「溫馨」，指着其中一頁哭泣：「馬大雪，你原來還會寫詩？這首詩是你給誰寫的？是不是你們班那個狗屄才

女？你的詩寫得好啊，真好啊，我看了心裏暖暖的，空空的。馬大雪，你大傻屄，你聽明白了嗎？但是這不是寫給我的！我心痛，我不幹！你現在怎麼甚麼都不會寫了呢？怎麼就知道零和一，怎麼就知道調整你的風險控制模型呢？我知道了，因為我不是你的女神，我不是那個狗屎才女！馬大雪，你大傻屄，你沒良心，你一天不如一天！」我看了眼，詩是用馬大雪特有的難看字體寫的：

　　那一天
　　閉目在經殿的香霧中
　　驀然聽見
　　你誦經的真言
　　那一月
　　我轉動所有的經筒
　　不為超度
　　只為觸摸你的指尖
　　那一年
　　我磕長頭匍匐在山路
　　不為覲見
　　只為貼着你的溫暖
　　那一世

我轉山轉水轉佛塔呀

不為修來世

只為在途中與你相見

「不是馬大雪寫的，你別哭了。」

「是他的字體，我認得。」

「我知道，是馬大雪抄的，六世達賴喇嘛倉央嘉措寫的。要是馬大雪能寫出這樣的詩，現在還在高盛做甚麼狗屁風險控制模型，我比你先罵死他，唾沫淹死他。我們中學那個才女，在北京晚報副刊五色土發過三首現代詩呢，和我聊過，說見到這首詩，被驚着了，覺得世界上如果還有這樣的人活着，她還寫甚麼詩啊。後來發現是前代活佛寫的，心裏才平衡。」

「真的？真的也不行，馬大雪這個從不讀書的，那時候還能為個狗屁才女到處讀情詩，然後工工整整抄出來，然後給人家！馬大雪，你大傻屄，你沒良心，你一天不如一天。我還是不幹！」

晚上我請他們夫婦吃四川火鍋，越南人開的，比我最惡毒的想像還難吃。馬大雪還是狂吃不止，滿嘴百葉。我從小到大都無比佩服馬大雪算術的超能力。

打麻將的時候，總聽他類似的話，「如果八圈之前你不吃，這張牌就是你的，你就槓上開花了」。腦筋急轉彎，兩個 7 和兩個 3，用 ＋－×÷ 分別得出 24，每個數用一次。馬大雪三秒

鐘之內，頭也不抬答出來。我總把馬大雪和我初戀一起，奉為天人。我舉起酒杯說：「說正經的，你不當科學家，真是科學的損失。」馬大雪眼睛不抬，滿嘴百葉，說：「無所謂，反正不是我的損失就行。」

四中校友聚會後的第二天，妖刀來到我們宿舍，和辛薨理論，質問辛薨作為四中英文最好的男生，怎麼能如此自暴自棄，和女流氓混在一起。

「你的世界觀是甚麼？」在北大二十八樓的宿舍裏，妖刀盯着辛薨的眼睛問。妖刀眼神犀利，隔着隱形眼鏡片，打出去，還是在辛薨臉蛋上留下看不見的細碎的小口子。

「你的世界觀是甚麼？你覺得甚麼樣的世界觀才是正確的？」辛薨避開妖刀的眼神，暗示我不要從宿舍裏溜走。從二十八樓的窗戶往外看去，銀杏葉子全黃了，明亮地如同一束束火把。

「我的世界觀是，世界是舞台，我的舞台。你的人生觀是甚麼？」

「我忘了我中學政治考試是如何答的了。你的人生觀是甚麼？」

「我的人生觀是，我要在這個舞台上盡情表演。」

後來，小翠說辛薨一腦袋漿糊，辛薨父母說小翠一嘴垃圾土話。後來，妖刀送給辛薨一條黃圍巾，雖然難看，但是她這

輩子第一次花時間親手給別人織的。後來，妖刀就纏繞在辛荑脖子上了，我和杜仲和厚朴和黃芪和所有其他人都喜歡小翠，杜仲和厚朴還從辛荑那裏把作訓服要回來了，「沒了小翠，沒人欣賞。」我夢見小翠又來我們宿舍，我們六個人用皮筋打紙疊的子彈，黃芪的皮筋斷了，問小翠借，小翠在兜裏找了找，沒有，隨手把小辮兒上的撸下來，遞給黃芪，沒皮筋的一邊頭髮散着，另一邊有皮筋的還紮在一起。

妖刀很少來仁和，基本都是辛荑去北大找妖刀，這樣，妖刀可以節約路上的時間，多看一些必須看的書。妖刀對於自己每天的活動都有計劃，每月要讀完的書，在一年前的年度計劃裏就制定好了。妖刀要做到的，特別是經過自己努力能做到的，妖刀一定做到，否則她答應，她死去的爸爸也不能夠答應。

辛荑和死去的妖刀爸爸通過幾次電話，基本都是這樣的：

「叔叔，她在嗎？」

「她，她在學習。」

妖刀第三學期的時候，期中考試之前，她爸爸死了，妖刀是考完期中考試之後才知道的。她爸爸為了不耽誤妖刀期中考試，嚴禁任何人告訴妖刀。妖刀考完試回家，去看了她爸爸的屍體一眼，她發現她爸爸手上用紅色標記筆寫着一個日期，就是昨天，她期中考試的日期。妖刀明白，她爸爸期望挺到這一天，到了這一天，他就可以給妖刀打電話，妖刀就能回來看他

了。停屍房很陰冷，妖刀還是沒哭，她覺得她爸爸做得很對。

　　辛荑對我說，妖刀身體一直不好，體重長期不足九十斤，經常性痛經。辛荑說，不能怪妖刀強調精神。他懷疑，如果妖刀洩了這口氣，就會在一夜間枯萎，彷彿離開水的蘭花。辛荑基本肯定，他是妖刀第一個男人，辛荑非常肯定，他和妖刀的每一次都彷彿第一次，都彷彿手指撬開河蚌的外殼，彷彿反革命的鍘刀陷進劉胡蘭的脖子，彷彿教廷的火焰蔓延到聖女貞德的下身。

　　「來吧，我可以忍受。」妖刀說。

　　「我有障礙。我如果繼續下去，我會成為虐待狂。」辛荑說。

　　對於辛荑，這是個問題。辛荑是個性慾濃重的人。小白說，他不能常吃朝內南小街的京東肉餅，吃一次，硬一次，涼水沖小雞雞，離開水龍頭，雞雞還燙手。小白說，辛荑更過份，聞見京東肉餅就能硬。黃雜誌過海關的風險太大，黃書對於辛荑太間接太文學，每次假期，小白回波士頓，辛荑總給他一張三寸軟盤，「裝滿，壓縮好，照片，東西方不論，不穿就好。」辛荑的藥理試驗室有電腦，可以撥號上網，下載毛片。一是要用的人太多了，整個實驗室的研究生都靠這個電腦上網寫郵件聯繫美國實驗室。因為涉及前程，真着急回郵件的時候，小城出身的研究生，脾氣比急性腸胃炎等坑位的時候還暴躁。二是網速太慢了，一個一百K的黃色照片，先出嘴唇和奶頭，要等

半個小時之後，陰毛才出現，彷彿老謀深算的偵探片。有一次下載到一半，一個研究生跑進來查郵件，辛荑飛快點擊，妄圖關閉瀏覽器，Windows 像預期的一樣完美死機，陰毛在這一瞬間下載完畢，大草坪一樣呈現在顯示器上。那個研究生說，下次再來人，記住，關顯示器，千萬不能信任微軟！

辛荑和我抱怨，靠近東單公園，本來就有同情「玻璃」的傾向，和妖刀在一起，本來就有虐待狂的傾向，如果這麼慢地看毛片，偶爾有人闖進來，添了射精困難的毛病，還如何在街面上混啊？

小白的房間裏有台錄像機，李加加不知道用甚麼方法從加拿大帶了一盤超限制級的錄像帶。李加加以為這種東西北京沒有，賣了之後夠一學期的化妝品花銷，結果發現有賣盜版服裝和盜版軟件的地方就有賣盜版毛片的。共用一個渠道，農村婦女抱一個小孩，光盤就煨在小孩尿布裏。小白把辛荑和我都叫了過去，李加加要求同看，被我們拒絕，她的橙子留下，人推出房去。辛荑說，如果我們三個被抓住，至多是聚眾看毛片，如果有個女的，那罪名就升級到聚眾淫亂。小紅也讓我們趕走了，我們的理由是，我們聯網打一會兒《命令與征服》，《內科學》考試馬上到了，這麼厚一大本，我們四個人都不看，抄誰的啊？如何及格啊？

李加加的錄像帶真清楚，比小孩尿布裏的毛片強多了，這

個事實不能讓李加加知道。內容真下流，一定不能讓流到社會。

小白、辛薁和我共同觀看的時候，屋子裏的日光燈慘白，電視裏肉光金紅，我們彼此不說一句話，表情嚴肅，比看新聞聯播嚴肅多了，比在花斜搶時間吃自助的時候更安靜。

毛片快結束的時候，小白臉色一片金紅，忽然說：「其實，如果現在有個女的進來，我也不會做甚麼。但是如果辛薁撲上去，我肯定是第二個。」

我說：「我排隊，我可以是第三個，但是那個女的不能是李加加。李加加笑起來，分不清鼻孔和眼睛。」

辛薁說：「我去趟廁所。」過了一分鐘，我聽見沖水聲，辛薁一臉嚴肅地出來。我也去了趟廁所，看了眼馬桶，一片沒被完全沖走的手紙。辛薁一定自摸解決了。看毛片的時候，肛門括約肌緊張，不會有大便便意，即使大便，一分鐘也不夠，如果僅僅小便，用甚麼手紙啊？這種觀察和推理能力，我老媽培養我好多年了，比如根據鄰居垃圾桶的內容物判斷他們家現金流水平，如果多了雞骨頭和啤酒罐就說明最近日子不錯，如果偶爾有個空外國香水瓶和空洋酒瓶就說明最近發了。

辛薁說：「我們應該提高自身修養。我和妖刀是強調精神的。我們約定我們自己的宗教，我們每頓吃飯前，每天睡覺前，要想念對方，只要不涉及性器官，最好也不涉及肉體，其他甚麼都可以想，眼神啊，笑容啊，頭髮啊，想到丹田中一股暖意，

緩緩上升到百會，慢慢下沉到足三里。然後，靈魂合一，幹甚麼都在一起，一起吃飯，睡覺，喝水，氣定神閒。坦率說吧，這種習慣持續時間長了，我心中邪念一起，比如想請小春師妹去吃建國門的 Baskin Robin's 31 種冰激凌店，妖刀會在邪念尚未形成的時候感知，然後給我的呼機留言，非常簡單，四個字，『這樣好嗎？』」

「你中午六個包子，從地下室食堂到六樓宿舍，還坐電梯，沒到宿舍，包子就剩半個了，你真是飯前祈禱嗎？」

「中午時間短，祈禱做的稍稍草率些，草率些。」

「你倒很老實。」

「是妖刀厲害，我同意她說過的一句話，妖刀說：『我不知道如何讓你高興，卻知道如何讓你不高興。』」

我女友一樣籠罩我，但是她一點都不相信怪力亂神。如果有靈魂，她的處理是買兩斤豬肉和兩斤粉條，同靈魂一起燉了。我女友不相信柏拉圖，就像她不相信沒有臉龐為基礎的笑容。

我姐姐臨去美國送我一個她用過的日記本。硬殼封面、粉色，有玫瑰花和八音盒圖案。紙也是粉色的，有玫瑰花和其他各種花，有各種詩句，比如「我的日子裏，在抒情的寂寞中，尋找一段搖滾的吶喊。我的愛情躲在搖滾的方式裏，渴望擁有長久的古典」。她在扉頁上寫了一首詩：「看花要等春天來，看本要等主人在，要是主人我不在，請你千萬別打開」，扉頁

後面，斗大的字，她記了二三十頁。我姐姐立下規矩，「你可以看，但是不要和我討論」。我還以為裏面哪個國家領導人在她十二三歲的時候把她當成洛麗塔崇拜，以及這種崇拜在改革開放的大背景下，文化的差異性下，都有哪些具體的心理和生理表現。結果連我姐姐甚麼時候拉手，甚麼時候失身都沒有看到。

在扉頁底下的空白處，我記錄着我和我女友每次分手的日期：92 年 9 月 14 日，94 年 2 月 14 日，94 年 9 月 19 日，95 年 6 月 20 日。這些分分合合的具體過程已經無從考證，但是基本都和我初戀以及我女友的清華男生有關。2 月是情人節，9 月是我初戀的生日和那個清華男生的生日，6 月是我初戀放暑假回到北京的日子。在一個無比漫長的時期，我高度懷疑，我初戀掌握着我的基因密碼，我對她缺乏最基本的免疫力。我一天一封地寫信，總覺得還有話沒有說完，我一天一封地收信，總覺得她寫得太淡太矜持。十年之後回看，發現自己要求太高了，那些信再濃些再大膽些就接近限制級了，十年前，我初戀畢竟還是個清純型少女啊。我初戀不喜歡計劃和用即時通訊工具，她的辦公樓距離我的宿舍五分鐘夏利車程，她喜歡忽然出現。我初戀穿着深青色呢子大衣出現在我宿舍門口，問「有空嗎？」在那個無比漫長的時期，對她，我永遠有空，我對不起辛荑對我的教育，我永遠失去分析能力，我永遠希望，我馬上忘記醫

學、GRE、GMAT、BOARD EXAM、MBA，她牽了我的手，把我賣到月亮上去，永遠回不來。

在 95 年 6 月 20 日那次分手的時候，我女友明確地說：「我們徹底完了。秋水，你會後悔的，你現在的心不在我這裏。歷史將證明，你應該娶一個我這樣的人，但是我現在已經身心俱疲。我不想成為你的枷鎖，我對你更加關切，我就綁你更緊，你掙扎更兇，我就綁你更緊。我們有緣份，但是這種緣份太苦了，總之緣份像是條繩子，把我們捆到命運的石頭上，越掙扎，繩子捆得越緊，勒痛身體，勒細呼吸，勒出血。我決定，這次我做主，我要離開你。」

在我和我女友分分合合的過程中，我最難忍受的是一個人去食堂吃飯，我對我女友說：「你奪去了我的第一次，儘管我從始至終就是一個混蛋，你要對我負責。我們是送西瓜和雞蛋的友誼。你總能給我帶來福氣，你不要我，如果我暴死，你要把我們的友誼提升到送鮮花的友誼。」我女友告訴我，她最難忍受的是離開我的身體。她說她和我的身體關係很好，她迷戀它，她說我身上有特別的味道，像傳說中的外激素，在同一個食堂裏，即使中午燉了豬肉，豬肉還是臭的，即使離開三十米，她也能聞到我的存在，這是事實、科學，無關神鬼。

無論是誰提出分手，我們偶爾在食堂碰見，我有對於一個人吃飯的厭惡，我女友有對於我身體的迷戀，她會走過來，說，

一起吃飯吧？我說，好啊。吃完，我女友把碗洗了，放進食堂的碗櫃，我的碗放在她的碗旁邊。她說，下午兩點上課，還早，外邊走走吧。

出了食堂，她習慣性挽起我的右胳膊，我習慣走左邊，她清楚。時間緩慢黏稠如米粥，看着一成不變的天空，我偶爾懷疑，我女友會不會永遠成為我女友，無論怎樣，我和辛荑和小白是不是永遠無法畢業，無論怎樣。我女友挽着我，我們走過大華電影院、紅星胡同、金魚胡同、紅十字總會，走到擀麵胡同。我哥在擀麵胡同有一間小平房子，朝北，黑冷，他永遠不呆，我有把鑰匙。進門之後，她習慣性把我放倒，她尋找我特殊味道的來源。「不許攔我。你不是說剛洗完澡嗎？你不是以前答應我，只要你剛洗完澡，我就有權利親它嗎？你知道嗎，我第一次抓住它的時候，我覺得老天對我真好，從小想抓住甚麼就能抓住甚麼，抓住了就是我的了，就永遠是我的了，就永遠是我的了。它後來用事實告訴我，它沒有腿也能跑，老天爺也不是甚麼好東西。」她習慣性在全過程中悶聲高叫，我到了，她就不叫了，一動不動，等着我提示她收拾。我永遠不能確定，她是否到了。

平房有一張桌子，桌子上有半包金橋香煙。她去洗臉，我點一根煙。煙霧裏，所有神鬼匯聚。

我看到西去成都的一六三次列車，我們要去峨邊和大渡河

附近找一種或許存在的玉竹，白鬍子教授有學問，說，又叫葳蕤，也是形容詞，「蘭葉春葳蕤，桂花秋皎潔」，這些，美國留學回來的年輕人都不知道了。硬座車廂，午飯方便麵之後，我女友趴在我腿上，搭蓋我的冒牌 Polo 夾克，睡覺。醒來的時候，一動不動，拉開我的褲鏈，吸乾我的汁液。井噴的時候，一動不動，拉上我的褲鏈，抬起身體，去洗手間收拾，回來對我說，下午好，剛做了個夢。火車還在行駛，周圍人包括同去的厚朴和植物學白鬍子教授或許都睡着，我看見我冒牌夾克衫上的假商標，好肥的一匹馬。

　　我看到她拉着我的手走進她的宿舍，「小紅不在，去找獸哥哥睡了吧」，她沒拉窗簾，褪了內褲，裙子還在，高跟皮靴還在。她俯下身體，雙手支撐窗台，仰起臉，我們兩個一起面對窗戶外面似隱似無的紫禁城金頂。我拉起她的頭髮，從後面進入，彷彿騎上一匹金黃的戰馬。「累了吧？睡一會兒吧，小紅應該不回來了。她這種時候出去找獸哥哥，一般都不回來了。其他床都是護理系的，都去上夜班了。」床簾拉起，我們一起平躺在她的單人床上。她自說自話，她可以用多少種方法讓我達到高潮，「第一，手，雙手或者單手。第二，嘴。第三，乳房夾緊形成乳溝。」有人開門進來，她按住我，我女友的床有重簾遮擋，彷彿歐洲中世紀戰馬的護甲，外邊甚麼都看不見。我一動不動，我聞見香奈爾 No.5 香水的味道，我知道，是小紅。

小紅嘆了長長一口氣，放了包，爬到我女友的上鋪，拉開被子，又長長嘆了口氣，於是不動，和我隔着一層被子、一層床板。我在擔心，如果小紅就此睡去，我如何出去，我的屎尿依照生物規律來臨，如何解決。透過細細的床和牆壁之間的縫隙，我看見小紅的手指，她的指甲不好看，沒有一個飽滿，她常常引以為憾，我還看見獸哥哥送她的粉紅色禮盒，我知道，裏面有七個小瓶子，裝着獸哥哥的七種液體。我女友在我耳邊繼續自說自話，「第四，雙腳。第五，大腿根。第六，肛門。第七，陰戶。當然，這些只是理論，還沒有全部實踐。」

第十二章
麥當勞，命令與征服

小白説：「請你們倆吃飯，麥當勞。」

我和辛荑跟小白去了王府井新華書店一樓的麥當勞，據説，這是北京市第一家。

店面氣派，透過大玻璃窗看見王府井路口和對面的經貿部、北京飯店、大明眼鏡店。店裏四家小朋友在過生日，「祝你生日快樂」，十來分鐘就響一次，最多的一家聚了十來個人，家人還有同一個學校的三五個小屁孩。小壽星戴着麥當勞大叔大嬸發的紙糊皇冠，左手拿一個草莓聖代筒，右手拿一個巧克力聖代筒，滿足地笑着彷彿可以馬上就地死去。爺爺奶奶笑得尤其甜蜜，彷彿孫子今天吃了美國麥當勞，明天就一定能坐進美國大學的課堂並飛快適應飛快成長。小屁孩同學們眼睛不眨，在小壽星欣賞蛋糕的時候，往嘴裏狂塞夾魚夾肉夾雞蛋夾奶酪的漢堡包，彷彿亞運會前後，北京路邊常見的一種大熊貓張大嘴狂啃竹子造型的垃圾桶。

我第一次來麥當勞，也是這王府井家店，和我女友，記不

清是哪次分手之後了。她正在減肥，基本是看我吃，聽說她的清華男生嫌她胖。我說：「真好吃啊，人間美味。你管那麼多幹甚麼？胖抱着才舒服，要不骨頭硌骨頭，多痛啊？」我女友説：「你和你初戀是骨頭硌骨頭，你和柳青不是吧？她胸不小啊，應該舒服吧？你和你初戀呢，也説不定，有些痛是某種刺激呢，是吧？對於我，有些事情，比如美麗妖艷，比如身材窈窕，是義務啊。」我說：「你好好盡義務。」她説：「其實還是為自己，離三十歲遠的時候，吃甚麼都不胖，胖了也很快減下去，現在離三十歲近了，很容易胖。清華男生也平淡很多了，我讓他一個月來一次，他就一個月來一次。不像以前，死活都要每天從清華過來，晚上十二點，夜宵擺好，用手機呼我下樓吃，吃的都是肉，我第二天早上再睏也要爬起來，沿着王府飯店長跑減肥。」我悶頭吃東西，橙汁下得飛快，誰說是垃圾食品啊，多好吃啊。她説，「再給你買一杯吧？」我說，「算了。」她等了一會兒，交換了我和她兩個杯子的麥管，她的杯子給我，杯子裏還有好些橙汁。吃完，我女友說去一趟洗手間，我以為是去補妝然後好去見她的清華男生。她回來的時候帶回一個麥香魚和一個小橙汁，紙袋包好，「你晚上做完實驗吃吧。」這頓麥當勞花的錢，夠我女友一個星期的中飯和晚飯，我死活埋單，她拒絕。到了美國之後的第一年，我還是吃不起麥當勞，在食堂（Food Court）裏，買了漢堡，就買不起飲料，買了飲料，就

買不起漢堡，這種狀況直到我去新澤西做了暑期工作才有了明顯改變。簡單計算，我用了足足十年時間，才把麥當勞從一個沒錢常吃的美味變成一個夠錢常吃的美味。我是多麼熱愛垃圾食品啊！

小白請我們，事先沒說為甚麼。辛荑買了兩個巨無霸，我買了大橙汁和麥香魚，小白買了四個最經典的牛肉漢堡，撥開麵包，只吃肉餅。小白講，他在波士頓的冬天，見過一個大老黑二十分鐘吃了二十一個這樣的肉餅，然後開了皮卡走路。

「我要小紅，你們告訴我怎麼追。」小白說這句話的時候，一點沒看着我或者辛荑，雙眼直直地看着玻璃窗外，表情決絕。後來，小紅質問我，為甚麼不在計劃階段攔住小白，你們這兩張嘴是幹甚麼吃的，平常怎麼那麼能說呢？我說，你如果看到那種眼神，你就會放棄努力。當時，我或者辛荑要是放一把菜刀在小白手上，小白可以放下牛肉餅，從東單殺到公主墳，砍死每個膽敢攔住他去找小紅的警察。

「你不是有個和你一起學鋼琴的女朋友嗎？長得有點像關之琳的那個，你還有相片呢。」我問。

「女的朋友。」小白回答。

「秋水啊，妖刀說，從理論上講，找女孩，一挑有材的，聰明漂亮啊。二挑有財的，錢多啊。你的標準是甚麼？」辛荑彷彿沒聽到小白說甚麼，問我。

「要是找老婆，我找可以依靠的，這樣就可以相互依靠着過日子。我是想幹點事兒，我也不知道是甚麼事兒，但是，這麼一百多斤，六七十年兒，混吃等死，沒勁兒，我初戀也要嫁人了，剩下的日子，我總要幹點嘛吧？幹事兒就會有風險，就有可能一天醒來，發現自己在討飯。隔着麥當勞的窗戶，看着辛荑吃巨無霸，我口水往肚子裏流，我敲敲玻璃，跟辛荑比劃，意思是，如果吃不了，剩下甚麼都給我順着窗戶扔出來，謝了。所以，看到東單街上要飯的，從垃圾桶撿破爛的，我總覺得是我的未來。所以，我要是有個老婆，我希望，她是我的後背。我要是有那麼一天，她能跟我一起，拿個棒子甚麼的，告訴我，腦子在，舌頭在，無所謂，我們可以從頭再來。」

「你別煽情了。你就是極度沒有安全感。」辛荑説。

「我也在想，我能相信誰，把我的後背交給誰，想了想，發現兩個規律，第一，都沒戲。我初戀喜歡自己把握局面，喜歡一般雞巴堵不住的大排氣口奔馳。柳青，也沒戲，我不是非常了解，但是她有她非常兇狠的地方，當斷則斷，我見過她修理她的經銷商。我女友，或許吧。但是她算度精確，充滿世俗智慧，一定不會讓我做那些不着調、沒有屁眼門的偉大的事情。第二，用這個標準判斷，越是靠譜的，你越沒興趣。」我説，同時心裏想了想小紅，我不知道，毫無概念。

「妖刀可以做到。妖刀有非常人的精神力量。你們知道的，

她美國大學申請運氣非常差，一個常青藤學校都沒拿到。她爸爸週年忌日前後，她一直在未名湖旁邊溜達，我知道她水性不好，陪了她三天，一步不敢走遠。她上飛機去美國之前，和我說，讓我一定要上哈佛或者斯坦福或者麻省理工，不要管學費，再貴也上，她討飯、貸款也要幫我湊足學費。妖刀給我規定了每週的功課，兩套 GMAT 試題，兩套 GRE 試題，兩套 TOEFL 試題。妖刀和我講，她正找律師，打算申請傑出人士移民，她有了綠卡，我就有機會直接考 BOARD，在美國當醫生了。」

「妖刀了不起，她怎麼符合傑出人士的定義呢？創立宗教？」我問。

「我要小紅，你們告訴我怎麼追。」小白重複。

「其實費妍也不錯，乖乖的，白白的。我見過她剛剛洗完澡，從澡堂子出來，頭髮散下來，濕漉漉的，好看。」我說。

「個子矮了一點點，有些駝背。」辛荑說。

「小白個子也不高啊，般配。而且皮膚白啊，駝背是謙和，笑起來多甜啊。」我說。

「那是表面現象。費妍屬於古時候的城池，外城，山青水秀，毫不設防，誰都可以進來逛遊，費妍對誰都客氣，都乖乖的，白白的。但是再往裏，誰都別想輕易進來，壕溝、弓箭手、滾木礌石。軍訓的時候，二十三隊學數學的男生夜裏值班無聊，打電話玩，找着正在值班的費妍，第二個週末就一起請假到信

陽城逛街了，但是到現在，也說不清是不是男女朋友。大街上，走在一起，怎麼看怎麼像男女同學，一起核對考試答案或者議論老師的穿着。」辛荑說。

「我要追小紅，你們告訴我怎麼追。」小白重複，這次，眼睛盯着辛荑。

「你確定嗎？小紅好嗎？小紅將來是臨床醫學女博士啊，養在家裏，虎嘯龍吟的，比仙人掌還高大，太壯觀了吧？不要這麼快定下唯一的目標吧？我以前幫你定的指標，對妖刀的兩大標準做了明顯的改進，三大項：材，才，財。還明確了定義，材指臉蛋和身段，才指性格和聰明，財指家裏的權勢和有價證券。還明確了權重，材佔百分之四十，才佔百分之三十，財佔百分之三十。我給你的那個電子表格還在吧？咱們應該系統地往下接着進行，比如一共能有多少候選人應該進入這個甄選系統，如何收集候選人的資料，一批多少人，共幾批等等？膽要大，心要細。行愈方，智愈圓。」辛荑說。

「妖刀還是狀元、才女和校花呢，你怕嗎？我不喜歡多想，越想越不清楚，我喜歡做我喜歡做的事。我喜歡小紅，小紅也不是我爸的女朋友，也不是你們的女朋友，也沒結婚也沒生孩子。小紅好，心好，乳房大。」小白說。

「好兔子不吃窩邊草，同一個班的，如果終成眷侶固然好，但是如果搞不好，成為陌路，成為仇人，還要天天看見，在一

個食堂吃飯，一個教室上課，多彆扭啊。」辛薆説。

「秋水現在不是也挺好嗎？他前女友每次看見他，也不是惡狠狠的。」小白説。

「難度會很大的，小紅有獸哥哥了。獸哥哥，到了小四十歲，還是這種流氓狀態，不得了的，魅力指數要超過我們好幾倍。你想，獸哥哥在北京當小流氓長大，大氣，寬廣，夠男人。會彈鋼琴，認識好幾個詩人和裝置藝術家，有氣質。又和你一樣，有國際接觸，騎過洋妞洋馬，甚至更時髦，獸哥哥泡洋妞的地方是資本主義的老巢歐洲啊，布達佩斯啊、阿姆斯特丹啊。獸哥哥走了萬里路，也是學外語的，讀了好些書，泡過 N 個姑娘，有經驗啊。還做生意，多少有些錢。現在還有幾個馬仔，有權勢。當流氓到這麼老，最好的歸宿就是找個小紅這樣的美麗知性女生，還是學醫的，還是中國最好的醫校的，靠，不當大元寶摟在懷裏每天晚上舔着，才怪。」辛薆接着説戰略執行的難度。

「所以，我才請你們來吃麥當勞，問你們的主意。」小白説，眼睛還是看着窗外。

「好，我來幫你分析分析，你和獸哥哥的異同，然後根據這些異同，我們來制定奪愛戰略，並確定所需要的資源，包括錢和人力資源，最後制定行動計劃和每個階段的里程碑。」辛薆説。

「我聽不懂，我應該怎麼辦？」小白説。

「好，我問你，你和獸哥哥比，你的優勢是甚麼？獸哥哥的優勢是甚麼？你的優勢是，你距離小紅更近，你睡的床就在小紅睡的床幾百米之外。你和小紅有更多共同語言，你們都要面對《內科學》考試。你更清純，更青春，獸哥哥太套路了，小紅是有慧根的人，或許會看得出來，不被他迷惑。你有時間優勢，獸哥哥是商人，重利輕別離，你有大把的時間可以泡小紅。你是美國人，如果小紅想在美國當醫生，你可以讓小紅夢想的實現，縮短至少五六年。」辛荑分析。

在辛荑沒完沒了之前，我打斷辛荑，我看着小白的眼睛，我問：「小紅是個好姑娘，是我們自己人。我問你，你老實回答，嚴肅回答。」

「我一直就沒笑，辛荑在笑。」小白説。

我問：「你真喜歡小紅？」

「喜歡。」

「你把小紅看得很重要？」

「重要。比《內科學》重要，比我自己重要。我願意把小紅當成我的世界觀，人生觀。」

「不追小紅，你能睡着覺嗎？」

「睡不着。」

「好，中文裏這叫冤家，還有個成語叫冤家路窄。我分析不出那麼多東西，我要是你，做到一條，對小紅好，往死了對她

好，比其他人對她好，濃一百倍，其他人包括獸哥哥和她媽和她爸。獸哥哥每天想小紅半小時，你就每天想小紅五十小時，獸哥哥每月給小紅買一件東西，你就每月給小紅買一百件。不在錢多少，在心意。」我對小白說，然後喝完最後一麥管橙汁，趕回婦科腫瘤實驗室，繼續嘗試原位雜交法測細胞凋亡相關基因 RNA 的方法。RNA 降解酶防不勝防，頭痛。

小紅說：「《內科學》考試之後，請你們仨到我們家吃飯。」

小白沒說話。

我們仨那次麥當勞會議之後，沒看出甚麼動靜，小白只是更加沉默。我們四個人還是經常呈菱形戰陣在夏利出租車能到達的北京疆土遊蕩，吃物超所值的大小館子。我和辛荑都沒催小白，辛荑說，要是小白和小紅兩個人好了，我們倆就多餘了。要是沒好上，小紅和小白中一定有一個不能再和我們混了。總之，四個人不能再在一起了，夏利車坐着寬敞了。我，靠。

小白很少在他北方飯店的房間裏呆了，總是泡在我們這兩三個宿舍，沒日沒夜地打《命令與征服》。我們宿舍本來有一台組裝的超級爛電腦，除了 CPU 是原裝奔騰的，其他零件都是在城市化過程中失去土地的海淀農民純手工製作的，開機兩個小時，機箱就熱得燙手，打到半夜的時候，辛荑經常放鋁皮飯盒在上面，熱他晚飯剩下的包子當夜宵，包子皮微微焦黃，但是不會糊，後來去了上海我才知道，這叫生煎。辛荑說，比軍

訓時候整個二十四中隊的鍋爐還好用。辛黃在上面烤過割麥子打死的野蛇，一個小鋁飯盒，均勻撒鹽，加一點薑絲和蔥末兒，鍋爐是水暖型，烤不出脆皮。電腦是我們七八個人湊的錢，海龍電腦城組裝的，黃芪和我騎學校食堂的平板三輪車拉回來的。機箱過熱，找奸商理論，奸商說，你們三千塊錢要配出 IBM 主打機器的配置，熱點就忍忍吧，冬天給暖氣助力，夏天？夏天，你們要不去隔壁買台電扇，一百多，能搖頭，還有時間顯示，合起來三千一百塊錢，比 IBM 主打機器還是便宜三分之二。小白搬了他 GATEWAY 原裝電腦過來，我和他一起做了一根偽調制解調制線，把兩台電腦連起來，聯網打《命令與征服》。那根偽調制解調制線足足有十五米長，我和小白買了兩個合適的接頭和一根含三根線的電纜，將第一個接口的輸出（第二針）和第二個接口的輸入（第三針）連接，將第二個接口的輸出（第二針）和第一個接口的輸入（第三針）連接，保證輸出、輸入交叉，最後將兩個接口的地線（第七針）連接，大功即告成。人和人鬥，比人和機器鬥好玩太多，沒有比人更壞的了，那種把沙包堆到敵人家門口然後安上炮台的攻關密技由於敵人是真人而變得滑稽可笑。換人，不歇機器，輸了的人下去，換下一個排在最前面的人，如同小學時候在水泥台子周圍排隊打乒乓球。小白太強了，打敗了我們所有人，霸佔機器成為雞巴機霸。我十五分鐘就被小白奪了軍旗，不服，說，是因為小白用原裝

美國機器。小白沒說話，起身，移動到燒包組裝機，坐下，右手已經僵直成鼠標形狀，「再來」。十五分鐘後，小白又奪了我的軍旗。小白基本不睡覺，偶爾喝水，實在打不動又輸不了，就自動讓位，上七樓自習室復習《內科學》，看他爸爸給他郵寄過來的原版《希氏內科學》（Cecil Textbook of Medicine），一等一的印刷，上下冊，十多斤重，紙又白又硬。小白看三分鐘睡着，頭倒在攤開的《希氏內科學》左側，佔不到一半的面積，口水緩緩從嘴角流到攤開的《希氏內科學》右側，右側的頁面着水鼓起，呈現清晰的脈絡。我偶爾想，世界的秩序是如何形成的，局部小世界的秩序是如何形成的。如果醫學院不考《內科學》而是考《命令與征服》，小白就是老大了，如果世界考評男人不是按照錢財、學歷、相貌，而是靠在《命令與征服》中奪旗的本領，小白就是極品了，想睡誰就睡誰，當然也包括小紅。

辛荑問小紅：「為甚麼請我們仨去你家吃飯啊？」

我說：「請吃飯還用問為甚麼？我去。你不去我吃雙份，小白不去我吃三份。」

小白說：「我去。」

辛荑說：「我去。」

小紅家在西北二環路邊上，和JJ迪廳很近。《內科學》考完，我們四個躥出室溫三十度以上的老樓二一零教室，搭上一

個夏利車，殺進北京乾冷的冬天。小白還是穿着大褲衩子和圓領衫，外面裹個羽絨服，厚棉襪子和耐克籃球鞋，襪子和褲頭之間露出體毛。但是頭髮好像昨天剃過，明顯簇新的痕跡，還上了些髮膠之類的東西。辛黃還是穿着他的作訓服，頭髮亂蓬蓬的。

老板兒樓，三樓，大三室一廳，小紅有個妹妹，姐妹兩個一間，小紅媽媽和小紅爸爸一間，第三間當客廳。小紅妹妹開的門，比小紅高，比小紅壯實，比小紅眼睛大，胸沒小紅的大得那麼突兀。小紅妹妹的大眼睛探照燈一樣飛快掃了一遍我們三個，對小紅説：「姐，今天有人送我巧克力，真噁心。」辛黃接話茬：「就是，真噁心，吐他一臉口水。」小紅父母已經坐在客廳裏的沙發上，我們一起叫：「伯父，伯母。」小紅父母説：「好，好，快進來坐，外面冷吧？」

沒進父母的房間，隱約看到都是公家發的傢具，帶公家編號的銘牌，實木，厚重粗大，沒見到甚麼書。我們把外衣堆在小紅房間的寫字枱上，寫字枱上還有一張小紅中學時候的照片，雙奶裹在皮夾克裏，比較胖，梳個辮子，一個健康的好孩子沐浴在那時候祖國的陽光裏。

「小時候照的，挺傻的。」小紅説。

「不傻。」我説。

「敢説傻！」小紅説。

寫字枱兩邊各一張床，一樣的碎花床單和碎花被套，我微合眼睛，霎時間聞見頭髮、身體、洗髮水、沐浴露、棉布、洗衣粉交織的味道，右邊的床一定是小紅的。辛荑的眼睛四處溜達，彷彿房管科檢查房屋漏水的。小白的眼睛直勾勾看着右邊的床，枕頭上一根長長的漆黑的頭髮，從枕巾的一邊兩三個曲折，橫穿枕巾上繡着的「幸福生活」四個字，延伸到枕巾的另一邊。

飯桌已經在客廳擺好，客廳牆上掛滿各種掛曆，明星的、主持人的、祖國山水的、國外風情的、可愛兒童的，擺滿各種巨大而劣質的工藝品，最突出的是一艘巨大的黃色玉龍船。一米半長，一米高，三組風帆，船體一邊刻「一帆風順」，一邊刻「招財進寶」，船旗上刻「祖國郵電事業」。走近看，不是玉的，連石頭都不是，塑料粉壓的，摸上去黏手。

飯桌已經擺好了，一隻燒雞，明顯從商店買的，一盤醬牛肉，明顯從商店買的，一盤黃瓜拌豆製品，應該也是從商店買的，一盤炒菠菜，小紅妹妹說，「姐，我炒的，新學的，不許說不好吃。」圓桌，小紅父母坐一起，我們三個外人坐一起。小紅妹妹好像好久沒見小紅，擠着小紅坐，手拍了小紅胸口一掌：

「姐，給你一個大便神掌。」

「你三天不吃大便，就變成大便。」辛荑接茬。

「你怎麼知道的？」小紅妹妹問。

「這個大便神掌，我小時候，就開始在北京民間流傳了。有二十四式和四十八式兩種，你這掌，看力道和出掌路線應該是簡化的二十四式大便神掌。如果是四十八式真傳，威力大三倍，挨了一掌，一天不吃大便就會變成大便了。其實，最厲害的一種是極品大便神掌，就一式，一掌之後，中招的人必須馬上吃大便，否則立刻變成大便。可惜，這招我還不會。」辛羨説。

「吃飯了，吃飯了。」小紅説。

「要不要喝點酒？」小紅媽媽問我們三個。

「不用了，阿姨。」我看小白眼神迷離，看着燒雞，等了等，回答。

「不是剛考完一門大課嗎？喝一點啤酒，沒關係。」小紅爸爸勸。

「回去還要再看看書。」我説。我喝啤酒，一杯就臉紅，十瓶不倒，臉紅還是不均勻的紅，一塊白一塊紅，小紅説過，好像豹子，禽獸。所以，我咬死不喝，留下好印象。

「那好，多吃菜，多吃菜。」

辛羨一直在和小紅妹妹説話，小白一直不説話，筷子都不伸別處，筆直向面前伸出，他面前的燒雞，大半隻都讓他一個吃了。小紅替小白夾了幾次菜，小白也不推讓，就飯吃掉了。

吃完飯，我不知道説甚麼，小白呆坐着，辛羨的話題一直

圍繞大便，我說：「叔叔、阿姨，謝謝您，我們先回去了。」

「再坐坐吧，還早。」

「回去再看看書。」我說。

「這麼抓緊時間啊？」

「時間就像膀胱裏的尿，只要擠，還是有的。」辛荑說。

兩個月後，過了 1997 年的春節和元宵，小白和小紅每人穿了一件一樣的古銅色燈心絨領子短風衣，手拉手，站在我和辛荑面前，說：「我們請你們倆吃飯，開學了，亮馬河大廈，Hard Rock。」

第十三章
寧世從商，海南鳳凰飯

　　我坐在婦科腫瘤實驗室，思考生命、死亡和小紅，我不知道後者屬於不屬於愛情。

　　小白和小紅請我們在 Hard Rock 吃了大餐之後，開始了漫長的二人活動時代。我常常看到他們倆穿了一樣或者近似的衣服，童話一樣，小朋友一樣，手拉手，在東單街頭走過，在醫科院基礎所、北方飯店、仁和門診樓和住院樓之間遊蕩，比街邊的垃圾桶高很多，比街邊的槐樹矮很多。

　　小白也很少來我們宿舍了，和小紅一起開始學習《克式外科學》（Sabiston Textbook of Surgery），和希氏內科學一樣，也是顧爸爸從美國寄來的原版，也十幾斤沉，打開之後，左邊和右邊也都有小白的口水痕跡。小白和小紅也去七樓上自習，小紅說，北方飯店不是學習的地方，沒適合看書的桌子，只有床。即使坐在小紅旁邊，小白看三分鐘書也睡着，唯一的區別是不再睡在教科書上，口水偶爾流淌到桌面。小紅把顧爸爸寄來的教科書攤在桌子上，右手翻頁，左手摸自己的頭髮，從上

到下。小紅怕熱，腦袋大，看書的時候更容易發熱，「微波爐似的」，所以一年到頭，上自習的時候，穿得都很少，腿總是很細，從上到下。而且小紅怕蚊子，說醫院附近血腥瀰漫，蚊子密度高出北京其他地方百倍以上，說香水熏蚊子，所以上自習的時候，噴得很濃。

北京春天非常熱鬧和刺激，花癡一樣的榆葉梅滿街開、精蟲一樣的柳絮楊花滿街跑、泥石雨冰雹滿街下、沙塵暴滿街咆哮。白天天是明黃的，夜晚天是酒紅的，能見度在十米之內，我常常懷疑，在春天，如果火星會展設施客滿，各種體形巨大的神獸和神仙就都到北京來開年會，他們一根睫毛比一棵三十年的柳樹還粗大，一個腳趾甲就是一個停車場，細細呼吸就是狂風呼嘯、黃沙漫天。

風沙一停，天氣驟熱，北京就到了初夏。

有一天初夏的晚上，厚朴氣喘吁吁從七樓飛奔下來，報告，報告，小白和小紅在上自習，小紅噴了一暖瓶香水，小紅沒穿褲子！小紅沒穿褲子！！小紅沒穿褲子！！！我和辛黃扔下手裏打《命令與征服》的鼠標，跳進一條褲子，套進一件長袖套頭衫，抓了一本書，一步三級台階，飛上七樓。小紅沒抬頭看我們倆，我們坐到教室最後。她的確沒穿褲子，只穿了一條印花連褲襪。柳青穿套裝裙子的時候，穿過這類裝備，我見識過。黑底，網眼，暗紅牡丹花。小紅上面套了一件長襯衫，絲質，

豹子皮紋，下襬遮住屁股，但是上廁所回來之類，在座位上坐下，腰下風起，吹升下襬，連褲襪的上界露出來，腰細，腿更細，從上到下。那天晚上，我和辛夷同桌，上了一晚上自習，《外科學》及格沒問題了。香奈爾5號好啊，隔了這麼遠，一晚上下來，我一個蚊子包都沒叮。

小白打《命令與征服》的雞巴機霸地位被一個八三級的師兄替代。

我們早就聽說過他的名聲，他網絡名稱大雞，中文輸入不方便的地方就用 BD（Big Dick）替代。大雞玩物喪志，和他一屆的同班醫大同學，都是教授了，大雞副教授還不是。大雞說，「真是不可思議啊，這幫牲口，有個人一年寫了七十多篇論文，發表了那麼多篇在『中華』系列雜誌，還都不是綜述類，不強佔別人實驗成果怎麼可能啊？我怎麼一篇綜述都沒時間寫啊。人家當教授，我服氣，我心服口服雞巴都服。」大雞的同班同學從另外一個角度闡述，「大雞真是不可思議啊，牲口，去年一年，打電腦，最貴最結實的鍵盤都壞了三個！」

大雞原來一直上網打帝國時代，全國知名，但是最近發生了兩件事，讓他來到我們宿舍，正好頂替小白的位置。第一件事是大雞和老婆最近離婚了，理由是大雞長年為帝國征戰，兩個人沒有作為人類的語言交流和作為獸類的夫妻交流。分割財產時，前妻除了自己的內褲之外，只要求大雞的電腦歸她，確

定歸屬之後，在陽台探頭看看，風涼月皎，樓下了無行人，左腳前右腳半步，站穩，將大雞的電腦高舉過頭，雙手先向後借力，然後發力向前，扔到樓下，一團小火，一聲巨響。第二件事是大雞右腿跟腱最近斷了。大雞為了保持為帝國征戰的體力，經常踢球，踢右前衛，一次準備活動沒做充份，被對方左後衛鏟了一下，再觸球拔腳遠射，球進了，人動不了了，大家診斷，跟腱撕裂，或許還扯下了一些跟骨。六七個人抬到仁和骨科，只剩值班的，男的，眼鏡老大，鬍子還沒長出來，滿口「都包在兄弟身上」。大家都不放心，呼叫二線值班的總住院。等總住院頭髮蓬亂、帶着眼屎、別着呼機、穿着褲衩、披着白大褂從樓道的另一頭撇着八字步走來，大家的心都涼了。那是仁和醫大著名的政治明星，娘胎裏入團、中學入黨、醫大學生會主席、市學聯領導、市團委苗子，小學時候的理想就是當衛生部長。還有文采，酒量有限，喝多了的語錄流傳出來：「有人講，毛澤東寫了《沁園春·雪》之後，這個詞牌就該廢了，因為已經被他寫盡了、寫絕了。我覺得，說得非常有道理，沒有爭論，沒有辯解。就是這個人，看了我寫的《沁園春·沙塵暴》之後，說，沒有，這個詞牌沒盡，沒絕。」送大雞去的人之中，有學骨科的，但是政治明星也是師兄啊，而且立志當衛生部長的，不好意思自己上手給大雞治療，政治明星鼓弄了一陣，汗順着臉頰流下來，頭髮更亂了，突然停手，大雞一聲慘叫，政治明

星説，跟腱斷了，全斷了，整個大腿要打石膏，三個月不能踢球了。大雞沒了機器，也暫時沒了腿腳去中關村再裝一台，只好到我們宿舍蹭機器打。

大雞來我們宿舍的時候，一條好左腿配合一個右拐，不撐拐的左手在左肩頭扛了一個羅技專門打遊戲用的巨大黑色鍵盤，右腿滿是石膏，從腳到胯，「石膏是全部重新打的，那個總住院打的完全不能用，打碎了重新做的，否則，即使好了，也是一條腿長一條腿短，拆石膏之前，還不知道到底是哪條腿長哪條腿短。」大雞是眼科的，來我們宿舍的時候披了一件白大褂，上面藍色字體繡着「眼門」，眼科門診的意思。辛荑説，「進來吧，歡迎師兄，您衣服上應該加個『屁』字，『屁眼門』。」大雞漲紅了臉，「等我腿好了，等我腿好了，《命令與征服》，我先滅你。」

大雞和小白不一樣，別人殺不死他，就一直在機器上黏着，絕對不自己主動離開戰局，喝很少的水，根本不上廁所，辛荑説，可能都走汗腺了，大雞的器官構造和常人不同。夜深了，如果宿舍裏有人嫌吵鬧要睡覺，大雞就戴上巨大的飛行員模樣的耳機。我有一次早上被尿憋醒，天剛剛泛青，看到大雞還在電腦前，臉和天一樣靛青，除了手指在動，其他地方一動不動，彷彿僵屍剛剛開始復活或者在太陽出來之前慢慢死去。

少了《命令與征服》，妖刀在美國也加大了壓力，辛荑開

始瘋狂準備英文考試。

辛荑説：「妖刀説的非常清晰，基本標準是這樣的，TOEFL，630，GMAT，750，GRE，2300 以上。比基本標準高百分之十，將受到妖刀景仰，在外面鬼混，吃喝嫖賭抽，隨我便。比基本標準低百分之十，將受到妖刀鄙視，將放棄對我的培育，任由我自暴自棄，隨波逐流，睡小翠，睡小紅，隨我便。」

我説：「多好的姑娘啊，總結一下，第一，只要你不考出基本成績，你就可以隨便睡。第二，你不可能被妖刀景仰。那三個分數，上浮百分之十，比滿分都高了。你考完之後，那些資料，扔給我吧，我閒着沒事兒幹，又沒《命令與征服》玩，我也考試玩兒。」

我找到王大師兄，他坐在宿舍裏，背靠着牆，嗑着葵花瓜子，頭小肚大，前凸後平，彷彿一切兩半的巨大葫蘆。我當他是寶葫蘆、水晶球、王八殼，我要知道我的將來。從認識老流氓孔建國開始，我慢慢形成了一個習慣，三年五載，找個大我十歲以上神似異人的老頭老太太，卜問將來。不需要事實，不需要分析，只要最後的判斷，是東是西，是生是死。孔建國越來越不喜歡充當這個角色，他說，甚麼腫瘤發生，甚麼脱婦考試，不懂。管宿舍的胡大爺像喜歡雷鋒一樣喜歡古龍，認為他們都是一等一的好小夥子，他對於我的判斷單一而固執，「學甚麼醫，去寫兇殺色情，你行。」我老媽的老哥，就是我大舅，

永遠喜歡設計我的人生。我大舅是黃埔五期的畢業生，上黃埔學校是他一輩子唯一做的牛屄事兒，所以他一輩子為此牛屄着。他家最大屋子最完整的一面牆上，沒擱電視，永遠掛着一張幅寬巨大的照片，上面密密麻麻或站或坐無數的老頭，比《八十七神仙卷》寬多了，比八十七多多了，至少有八百七十，頂上橫印「黃埔同學會 ××××年集體合影」，左右兩邊分別側題「貪生怕死請走別路」和「升官發財莫入此門」。我大舅説，這些人就是歷史，掛照片的釘子必須用進口的水泥膨脹釘子，牆必須是承重牆，否則牆體裂縫。以前的房子沒掛在承重牆，房子漏水，淹了樓下的木地板，還賠了錢。他還説，晚上關了燈，沒有月亮，這上面八百七十雙眼睛都在黑暗中發亮，他八十歲之後，每次起夜，都看得到，死了的發白光，活着的發藍光，快死的在白藍之間。我大舅的眼睛的確非常亮，腰非常直，坐在大沙發裏打八圈麻將，腰板還是挺挺的。從我長眼睛開始，他就逼我認，那八百七十個人中，哪個是他。開始的時候，的確難，每個腦袋就是黃豆那麼大，眉眼就是芝麻那麼大。現在，我連肚臍眼和雞眼和屁眼都認得出哪個是他，即使掛的是底片，我也找得到。我大舅説他是學炮兵的，成績非常好，人品也非常好，「那時候，國民黨是主流，學習好的都跟了國民黨。共產黨在基層做工作，成績差的，覺得和我們拼不過的，沒前途，就跟了共產黨。」這個説法好像不是假的。我在他家和一個退

休的共產黨將軍喝酒，那個將軍應該不是假的，接送他的都是
掛軍牌的奔馳。他一直叫我大舅師兄，一直說我大舅腦子好使，
會算數，甚麼樣的炮、敵人方位如何，立刻就算出來炮口如何
擺，然後其他人就跟在後面擺。將軍說，我大舅善於思考，他
就不，也沒有那個腦子，過去宣傳甩手療法，他現在還堅持用
呢，過去宣傳紅茶菌，他現在還喝呢，挺好的，活着。我大舅說，
在做那個人生重大決定之前，他看天象，他重讀《資治通鑒》，
他學習《資本論》和《論持久戰》。他思考之後或者說被我舅
媽苦勸之後，解放前，決定不去台灣，1949 年在都江堰和青城
山繳械投誠，得了光榮起義的證書，後來，這個證書丟了或者
被五個小孩兒疊紙飛機了，反正搬了幾次家就找不到了。後來，
文革了，沒有起義證書，地方組織不認可，人差點被打死，地
方組織說：「如何證明你不是悍匪呢？如何證明你不是打到只
剩三五個副官，一兩顆子彈，看到我們滿山紅旗，逃跑不成，
自殺未遂，號稱投降呢？誰能證明你手上沒有沾滿人民的鮮血
呢？我們倒有足夠的證明，你的手上沾滿了人民的鮮血，你在
岷江邊妄圖阻擋歷史的車輪，負隅頑抗，殺了我們多少革命戰
士？」文革之後，我大舅和我舅媽吵架，實在沒詞了，都是用
如下結尾：「我這輩子就是被你毀的，我這輩子就是被你毀的，
你幾乎要了我的命，你幾乎要了我的命。」我每次見我大舅，
他要麼是見我的第一句話，要麼是最後一句，為我設計未來：「小

子，亂世從軍，寧世從商，像我一樣。」

我拿一包葵花子，加入王大師兄的嚼嗑活動，我問他：「王大吃，我要算命。」

「我王大師只算姻緣，不算仕途。」

「那就算姻緣。」

「男的不管算，女的，手長得細膩，指甲塗得好，胳膊白，好摸好看，免費算。」

「我送你瓜子了啊。」

「好，破例。你會娶一個女子為妻。」

「廢話。我應該娶一個甚麼樣的啊？」

「娶一個有意思的，醫學這麼發達，人活得越來越長，要是娶一個沒意思的，還不如一個人呆着，或者早死算了。」

「我熱愛婦女怎麼辦？是否不適合婚姻？」

「你是渴望理解。你命裏沒有桃花。你這種放不下的，被小姑娘看一眼、摸小姑娘一下手要紀念半輩子，寫好幾首詩才能心情平靜，如何熱愛婦女？」

「奶大重要不重要？」

「你認為重要就重要，你認為奶大有意思，奶大就有意思。」

「奶大的跟了別人，怎麼辦啊？」

「搶啊。」

「要是奶大的跟的是我爸，怎麼搶啊？」

「找你媽啊。」

「要是搶不過呢？」

「哭啊。」

「搶了之後要是發現，奶大沒意思呢？」

「海南鳳凰飯。」

「我將來該做甚麼啊？」

「不知道。」

「算命的不能說不知道。」

「你要得太多，有能力，沒特點，所以不知道。」

「大師用天眼再看。」

「三步之外，看不清楚。下一步，比較明確，去美國。」

「嗯。怎麼去啊？」

「考試、做實驗發文章、申請學校、辦簽證、買機票。」

「做甚麼實驗容易發文章？」

「婦科腫瘤，腫瘤發生。生長調控通路上找兩三個基因，找五六十例卵巢癌患者，在 RNA 水平、DNA 水平、腫瘤細胞水平、腫瘤組織水平、大體臨床特徵水平上（甚麼腹水啊、淋巴轉移啊、復發啊、預後啊、手術後生存年數啊），用原位雜交、免疫組化、流式細胞儀之類分別收集資料，不同排列組合，分別比較，發表五六篇『中華』系列文章，沒有問題。」

「做甚麼實驗能產生實際作用？讓人類更接近真理？」

「醫學到現在，感冒都不知道如何治呢。分開雞和鳳凰容易，分開生死，你試試看。知道我的醫學三大定律嗎？」

「不知道。我不問，你會不會也一定要我聽呢？」

「是的。第一，不要怪病人為甚麼得病。第二，絕大多數病能自己好。第三，那些自己好不了的通常非常難治。」

我坐在婦科腫瘤實驗室裏，思考生和死，沿着 EGF-EGFR-C-myc 這條通路，越看，越覺得生和死本來就是一件事兒。

腫瘤實驗室在仁和醫院老樓。老樓和北大一樣，紐約設計師設計的中式洋樓，都屬於文物保護單位。原址是豫王府，洛克菲勒投錢翻蓋，綠琉璃瓦、漢白玉台階、歇山頂、四合成院，十九世紀以來，北京唯一一個比例合適的大屋頂。屋頂下是現代化的西式醫院，寬樓道，頂子高，躺着病人的平車迎面對跑，周圍站滿醫生護士，掛滿輸液瓶子，不用減速躲閃。老樓八十多年了，比五年前蓋的新樓還新。屋外下雨的時候，新樓樓道裏滲水，屋頂掉皮，需要打傘。最近有個小護士在新樓樓道裏摔倒，半面牆的牆皮掉下來，砸傷了脖子。實驗室在老樓的三樓，兩間房子，外間放實驗台、辦公桌、和試劑櫃子，裏間放恆溫箱、冰箱、液氮瓶、各種光學顯微鏡和熒光顯微鏡、細胞操作間、PCR 等等儀器。每間房都有巨大的窗戶，上下推拉的木窗戶，黃銅配件，經歷北京八十年的倒霉天氣，毫無變形，黃銅更亮。從窗戶望出去，是圖書館的大屋頂，飛檐上綠琉璃

的仙人後面，五個綠琉璃的走獸，龍、鳳、獅子、天馬、海馬，再後面是綠琉璃的垂獸頭，一共七個。

小紅和小白在七樓上自習，或者說小紅在上自習，小白在小紅的香氣和頭髮光澤裏睡覺，辛薎在做英文試題，我前女友在給國外教授發電子郵件談人生談理想或者和清華男友吃夜宵，我長時間地泡在實驗室。

我在四樓手術室等切下來的卵巢癌標本，跑下三樓實驗室，切成牛肉丁一樣的小塊，處理後，放到液氮裏保存，液氮瓶打開的時候，白氣瀰漫，好冷啊。我在等 DNA 電泳結果的同時，電腦上撥號上網，查 Medline 數據庫上和這些特定生死相關的文章，真多啊，同樣是純文本，比《查泰萊夫人的情人》難看多了，上帝有病啊，把人造得如此複雜，要是像火腿腸一樣簡單，多好，最多像收音機一樣複雜，這樣我們就可以彼此懂得，天天幸福，沒有那麼多選擇，到處都是天堂。上網查文獻的同時，我嘗試微軟視窗系統的多窗口，看看美國的毛照片有多麼腐朽，日本的毛照片有多麼變態，先下載到硬盤，湊夠兩兆，給辛薎壓縮進一張三寸軟盤，當吃他實驗兔子的飯票。下載了那麼多，沒有一張長得像小紅的，沒有一張比小紅奶大的。偶爾打兩個不激烈的小遊戲，美女麻將基本通關了，我已經被尊為傳說中的麻將之神了，任何美女想上我牌桌必須穿得很少，但是在最後一關總被一個法國二百五美女減掉，然後還用蹩腳的台灣國

語很氣人地說：「噢，這就是傳說中的麻將之神嗎？」這個法國二百五美女在我心中激起的民族主義激情比北京所有的歷史博物館和所有關於八國聯軍的電影還多。另一個遊戲是瘋狂醫生，也是台灣編的，我用來鞏固基礎知識，特別是內科，免得畢業出去別人總說我是獸醫，砸盡仁和的牌子。通關了，開始理解辛黃為甚麼對小護士常常浮現性幻想。我在實驗台上做免疫組化原位雜交，認定做生物醫學實驗是簡單體力勞動，會洗衣服會做飯，一定會做。德國人認死理，認死真，德國產的多孔 eppendorf 移液器死貴。國產的完全不能用，像中醫一樣模糊，像《隨園食單》一樣「放微微鹽水」，用了之後，鬼也不知道加進去的是多少微升。沒錢買德國產的，我右手大拇指反覆按壓單孔 eppendorf，得了腱鞘炎，得了大拇指指掌關節炎。有個在外科乳腺組的師兄，乳房觸診做得太辛苦，也得了腱鞘炎，人和人的境遇為甚麼這麼不同呢？累極困極，到老樓拐角一個廁所，我反鎖上門，沖個澡。有龍頭，有熱水，有窗戶看得見月亮，有時會聯想到小紅的臉，想着她在直線距離五百米之外的自習室穿着印花連褲襪，想着她摸頭髮的手從上到下，想着她不留手的光滑的頭髮，陽具像一簇小火把一樣在兩腿間燃起，發出藍白色的光芒，我關掉熱水，用完全的冷水澆滅它。

　　窗戶裏也看得見新樓的病房，有一個夜晚，我看見一個人影從新樓樓頂飄落，甚至像樹葉一樣中途隨風搖晃了一下，然

後一聲悶響。第二天聽說，是個腫瘤晚期的病人受不了絕望和疼痛。上樓頂前，他寫了個紙條，問，幸福的構成是甚麼？人的終極意義是甚麼？從那以後，通向新樓樓頂的門就被鎖死了。

第十四章
王七雄，牛角麵包

　　傍晚，我一個人坐在東單三條和東單北大街交匯處的馬路牙子上，抽一種叫金橋的香煙。我不明白，小紅和小白是如何手拉上手的。

　　東單三條以南，長安街以北，從東單北大街到王府井大街，全是建築工地，一個巨大的坑。這個坑原來是東單菜市場、兒童劇院、假山公園、好些賣劣質工藝品給外地人和外國人的小商小販、和一個據説是鐵道部的大院。鐵道部的大院裏有個高瘦的鐵塔，比天安門高多了，我們一直懷疑是做甚麼用的，如果有壞人躲在上面，拿桿帶望遠鏡的狙擊步槍，向在長安街上的領導車隊射擊，豈不是非常危險？一個夏利司機曾經指着這個大坑告訴我，原北京市委書記陳希同就是因為它下了台。當時北京市政府下了狠手，説北京除了原始人放火炙屍的山洞、清朝故宮和外國使館，也應該有點不傻屄的本朝本國建築，再和上海比，不至於臉面全無。這個司機還説，江澤民給陳希同因為這件事掛過一個電話，大意是，如果下次要賣中南海，事

先和他说一聲。現在，陳希同下台了，坑裏還挖出了新舊石器時代的人類活動遺蹟，甚麼廁所啊、墓地啊、澡堂子啊、祭壇啊等等值得保護的建築，這個坑還在挖，毫不動搖。我想像兩千年前被剁了陽具的司馬遷，收集資料的時候一定也訪談了大量當時的夏利司機們，詢問項羽垓下之戰的最後一夜，是否反抓着虞美人及腰的頭髮從背後刺入做了七次，是否想不清楚要不要垂着陽具喝着人唾沐浴着白眼做次勾踐，是否忽然記起了年少時曾經是個長髮詩人於是當場唱了一首流傳千古的悲壯的革命浪漫歌曲。如果不是這樣，《史記》不會這樣怪力亂神，喝多了的大動物在書裏時常出沒。

東單北大街上，多小舖面的時裝店，都沒牌子，都説是出口轉內銷，比大商場款式好看，比進口名牌便宜百分之八十。常看見覺得自己有氣質的白領，打着一把傘，一家一家，挓着馬路逛，雨天打雨傘，非雨天打陽傘，挑選配合自己氣質的衣服，讓氣質更濃郁。辛荑常逼我和他一塊兒猜想，這些氣質白領的前身都是甚麼樣的女生、她們回家都和誰睡覺、她們最大的追求是甚麼？我説，軍訓的時候，你戴一號帽子，直徑比臉盆還大，我戴四號帽子，直徑比漱口缸子還小，也就是説，我腦容量非常有限，沒有富裕的計算能力想這些沒答案無法判斷正確與否的片兒湯事兒。我建議他去找小紅，小紅戴二號帽子，直徑比尿盆還大，軍校歷史上沒有女的戴過一號帽子。大

街上還有些港台品牌店，大幅招貼上男女明星穿着這些牌子的衣服傻笑傻憂鬱。這些牌子通常兩三年就換，撤退清場的時候，站在我們宿舍窗前，常看到小姑娘們搶購的場面，紅着臉，白着胳膊，流着暗黃的汗水。柳青説，港台到處是奸詐的小商人。無商不奸，但是體會深了，她覺得比大陸的土財主更不是人。這些小商人從來不想長遠，兩三年換一個品牌是因為避稅，牌子換了之後，找同樣的明星照些照片，明星加港台一定能再賣。靠近燈市口大街東口，多婚紗影樓，都説攝影師化妝師來自港台，表達歐陸風韻，櫥窗裏的樣片真好看，女的好看，男的也好看，女的都長得一樣，男的也都長得一樣，一樣的妝一樣的髮型一樣的衣服一樣的構圖一樣的燈光一樣的背景一樣的相框，估計小白和小紅，這樣打扮，吹這樣的頭，穿這樣的衣服，也長得這個樣子。在仁和醫院產科實習的時候，看到長得一樣的一屋子小孩，擔心家長會不會抱錯，看着這些婚紗攝影，我擔心新郎會不會抱錯新娘。燈市東口正對着的一家食品店，門口一隻石獸，是我的最愛，每次路過都打招呼。就一隻，不是一對，分不清是狗還是獅子，因為脖子以上、耳朵以前都沒了，聽食品店的河南姑娘説，打兒清朝就呆在那兒了，段祺瑞執政的時候，臉沒了。燈市東口往北一點，東四南大街上，一家老大的中國書店，夏天夕曬，冬天沒錢生火，夥計永遠戴着套袖。看着千年的文字垃圾，五顏六色、沾着塵土沾着汗水沾着手油、

從地板頂到天花板，站在屋子當中，還想寫東西，心裏要多大一團火，胯下要多肥一隻雞雞啊。沒了陽具的司馬遷，心裏一定是一團巨大的對漢武帝的仇恨之火或者是對時間的困惑之火或者是對聲名不朽的貪婪之火，或者三者都有。

我坐着的馬路牙子對面，是一個交通銀行的營業部。我認識裏面一個叫王世雄的營業員。第一次見他是在仁和醫院的保衛處，王世雄蹲在暖氣片旁邊，保衛處高處長對他喊：「你不要喊，會放你出去的。」我看見王世雄巨大的眼睛，水塘一樣，蕩漾在屋子中間。高處長説，這個人是個號販子，還有偷東西的嫌疑。我再見王世雄是在呼吸內科門診，我陪着羅老教授出診。羅老教授七十多了，每天七點之前，必到病房，雪白的白大衣裏面雪白的白襯衣，雪白的頭髮向後梳理得一絲不亂，領帶鮮艷飽滿。「這麼多年的習慣了，不管好壞，要改都難。」羅老教授説。所有抽煙成癮的大官們，肺用了五十年以上，就算是煙筒也堵了，都要排隊找羅老教授診治。羅老教授每週只有一次能出公共門診，所以那個下午總是人山人海。病人山病人海中間的山谷就是一張漆成土黃的桌子、坐着正被診斷的一個病人、兩個我這樣跟着學習的實習大夫，山谷最底部是羅老教授。一年四季，羅老教授都是雪白的白大衣，裏面雪白的白襯衣，領帶鮮艷飽滿。冬天還好，夏天，沒有空調，窗戶開着，屋外也是熱風，周圍的病人山病人海擋住所有外來的空氣，山

谷裏盤旋的全是呼吸內科病人噴出的和體溫接近的氣體，仔細聽，不同病人，由於病變位置、年份和病因的不同，從病變了的肺泡、支氣管、氣管發出不同的聲音，總和的效果近似蘇格蘭高地的長笛和中山音樂廳的管風琴。羅老教授的汗水順着鬢角和脖子往白襯衣裏灌流，「這麼多年習慣了，習慣了就好，習慣了就好。」柳青告訴過我，在距離仁和門診樓五百米的王府飯店，洗一件這樣的襯衫，要九十塊，加百分之十五的服務費，羅老教授的專家號一個十塊。羅老教授問得仔細，看得慢，一個下午，也就看十來個病人。我在病人山病人海裏，又看到王世雄巨大的眼睛，門診結束了，他還在。我問他，你不是倒號的嗎，怎麼自己還到門診來？看看你的號有多緊俏，好調整價錢？王世雄說，不是的，不是的，我本來就是給自己掛號的，肺結核，好久了。掛了幾次都沒掛上專家號，那天晚上我就和票販子去得一樣早，晚上不到十二點就到了，和票販子一起站着。後來高處長帶人來，我也搞不懂為甚麼心慌，就跑，真正票販子反而沒有一個跑的，看着高處長，微笑。我從小跑得快，百米十二秒，要不是肺結核，我就進北京市田徑隊了。我跑到你們老樓地下室，到處是岔路和各種管道，迷了路才被高處長的人抓到。當時樓道周圍堆滿了冰箱甚麼的，高處長穿的是皮鞋，跑的時候扭了腳，一邊喊痛一邊硬說我是票販子、還跑、還想偷東西。我問王世雄，為甚麼不給單位掛電話。王世雄說，

他是交通銀行的,如果領導知道,他被懷疑是小偷,即使只是嫌疑犯,他如何再混啊?我從羅老教授那裏給王世雄要了個專家號,第三次見他,他已經住進呼吸科病房了。

第四次莫名其妙見到王世雄,是在外科病房。

自從被厚朴培養了擠臉上粉刺的毛病之後,我愛上了外科,每當想到從一個機體裏將一塊壞了的或者不需要的組織切除,然後腫脹消失了、疼痛消失了、炎症消失了、癌症被抑制了,我就感到巨大而莫名的興奮,比拉緊窗簾、熄燈、放映黃片,更加巨大而莫名。厚朴也喜歡外科,尤其是心臟和乳腺之類和上半身有關的專科。厚朴總是反覆糾纏這些專科的典型病人,總住院大夫已經把思想工作做好了:「希望你們能配合教學。我告訴你們,你們的典型心音,你們讓聽得聽,不讓聽也得聽,這就像獻血一樣,是義務,獻血是公民的義務,讓聽是病人的義務。涼?造影也會涼你們半個小時,你們怎麼不叫啊?不讓?我們是肩負着醫療和教學雙重任務。你們怎麼能這麼自私?不為將來的病人想想?」

心外科來了一個二十四歲的女生,長得好,面帶桃紅,風濕性心臟病的典型面容。總住院大夫說她的心音很典型,在左乳房附近很容易聽清楚。厚朴至少去了三次:「我能聽聽你的心音嗎?」

「你難道沒聽過嗎?」

「沒有。」

「真的沒有？」

「真沒有。即使有過，印象也不深刻。」

「好吧。」

「你幫我把聽診器放到你乳房上，好嗎？」

「你自己來吧，別客氣，沒事兒的。」

我是在心外病房的一個加床上第四次看見王世雄的。查房的時候，教授掀開他的被子，王世雄下半身甚麼都沒穿，陽具的位置上罩了一個空的塑料酸奶杯子。教授將杯子掀開一半，看了看，又全罩上，看了眼王世雄的桌子，一杯當早飯的黑芝麻糊，「你陰毛挺黑的，幹嘛還吃黑芝麻糊啊？」教授問，沒等回答，接着往前走，看下一個病人去了。剩我一個人的時候，王世雄一臉哭相，説，肺結核很快控制住了，出院前兩天，一個病友説，還不趁着住院，把包皮割了，省時省事，衛生，增加性能力，減輕體重，這個病友自己就割了，後來離婚了的老婆和他復婚了。王世雄苦求大夫，終於做了。主刀大夫説，術後一個月，禁房事，禁看黃書、黃片，禁喝春藥，否則容易術後感染，輕則延遲傷口癒合，重則變成司馬遷。王世雄説，不是他的錯，但是術後他一直做春夢，他的陽具受到了前所未有的強烈刺激，所有以前看過的黃書、黃片都不間斷地到夢裏來，一連幾週，沒有一天停歇，酸奶杯裏面的陽具腫得像大象鼻子，

紅得像胡蘿蔔。老護士長，帽子上三條藍槓，嚴肅地説，王世雄，你如果再這樣下流下去，就不得不做陰莖切除術，不得不改名叫王七雄了。我想，英雄出草莽，這個老護士長竟然能看出「世」字和「七」字之間的差別是根陰莖，和我老媽一樣，都是隱匿在民間的語言大師。

我坐在東單三條和東單北大街交匯處的馬路牙子上，金橋香煙抽到第五支，開始上頭，更加想不清楚小白和小紅的前因後果。

每次吃完包子，辛荑都會議論，説：「我覺得小紅會後悔的。小白送了小紅一張信用卡的副卡，長得和普通信用卡一樣。也就是説，小紅花錢，小白付賬。這麼説來，我覺得還是小白的七張信用卡比獸哥哥的七種液體實用。但是我覺得小紅還是會後悔的，不是後悔和獸哥哥分，而是後悔和小白在一起。」

「是吧。」我當時附和了一聲，不完全同意。

最近諸事不順。

錢少，和辛荑吃東單街上最便宜的一家四川小吃店，啤酒換成二鍋頭，五塊一大瓶，很便宜就能暈起來。老闆娘從四川逃婚出來的，奶圓，臉大，腿長，她説，她的遠景目標是有生之年要戰勝麥當勞，在全世界開的分店數量比麥當勞的多兩倍。她小吃店的標誌是兩個挨在一起的 "O"，遠看彷彿兩個擠在一起的圓奶。她小吃店的價值定位是，十塊錢兩個人吃飽，

十五塊錢兩個人吃好，二十元兩人喝高。我和辛薆吃口包子，碰下杯子，下口白酒，喊一聲小紅。兩斤包子，一斤二鍋頭，二三十聲小紅。老闆娘問，小紅和你們兩個甚麼關係啊。辛薆說，小紅是我們的女神。我說，小紅是我們的宗教。老闆娘包包子的肉應該是壞了的或者接近壞了的。辛薆吃了，一點問題都沒有，做托福模擬題，還保持老習慣，兩天不拉屎。我彷彿吃了一隻半死了的貓，在肚子裏又活過來，一直叫。再吃甚麼，喝甚麼，就拉甚麼，沒的拉了，就嘗試着把一條消化道從下到上、從肛門到食道拉出去。最後王大師兄救了我，他從急診要了兩管慶大霉素注射液，砂輪銼一下接口，敲掉玻璃帽，直接灌進我嘴裏。

　　毛片也沒得看了。辛薆把李加加的超級強力毛片借給同實驗室的一個重慶籍研究生，他當晚就組織在京的單身老鄉們到實驗室觀看。二十幾個重慶精壯男子，先在食堂吃飯，讓食堂顯得比平時擁擠。用的是實驗室的投影儀，打到牆上，足有一百英寸。保衛處高處長說，太囂張了，聚眾看毛片，太不小心了，連窗簾都不拉上。太陽落山，夜幕降臨，從東單三條的街上看過去，牆上的外國女人，面如滿月，清楚得很。高處長一邊站在街上看劇情發展，一邊調集人手，等基本演完了，手邊兒的保安也湊了小二十個了，手一揮，「上」，奔上實驗室，人贓俱獲。那個研究生是條漢子，死活不說毛片是辛薆給的，

咬定是街上買的。辛荑只剩李加加一邊的麻煩，李加加逼着辛荑賠她，要一模一樣一個版本的帶子，否則就必須請她吃飯，川粵魯淮陽，至少四大菜系要吃遍。辛荑死活不敢讓妖刀在美國買，安慰自己說，即使妖刀買了也不方便寄過來，一個女生在海關被抓住夾帶超級毛片比在追悼會上被抓住放屁還難為情，只好請李加加客。作為開始，最近剛剛請了李加加吃了四川辦事處的翠魚水煮。我在秀水市場外邊，向一個看上去最樸實的抱小孩兒阿姨買毛片，她拿出兩張光碟，一張印着鄧麗君三十年精選，另一張印着革命老歌精選，她咬定是毛片，「總不能印着《肉蒲團》、《蜜桃成熟時》啊，那樣被抓住，我們要坐牢的。」我拿給辛荑，讓他從李加加那裏贖身，辛荑試完碟後，哭喪着臉，「賣給你碟的阿姨真是樸實，真的是鄧麗君，有《何日君再來》，真的是革命老歌，第一首是《打靶歸來》。」

　　我又得了結膜炎，很快從一隻眼睛傳染到另一隻眼睛，兩隻眼睛開始流水。一個人摸索着坐公共汽車回家，坐着聽一會兒收音機，實在聽不下去了，坐着聽一會兒電視，實在聽不下去了。眼睛絕對比陽具重要，我同情海倫凱勒。如果讓我必須兩者選一，我寧可當司馬遷。

　　在我等結膜炎自行治癒的一週中，小紅打過來一個漫長的電話。她問我，眼睛瞎了嗎？痛嗎？煩嗎？比昨天好些嗎？怎麼會得這種病？活該啊，看了甚麼不該看的東西？要不要組織

群眾去探視？

我說：「虧你還是學醫的，看毛片一定會得結膜炎嗎？我的確看了很多毛片，都不滿意。我總想，能不能毛片和正經片加在一起，創造出一種更真實的片子。生活中，該是毛片的地方，片子裏就是毛片，生活中，該純情純精神的地方，片子裏就不是毛片。全是毛片，彷彿全肉的包子，連一點葱都沒有，就像看《動物世界》一樣，嗷嗷叫一陣，廝打一陣，沒甚麼意思。」

小紅說：「人家拍毛片不是為了展示生活本質，和你的追求不一樣。」

我問：「你最近好嗎？」

小紅說：「還行吧，一般。」

我問：「獸哥哥最近好嗎？」

小紅說：「應該還行吧，有一陣子沒聯繫了。」

我問：「小白最近好嗎？」

小紅說：「應該還行吧，你應該問他啊。」

我問：「獸哥哥不好嗎？」

小紅說：「獸哥哥很好，非常好，自己也好，對我更好。布拉格很美，他說我隨時去玩。」

我問：「那為甚麼要分手啊？」

小紅說：「因為他很好，非常好，我心裏還有別人，我對

不起他，我可以對不起他一年、兩年，不能對不起他一輩子。」

我問：「你心裏那個人不會是小白吧？」

小紅說：「不是。對於我來說，那個人有那個人的問題，我沒有霸佔他的第一次，他也沒有馬上看上我，我不可能有他的全部，不是全部，就不是靈與肉百分之一百結合的完美愛情，就不是我最想要的。」

我問：「那小白是你要的？」

小紅說：「是。至少，我是他要的，他百分之一百想要的，至少他是這麼說的，至少現在是這麼說的。」

我問：「小白是如何追上你的啊？」

小紅說：「我還真忘了。嗯，他對我很好。」

我問：「怎麼個好法兒？」

小紅說：「總送我禮物，送我用得到的東西。不一定貴，我爸媽給我錢，我有錢花。小白送我的東西都用了心思，我挺感動的。他這麼愛睡覺的人，這你比我清楚，我喜歡吃牛角麵包，他早上六點半打車去希爾頓飯店買第一爐的牛角麵包，打車回來，七點去奧之光便利店買牛奶，七點半在我宿舍外邊呼我去拿。每天。已經快半年了。我喜歡吃筍，各種春筍、好的冬筍、蘆筍。有一種春筍，北京只有海淀菜市場才有，季節合適的那兩週，小白總去，買了之後，找醫院附近那家雪苑上海菜，給他們錢，讓他們加工，油燜春筍、雪菜春筍，然後打包，

然後呼我，讓我別去食堂買飯了，讓我中午或者晚上去他房間吃。」

我說：「小白很認真，他對你很認真。」

小紅說：「是，我被嚇着了，我被感動了。那陣和獸哥哥分手，也分了一陣，有些痛，或者很痛。分手那陣子，獸哥哥常來宿舍找我，說想我。獸哥哥是我第二個最喜歡的人，我心疼他，他瘦得很厲害，比以前更厲害，沙塵暴裏穿件風衣，淡薄得如同一片黃葉子。我們常去金魚胡同口的富商酒吧，他知道我功課重，就找離學校比較近的地方。他喝健力士黑啤，我喝熱水。他不讓服務員收走空啤酒罐，讓空罐子在他面前堆起來，他的眼睛埋在啤酒罐後面。他要我的手，我伸給他，讓他攥着，常常一攥就是一晚上。他到了空啤酒罐子在小桌子上放不下了的時候，結賬，然後送我回宿舍，在宿舍院門的鐵門前，拉着我手不放，他要抱我，我不給。他托我上鐵門，幫我翻過去。然後，再要我的手，我伸給他，他隔了鐵門，攥着。每次，我都在樓洞裏遇見小白，眼睛雪亮，看見我也不說話，陪着我走上五樓宿舍，然後消失。有一次我三點回去的，他也不說話，我生氣了，我討厭別人跟着我，他就拿頭撞樓道裏的冰箱，很響。我心疼了，我摸了一下他的頭，問他等了多長時間了，他說五個小時了。我說，沒有意義的，我已經要和他分手了，我自己已經沒有意義地在陪他，你就不要再沒有意義地花時間等

我了。他說，有意義，反正他其他甚麼也做不下去，他甚麼都不想幹，只想早些看見我，或者聽聽我們談些甚麼。我又生氣了，我說，隨你便，你要等就等吧。他於是每次都等，每次。」

我問：「你們那層窗戶紙是怎麼捅破的？我只記得我們一起去你家吃了個晚飯，之後很快，他就開始行動了。」

小紅說：「李加加。有次他們留學生聚會，李加加請了我。她拉着我坐，小白就一直坐在我對面，一句話不說。李加加非常直接地說，小白非常喜歡你，他想追你，你喜歡他嗎？」

我問：「你父母如何看？」

小紅說：「他們不喜歡獸哥哥，覺得不是老實人，不做學問。他們應該最喜歡你。那次吃完晚飯，你們走了，我媽說，秋水多好，像古時候讀書人，長得也像，話也不多，還特別懂禮貌。我爸說，就是，那麼晚了，還說回去再看看書，氣質和他年輕時候一樣。」

我說：「那是我敷衍。你爸說，回去再看看書啊？我說，是啊是啊，再看看。」

小紅說：「你就是那樣，極具欺騙性。」

我說：「是啊，是啊，都是因為這個殘酷的社會。」

小紅頓了頓，說：「但是我之前，說過你無數壞話，我把對壞孩子的所有想像都加在你身上了。我爸媽，尤其是我媽，記得非常清楚。你們走後，我媽反覆說，秋水像個好孩子，不

是你説的那樣的人。你説的那些事情，要真是都是他幹的，他也太具有欺騙性了。我説，那些事情就是他做的，都是他做的。」

我問：「你説我做過哪些事兒啊？」

小紅又頓了頓，説：「我也要條活路，所以希望你理解。我得不到了，我在心裏就給它剪碎。我和我媽説的，你做的事，基本是真的，但是我有添油加醋，我選擇了誣衊式的陳述方式。比如我説，你幼兒園就有女孩兒追，到了晚上，賴在你家，死活不回自己家睡覺。我還説，你小學住院，就性騷擾女醫生，組織全病房講那個女醫生的黃笑話。我還説，你初中就被女生強吻，要不是老師及時趕到，你不到十五歲就在肉體上失了身，但是精神上，已經失身了，你當時，眼睛都直了。我還説，你高中讓好幾個人暗戀，本來這幾個人學習都很好，都比你好，後來高考成績都沒你高，本來能上重點大學的，上了普通大學，本來能上大學的，流落街頭，進了天上人間夜總會。你們同學一致認為，你是故意造成的。大一軍訓，別人接受祖國再教育，端正思想，你卻大談戀愛，腐蝕我們醫大當時唯一一個黨員，也是我們班長，與此同時，還和原來高中的初戀眉來眼去，藕斷絲連，非常惡心。從北大回到醫大本部，惡習不改，上騷擾三屆以上的師姐，常常晚上單獨喝酒，摟摟抱抱回宿舍，下騷擾三屆以下的師妹，或指導人生，或假裝清純，讓好幾個小姑娘朝思暮想，非常變態。我還説，最近還和社會上的女人混在

一起，關係曖昧，不清不楚，非常下流。我爸媽都說，相比之下，小白老實多了。」

我問：「這個秋水你熟嗎？介紹一下我認識認識？」

小紅說：「我不熟。」

我問：「小白老實嗎？」

小紅說：「不老實，手腳不老實。」

我問：「很快就下流了？」

小紅說：「很快。」

我坐在東單三條和東單北大街交匯處的馬路牙子上，金橋香煙抽到第七支，頭暈了。馬路上，人來人往，車越來越密，但是越來越和我沒有關係。這種無關的感覺忽然在瞬間變得無比巨大，我需要長出我的觸角，觸摸這個快速流動的街道，對抗這種無關的感覺。靠近門診樓一邊，有個郵政報亭，我給了裏面的大媽五毛錢，撥通柳青的電話：「姐，是我，你最近好嗎？」

「還行。你在哪兒呢？」

「我在東單三條路口，馬路牙子上。」

「你聽上去不對，你站在原地別動，姐十五分鐘之後到。」

第十五章
韓國燒酒，乳房自查

柳青引導我進入和醫學教科書無關的未知世界，讓我知道甚麼是悱惻羈絆，甚麼是生死糾纏，兩條腿的兩個人為甚麼能把簡單的事情搞得如此複雜，兩個毫不相干的人為甚麼會想到以身相許、違反生物規律地長期廝混在一起。

站在景山頂上，那棵吊死了崇禎的槐樹也早就死了，看北京這個大城一圈一圈地由內而外攤開，越靠外越高，彷彿一口巨大的火鍋，這個在中心的景山就是突出在火鍋中的加炭口。時間，水一樣倒進這口鍋裏，從三千年前就開始煮。我們能同一時間呆在這口鍋裏，看一樣的浮雲塵土、車來人往，就是緣份。老湯是同一鍋老湯，但是不同的人在這口鍋裏的時間不同，臉皮厚度不同，大腦容量不同，神經線路不同，激素水平不同，搞和被搞的方式次數不同，就彷彿有的人是肥牛，有的人是黃喉，有的人是午餐肉，於是產生不同的味道。

我從一開始就清楚地感覺到與柳青的不同。我和辛夷坐公共汽車，有小白的時候坐夏利。柳青開自己的車，喝多了有手

下或者司機代勞。剛認識她的時候，開輛 Opel，現在是 Saab，我說名字不好聽，直接音譯就是傻屄，不像一個女人應該開的。柳青說，也好啊，時刻提醒自己，不要傻屄或者勇當傻屄，而且這樣領異標新，不小資。和柳青相比，如果我們學校裏的女生是剛剛破土的春芽，柳青已經是滿樹梨花。每年9月，暑假歸來，學校裏面的女生們帶來祖國各地時鮮的髮型和夏裝。甘妍的劉海一度被高高吹起，海浪形狀，帽子似的，廣告似的，幾乎比腦袋還高大，穿了一雙鞋跟兒比她小腿還高的高跟鞋，鞋根兒末端二分錢硬幣大小。甘妍們頂着高大的劉海兒在校園裏走來走去，鞋跟兒偶爾陷進人行道地磚的接縫中，在我的感官適應之前，讓9月的校園充滿廟會氣氛。在記憶裏，我沒見過柳青穿過重樣的衣服。她喜歡歐洲遠遠大於美國，「美國的衣服太陽光，不夠憂鬱，不夠內斂，不夠複雜，不夠變態。」她吹過牛，說手下向她討教如何穿衣服，她回答說，觀察和總結她穿衣服的特點和規律就足夠了。我們早上八點上課，七點五十起床，嘴裏鼓着饅頭腦子裏盤旋着陰莖海綿體傳來的撒出第一泡尿之後的快感，聽教授回顧上堂課的主要內容。女生也一樣，上唇軟鬍鬚黏着早餐麵包渣，臉上帶着枕頭印兒，運筆如飛，從八點開始，不落下任何一句教授或許會考試的內容。柳青在燕莎附近的房子，自用的洗手間比我們六個人住的宿舍還大，裏面的瓶瓶罐罐比我實驗室藥品櫃裏的還多。每天早晨，

柳青反覆用各種溶液處理她的一張嫩白臉蛋，彷彿我在實驗室裏，原位組織免疫法，反覆用各種反應液和緩衝液沖洗卵巢癌組織切片。沒有一個小時，柳青出不了她的洗手間，但是出來的時候，總帶着電和光芒，我眼前明亮，想，天上或許真的住着仙人。我佩服柳青。連續兩年了，儘管每個週末，我都泡在婦科腫瘤實驗室裏，每天都超過十二個小時，窗外的屋檐，仙人清秀，神獸猙獰，每次爬出來的時候，右手大拇指掌指關節痛如針扎，沒有神帶着電和光芒，我眼前總是一片黑暗，不知道生死糾纏中，治癒卵巢癌症的仙丹在哪裏。

我坐在東單的馬路牙子上，攥着基本被抽乾的金橋香煙煙盒，看到柳青的 Saab 從東四方向開過來，停在我面前。

「上車。」柳青説。

我上了車，坐在副駕駛位置，目光呆滯向前看。柳青的右手放開換檔桿，很輕地搭在我的左手上，我左手還攥着那包金橋煙。她的右手輕而快地滑動，食指、中指、無名指的指腹迅速掠過我的掌背。柳青的指甲精心塗過，粉底白色百合花。

「冷嗎？」柳青問，同時收回右手，掛前進檔，踩一腳油門，車像被踹了一腳的四蹄動物一樣，稍一猶豫，向前奔去。

「都過了芒種了，還冷？」我説。

「心冷手就會冷吧，不知道。」柳青説。

「姐，去哪兒？」我問。

「你別管那麼多了，找個地兒吃飯。」柳青說。

「你最近好嗎？」我問。

「好啊。你還沒問天氣呢，最近天氣也不錯啊。人藝的小劇場一場都沒落下，美術館的畫展也都趕上了，夏加爾那場不錯，真藍，真浪漫，這麼大歲數，那麼冷的國家，不容易。生意也還順，該認識的人都認識了，架子也搭得七七八八了，草創期已過，貨自己長腿，會走了。你最近不好吧？不想說就甚麼都別說，聽我說。想說就說說，我聽着。」

「還好吧，老樣子吧，世界總是這個樣子吧。泡實驗室攻克不了癌症或者感冒，天天繞着金魚胡同晨跑拿不了奧運會冠軍，沒機會親手摸摸司母戊大方鼎，打《命令與征服》總贏不了大雞，我喜歡的和喜歡我的是同一個姑娘，但是這個姑娘跟我好朋友混了，我好朋友不信仰共產主義。」

「是那個身材很好的小紅？」柳青問。

「你怎麼不問親手摸司母戊大方鼎有甚麼快感呢？」我反問。

「我只對新中國感興趣。」柳青看路，不看我。

柳青的車開得快，有縫就鑽，勇往直前。我左手斜伸扯動安全帶，斜插入帶扣。

「不信任你姐姐？」柳青問，眼睛看路。

「信。港台片看多了，『小心駛得萬年船』。」

「我剛拿了 F1 駕照。」

「正好在長安街上試飛。」

「各項準備完畢，請求起飛。」

「允許起飛，注意街邊嘬冰棍的老頭和報攤。」我想也沒想，說。

車在國貿橋下左轉，從南往北開在東三環上。經過七八年的建設，這條我中學時天天騎車經過的路，已經有點洋洋自得的資本主義新城鎮的氣息了。我和柳青很早以前在飯桌上就討論過，她說她喜歡北京，儘管她祖籍南方，儘管北京對於皮膚是災難，儘管北京八百年前建都的時候就是給騎兵方隊或者坦克集群通過的而不是給居民設計的。不戴 3M 口罩或者軍用面具走在北京街上，彷彿走在茂密的砂紙森林和倒刺兒海洋裏。我說我喜歡的城市有個共同點，就是淡定從容，不為所動，傻屄到了裏面很快就平靜了，有了比較清醒的自我意識，牛屄也很快就紮緊褲襠了，不沒事兒就和別人比較長短曲直粗細了。比如北京，看着大馬路彷彿岔開的大腿，一個聲音低平地說，來吧，指不定誰搞誰呢。甚至上海也有自己的淡定從容。真正老上海，打死不離開上海，連浦東都不去，浦東不是上海，香港就是漁村，只要弄堂口沒架着機關槍，早上起來，仔細梳完頭都要去吃一客生煎包。我給柳青指，東三環路上，北京最像陰莖的大廈。柳青說：「你看甚麼都像陰莖，其實圓柱體屬於

自然的基本形態啊。自從聽過你的比喻，開車每到這個路口都彆扭。」過白家莊的時候，我給柳青指我的中學，説，自從我離開，學校的陰邪之氣就消散了，出了好幾個北京市高考狀元。我給柳青指我初戀家原來住的六層樓，説，我中學上自習的時候，那個樓距離我的自習教室不到八百米，我書看累了就朝那個方向眺望，她睡覺的房間發出粉紅色的亮光，比路燈和星星和月亮都明亮，我聞見她新洗的被單上殘留的洗衣粉香氣和她十七八歲奶糯糯的香甜。

柳青慢慢地説了一句：「你學精神科了嗎？你知道安定醫院嗎？我看你是該換個城市呆呆了。」車像豹子一樣，踹直後腿，超了前面一輛「京 A·G00××」。

柳青按了汽車音響的播放鍵，放一首嘮嘮叨叨的英文歌，就一個節奏，我聽懂了一些，説是我只是一個水牛戰士，在美洲的心臟，被從非洲偷到這裏，來了就打仗。

柳青問：「韓國菜你吃吧？」其實不是問句，她在亮馬大廈門前停了車，領着我走進大廈二樓的薩拉伯爾。

柳青也不問我吃甚麼，叫來服務員，不看菜單就開始點，我在一邊沒事幹，看着服務員的朝鮮民族裝束，想起褲腰帶綁到腋窩的國家領導人，接着抽還剩下的金橋煙。

「喝甚麼？」柳青點完菜問，看着我的眼睛，這次是真問了。

「你開車呢，別喝了。」

「今天喝酒是主題，你總講你和小紅小白小黃喝酒，我想看看你是否比我公司的銷售能喝。我就住在附近，今天車就停這兒了。吃完飯，如果我喝多了，你扛我回去，我九十斤出頭，不沉。」

「朝鮮人喝甚麼？」

「燒酒。」

「好，就喝他們自己的酒。」

燒酒原來是用類似喝二鍋頭的小玻璃杯喝的。兩個杯子剛倒滿，我正在想第一杯酒是祝柳青越來越有錢還是越來越漂亮，有錢和漂亮好像都不能讓柳青興奮。旁邊一個大包間酒散，一堆高大的老外和幾個亞洲人往外走，後面幾個拖着一個不願這麼早走的老外，每個人手上都拎着一兩瓶沒開的五糧液。那個戀酒的老外穿着西裝、領帶摘了一半，歪掛在胸前，嘴裏一直用帶一點口音的中文唸叨，「美女，喝酒」，「美女，喝酒」。他看到我和柳青面前有倒好的酒，一個大步邁過來，舉起我面前的杯子，對柳青說，「美女，喝酒」，然後仰脖子乾了，酒杯重重地落在桌面上。柳青下意識地舉杯，一仰頭，也乾了，隔着這個老外的後背，我看見柳青精細盤製的髮髻和仰起來的粉白的脖頸和下顎。髮髻經過一天北京初夏的大風，一絲不亂，脖子和臉顏色塗抹得一樣新鮮，過渡自然。我相信，古時候，有男人會為了摸一下那個髮髻而不惜被剁掉一隻左手。柳青乾

完杯，酒杯口向那個老外微微傾斜，執酒杯的右手小指向外上斜翹，雙眼平直，看着那個老外，示意他酒杯見底了。老外微笑點頭，說了聲，「謝謝」，把手上的五糧液遞給我，又衝我說了聲，「謝謝」，然後消失在門外。

我和柳青開始安靜喝酒，我馬上發現了兩件事兒。第一，我喝不過柳青。柳青的體質非常適合喝酒，腎好。兩杯之後，臉紅，血流均勻加速，但是二十杯之後，還是同樣的紅色，沒有紅成關公或者屁股或者絲綢被面，紅色裏，女人香流轉。十杯之後，柳青就去洗手間。腎是走酒的最主要通道，比出汗和放屁管用太多。第二，我知道為甚麼歷史上朝鮮人總打敗仗了。我們的韓國老年同學車前子曾用準確的漢語指出，朝鮮的歷史就是戰爭的歷史，或者更精確地說就是被打的歷史。我看被打的一個重要原因是燒酒度數不高。我高度懷疑，古時候作戰前，如果條件允許，一定弄些罌粟之類的生物鹼給士兵們服用，再差，也要爭取喝個半醉，總之要達到的效果是士兵打仗時不覺得危險，在欣快中血肉飛濺，真誠地以為胳膊或者腦袋掉了第二天就能像竹筍一樣再長出來。

柳青告誡我別太小看這燒酒，有後勁。八瓶之後，我們結賬，我爭着埋單，柳青說：「留着自己多吃些食堂的醬牛肉，長些胸大肌，為人類攻克癌症添磚加瓦吧。」我看了眼賬單，夠我和辛荑吃五十頓四川小吃店的，就沒堅持。

我和柳青說過，我小時候窮，我老媽見我看書廢寢忘食，為了節省糧食，也不阻止。上了大學，才發現，男的也需要有胸，就去報名健身。健身教練說，窮文富武，要有胸，三分練，七分吃，光練俯臥撐和槓鈴推舉都沒用，要喝生雞蛋、吃醬牛肉。當時我一個月伙食費五十塊，學三食堂一份醬牛肉一塊五，四片兒，一片兒厚的，三片薄的，所以到現在，我能一口氣做三十個標準的俯臥撐，但是還是平胸。

　　下樓的時候，覺出來這個燒酒的後勁兒，眼睛看得真真的，伸腿出去，或高或低，就是踩不準樓梯。柳青攙扶着我，精緻的髮髻蹭着我的下頷骨，蹭亂的頭髮綹滑下來，末梢在我的肩膀上，她小聲說：「別回去了，喝成這樣，要是在樓道裏遇見小紅，忍不住真情告白，就不是今天喝酒的目的了。」我說：「好。反正我《命令與征服》也打不過大雞，我不回去了。」

　　這是我第一次進柳青的房間，感覺像個帳篷，一個全部圍繞柳青生活需要而搭建的帳篷。

　　兩個房間，一個大廳。一個房間是臥室，放了一個巨大的床墊，但是沒有床框，床墊周圍鋪滿藤草編的墊子，躺在床墊上伸手可及的範圍內散放着花花綠綠的書籍、雜誌和碟片，牆上掛滿歌星照片，多數是我不認識的老外。另一個房間是書房，反而沒有甚麼書，一個小書架空空的，一把大按摩椅，一張小桌子，桌子上放了個筆記本電腦，熒幕黑着。大廳裏巨大的電

視機直接擺在地上，音響在電視機旁，彷彿很沉的樣子，另一邊是個半人高的花瓶，裏面插着縮小了的向日葵花，還沒結瓜子。電視對面沒有沙發，三堆隨形的皮子，皮子裏面是填充物，人倒在上面，這堆皮子就自動形成人形。柳青説，別倒在上面，否則你自己爬不起來的，我也沒力氣拉你起來了。

柳青把我的眼鏡摘了，把我的人體放到臥室的床墊上，説，我先去洗一下，你先緩緩。燒酒讓我眼睛一直半閉着，力道綿延不絕，我從另一個角度開始理解，國土被夾在貪婪的中國人、俄國人、日本人之間，為甚麼韓國能夠存在這麼久。我隱約看到柳青臥室裏，到處懸掛的深藍色和絳紫色垂幔，我的鼻子和耳朵變得比平常大兩倍，嗅覺和聽覺比視覺敏感多了。

我聞見我呼吸裏燒酒的味道，床上沉積的淡淡的女人的味道，房間裏飄散開的香水味道，窗縫裏滲進來的北京初夏的味道，洗手間裏飄出來的水的味道，浴液的味道。這一切和我的宿舍是如此不同。人除卻視覺的記憶都是非常模糊的，我只是依稀記得，我躺在宿舍裏，聞見淡淡的腳丫子味，辛荑和厚朴的腳丫子間或有些細微的差別，沒洗或者沒洗乾淨的飯盆味，樓道裏傳來的鼠食味和玻璃皿密封不嚴漏出來的福爾馬林味，窗戶裏飄進來的東單街上小飯館傾倒一天積攢的泔水的味道。我聽見柳青在洗手間裏，水打在浴缸上的聲音，水打在柳青皮膚上的聲音，水順着柳青的身體滑下去的聲音。柳青身上裹

了浴巾出來，頭髮上也裹了一條毛巾，她問，還喝嗎？廚房裏
還有好幾瓶挺好的紅酒，有一瓶開了的，喝了一半。我搖頭。
柳青按一下遙控器，客廳裏的音響啟動，我感覺一個大老黑肥
腰一轉就到了臥室，到了我面前，開口唱"What a wonderful
world"，光線暗淡，老黑的牙真白啊。他的腳在地板上輕輕來
回滑動，他吐出的氣打在我臉上，他唱，天藍，草綠，朋友們
之間相互致意，"What a wonderful world"。真是好器材，好
聲音，比起這個「唏時驚妄夢」，我的隨身聽就簡陋得彷彿「一
根雞巴往裏戳」。柳青繼續在鏡子面前用各種溶液處理她的臉，
洗手間的門沒關，我看見她沒被浴巾包裹的小腿，脛骨筆直，
腓腸肌曲線凌厲，腳趾甲上描畫粉底白色百合花。

　　在我幾乎睡着之前，柳青推醒我：「我洗完了，你去吧。」

　　「能不能不去洗啊，姐，我困了。」

　　「不行，人要和豬狗劃清界限。」

　　「我過了豬狗的童年時代，我小時候，家裏沒有熱水，洗澡
要去廠子裏，要走十五分鐘，而且路上灰塵很大，夏天一週才
去一次，冬天兩週才去一次。」

　　「但是現在不同了，改革開放了。」

　　「我現在也過着豬狗的青年時代。我們學校的澡堂子是在宿
舍樓旁邊亂搭建的，基本上無法判斷熱水甚麼時候就沒了。我
完全適應以後，一兩分鐘就洗完了，否則難免一身肥皂泡沫地

出來。最近校方努力解決熱水問題，但是問題變得更複雜了，現在的問題是，基本無法判斷冷水甚麼時候就沒了，厚朴已經被燙傷兩次了，叫聲可慘了，六樓上聽得清清楚楚的。我們六樓男生宿舍洗手間有飲水鍋爐，天氣不是很冷的時候，接些熱水，攙些冷水，也可以很方便地沖澡。但是小紅經常上來打水，每次有男生沖澡，小紅就上來打水，一邊躲閃一邊亂看，辛黃都被看了兩次了，他說，他在小紅心目中已經沒有神秘感了，以後摸小紅的可能性幾乎為零，以後小紅只能當他的女神了。」

「姐這裏二十四小時熱水，你別趁着酒勁兒胡思亂想，胡亂說話，快洗澡去。」

「小紅不會闖進來？」

「姐門反鎖了，小紅沒鑰匙，丫敢進來，我就踹她出去。」

我跟蹌着到洗手間，沖了個澡出來，走到床邊，問柳青：「我睡哪兒？」

柳青看了我一眼，說：「姐家就一張床。」

「和姐睡算不算亂倫？」

「你説呢？」

我看了柳青一眼，説：「那，我睡客廳沙發去。」但是，步子沒挪。

柳青又看了我一眼，這一眼裏有兇光，從床上爬起，衝到客廳，我聽到「噗」一聲悶響，我想，她倒到某個隨形沙發上了。

我胃中的燒酒反上來，我聞見它和烤牛肉攪拌在一起的味道，我控制喉嚨，壓制住吐意，但是腦子一陣暈眩，人倒在床上。那個唱"What a wonderful world"的老黑人忽然收了聲音，像一陣煙一樣消失，整個房間安靜下來，月光從窗簾的縫隙殺下來，很大的動靜。夜有些涼，酒醒了些，我想起柳青沒穿甚麼衣服，掙扎着起來，來到客廳。

柳青在一個沙發上平躺，一腿完全伸直，一腿蜷起，彷彿一條從胯下開始升起的鐘形曲線，曲線頂點是膝蓋骨。柳青身上除了浴巾，還蓋了一件我穿在外邊的夾克衫，月光下一條雪白的胳膊完全暴露在外，手上抽着我剩下的最後一支金橋香煙。面無表情，頭髮散下來，半乾半濕，在月光下黑得要死。

「冷嗎？」我問，手不知道放在哪裏。

柳青沒回答，面無表情。

我左臂插柳青腋下，我右臂插柳青膕窩，我發現燒酒長腰腿勁兒，我把柳青一口氣從客廳抱到臥室，撂倒在床上。

我把搭在柳青身上的我的外套扔在一邊，砸倒很多書和影碟，我把裹在柳青身上的浴巾扔在一邊，蓋住很多書和影碟，我把雙手插進柳青的頭髮，我發現她的臉卸了妝之後還是很精緻，彷彿蘇木精伊紅染色利落的組織切片在高倍顯微鏡下還是邊界清晰。

柳青躺在床上，躺在月光下，沒有精緻的髮髻和化妝，她

的身體比月光更明亮。柳青的雙腿叉開，我感到風從兩腿之間吹來，非常繁複的味道，彷彿北京初夏的味道，我彷彿看着北京敞開的大馬路，一個聲音低平地說，來吧，指不定誰做誰呢。

我倒在柳青的兩腿之間，手幫着陽具尋找風吹起的地方。柳青的手抓住我的手腕，牽引我的手到她的胸部。柳青說：「年青也不能光靠力氣，摸我的胸。」

「對了，差點忘了，你上次教我如何喝紅酒，一直在想如何回報你。現在這個機會正好，我教姐如何自查乳房，早期發現乳腺癌。分為視診和觸診兩部份。視診非常簡單，你化妝的時候，留十秒鐘對着鏡子看看，你兩邊乳房是否一樣大。因為一般人兩邊乳房大小差不多，而乳腺癌一般最初都是單側發病，所以兩邊乳房如果不一樣大，常常說明大了的一邊可能有問題。觸診要稍稍複雜些，最需要注意的是避免流氓傾向，這是一件非常嚴肅的事兒。右手檢查左乳房，手指要併攏，從乳房上方順時針逐漸移動檢查，按外上、外下、內下、內上、腋下順序，系統檢查有無腫塊。然後同理左手檢查右乳房。檢查完乳房後，用食指和中指輕輕擠壓乳頭，觀察是否有帶血的分泌物。檢查中，千萬不要像耍流氓一樣，手一大把抓捏乳房，這樣你會總覺得裏面有腫塊。這個要點很簡單，但是對於有些人來說，習慣很難改，比如小白，比如辛荑。」

「別想乳腺癌，別叫姐，想我，我的皮膚光滑嗎？我的頭髮

順嗎？我的胸好嗎？」柳青的手牽引着我的手探索她的身體，走走停停，看花，看草，看樹木，提醒我哪些角落讓她顫抖，暗示我如何理解那些角落。我像是走在一條黑暗的散發着麝香味道的小路，路邊的樹木和房屋逐漸亮起了五顏六色的燈。我奇怪，既然柳青如此熟悉這些角落，還需要男的做甚麼？我好奇，柳青也同樣教過別人吧，他們學得有我快嗎？我想起北大植物學教授拉着我們在校園裏看各個角落裏的植物，甚麼是明開夜合，甚麼是合歡，甚麼是紫花地丁，甚麼是七葉一枝花。小紅在靠近勺園的一個高台階上摔倒，我和辛夷哈哈大笑，然後對着小紅鄙夷的眼睛説，「幸災樂禍是人的天性，如果你摔斷了腿，我們會帶着豬蹄去宿舍看你，悲天憫人也是人的天性。」我想起中醫針灸課上講，多數穴位的發明，就是這樣摸來摸去，找到某個突起或者凹陷按下去，「啊，是」，就探明了一個穴位，起個鬼知道為甚麼的名字或者就簡單統一稱為「阿是穴」。

　　柳青的身體逐漸柔軟，細密的皮膚上滲出細密的汗水，鼻孔不自主開闔，發出和兩腿交匯處同樣繁複的味道，彷彿早上陽光照耀一個小時之後的青山，霧靄漸漸散去，草木開始舒展。柳青説：「求求你。」

　　我又一次倒在柳青的兩腿之間，手幫着陽具尋找風吹起的地方。

「別急，等我求你第三次。」

我右手換左手，二次遊園，用了和第一次類似的時間。柳青的嗓子眼深處説：「求求你了。」我雙唇換雙手，第三次遊園，用了比前兩次加起來都長的時間，我用閒下來的雙手死掐我的肉，我怕我打哈欠。我看到柳青的整個身體愈發紅亮起來，照得房間像是點了一盞燈籠，我清楚地看到她的臉，微微變形，更加鬼魅。她最後的聲音似乎是從兩腿之間的洞穴裏發出來的：「我求求你了。」她的手抓着我的陽具，餵進了洞穴。

柳青到了的時候，紅熱的光忽然熄滅了，汗水和淚水彷彿烏雲裹住日頭之後的雨，一起無聲息地落下來。柳青很高亢地叫了一聲，我習慣性地塞右前臂進她的嘴，她惡狠狠地咬了一口，我沒叫，她更高亢地叫了一聲。

停了許久，柳青在我耳邊説：「我去看夏加爾的畫展，看到男女手拉手，有時候，男的走在田野間，女的飛在半空，手還拉着手。我現在才體會到，夏加爾是甚麼意思。在飛起來的瞬間和落地的一霎那，我想死去，毫無怨言。」

我説：「現在死和過五十年再死，有甚麼本質區別嗎？我理解你的感覺。」同時，我想起中學體育老師在體操課開始的時候，大肉手按着女生的小細腰，告誡我們，準備運動是非常重要的。我現在才體會到，體育老師是甚麼意思。

半夜的時候，殘留的燒酒從裏往外打擊我的腦袋，月光晃

眼，我看見躺在旁邊的柳青，頭髮散亂，看不清面目。我想，小紅和小白第一次犯壞的時候，有沒有留下影像啊？有沒有刻錄成光盤？那些光盤從秀水市場附近那些抱着孩子的婦女黃碟販們手裏，能不能買得到呢？

第十六章
玻璃燒杯，仙人騎雞

過了三天，我扒拉完幾口晚飯，獨上七樓看《婦產科學》，看到柳青坐在我常坐的位置上，課桌上放兩個文件夾，椅子前腳蹺起，身子向後稍斜傾，笑着看我。還不到五點半，自習室裏沒甚麼人，陽光從西面敞開的窗戶灑進來，金晃晃的。

最近女生中流行減肥，相信，長期晚飯後一屁股坐下唸書，二十五歲以後臀下垂，三十歲以後長肚子，三十五歲以後奶下垂，所以飯後三十分鐘應該保持行走或者站立。有一陣子，下午五點左右，在東單三條、中央美院東街、金魚胡同和東單北大街構成的環路上，總有二三十個目光呆滯表情堅毅的女生順時針方向貼着路邊疾走。

踩着自習室地上不規則多邊形的陽光和陽光之間的陰影，我走過去坐在柳青旁邊。柳青穿着休閒的小領子棉布長袖，牛仔褲，淺跟運動鞋，但是皮膚還是挺白，臉上的妝還是仔細，髮髻還是精緻，挺香，還是「沙丘」香水的味道，彷彿抗日戰爭電影裏打扮停當、穿着老百姓衣裳等待被強姦的龍套女影星。

「吃了嗎？」我問，舌頭在上唇內側和上排牙外側、下唇內側和下排牙外側繞了一圈，掃蕩一下可能的晚飯殘留。我偶爾這樣吃到過前一天烤羊肉串上的芝麻，香啊。

「沒。我不餓。接待客戶吃中飯，到三點才完，還不餓。」

「哦。」

「中午喝得有點多，三點完了事兒，我想，是去公司呢，還是去健身，後來決定去健身。回家換了衣服，忽然想起你，就來這兒了。」

「來陪我上自習？」

「是啊。省得你總看小紅和小白在一起，心裏過於難受，我秉承着無產階級同志情意，繼續幫助你。」

「小紅和小白現在基本都在小白酒店房間裏活動，酒店方便啊，有獨立廁所，還有床。」

「我自己燕莎附近的房子也有獨立廁所和床。」

「再說，我老媽說，打架輸了，東西搶不過別人，不要氣餒，要賊惦記着。要是氣不過，女的可以哭，男的可以自殘，自己抽自己嘴巴，但是不要聲張。孟子說，年輕人要用發展的眼光和成長的眼光看問題，把不爽的境遇當成人生勵志的磨刀石，苦其心智，增益其所不能。所以，我能正確對待小紅和小白，他們即使坐在我前排，即使我聞見小紅的香水，看見小白的小手放在小紅的大腿上，手指上下跳動，我也不會抄板兒磚拍他

們倆，還是能讀《肉蒲團》、背『床前明月光』、研讀《婦產科學》。」

「那我想起你怎麼辦啊？」

「寫信啊。北京市內，一天就寄到了。」

「好，我會寫。要是想看你長高了沒有呢？」

「來找我玩啊。」

「所以我來了啊，給你帶了一點吃的，烏梅、康元蛋卷、提子餅乾和罐裝八寶粥。你四點半就吃晚飯，晚上一點多才睡，會餓的。你上自習，你看你的書，我處理些公司文件。」

「好啊。你要是想尿尿，出門往右是女廁所，需要自己帶手紙。要是渴了就喝我杯子裏的水吧，茉莉花茶，杯子髒點啊。等我唸三四個小時書，帶你去吃東西去。」

「好。」

我看到她書包裏橫着的板兒磚大小的摩托羅拉手機，天線呲出來，說：「這就是傳說中的手機吧？太大了吧，需要找個人幫你背着，就像解放戰爭電影裏的話務員那樣。關了吧，我怕吵別人自習。」

「根本沒開。公司人要是有事兒會呼我，但是我有權力不搭理，今天我不會搭理的。」

柳青的香比小紅的淡，柳青噴香水的本來目的估計也不是防蚊蟲叮咬的。柳青坐在身邊，自習室就是栽了一棵明開夜合

的院子，初夏的時候，細碎的白花，早上展開，晚上閉合，但是香氣卻是越夜越真切，真切地覺得，這種香氣裏讀《婦產科學》，糟踐。

婦產科有好幾個女教授，都是在更年期左右摘掉卵巢，然後補充雌激素，都是齊耳短髮，皺紋清淺，做手術站五六個小時，大腿不彎，手比男醫生更加乾燥穩定，不查戶口本身份證，單從容貌和體能，基本無法判斷真實年齡。唯一一個容貌和體力上能抗衡的中年男大夫是個姓羅的胖子，臉上褶子都被肉撐平了，看不到脖子和腳腕這兩個解剖結構，站在手術台上，必須搭配一個嬌小的年輕女護士，否則站不開。「就為這一點，我就熱愛做手術，我也不減肥。」羅胖子說。我跟着羅胖子上台做手術，替他拉鈎，羅胖子柳葉刀一劃拉開腹壁，血從兩側的皮肉上一個個血管斷點湧出來，彷彿護城河兩側的排水口，靜脈血暗紅，動脈血鮮紅。胖子電刀一個一個血點止血，電刀頭觸及血點附近的皮肉發出吱吱的聲響、燒焦了的皮肉騰起輕細的煙，胖子對身邊搭配的小護士說：「我昨天又去吃韓國燒烤了，三千里烤肉，我不喜歡他們烤好了給我端上來，我喜歡自己烤，聽肉吱吱地響，煙升起來，香啊！」

九點多鐘，柳青趴在課桌上，斜着眼睛看我，說：「肚子餓了。」柳青的睫毛很長，我無法判斷是有機生長的還是被她在自己的實驗室裏動過手腳，從外三分之二開始向上彎曲，在

自習室日光燈下，最尖的地方一點點閃亮，魚鉤一樣，彎刀一樣。

「好，我帶你去吃東西。」我開始收拾東西，「想吃甚麼？」

「隨便。」

「隨便是甚麼啊？想吃甚麼，給個方向，我請你。」

「你，甚麼眼珠子啊，手啊，臉蛋子肉啊，都行。」

「還沒發育成熟，沒到吃的時候。」

「那就無所謂了，附近有甚麼可吃的啊？」

「那你聽我安排吧。」

我和柳青下到六樓，蘇聯設計的房子，層高六米，樓道頂上打滿了晾衣服的管子，高高地掛滿了衣服，多數是男生的褲子，我們從一個個褲襠下走過，柳青頭也不抬。我把書包和柳青送的吃的扔在床上，屋子太擠，插不進腿，柳青站在門口，沒進屋。胡大爺一直在附近逡巡，抽冷子往柳青身上看一眼。

我拉着柳青的手，繞到東單三條上的九號院。院裏的花都落了，柿子樹、玉蘭樹、桃樹、槐樹的葉子都長足了，我說，這個是整個醫院最大的院子了，吃完晚飯，辦公人員都走了，院子裏可以打網球。西廂房二樓是解剖室，大體解剖就是在那兒上的，四個人分一個屍體，兩個人一邊，講到男女不同的地方，互相交換，你看我的女屍，我看你的男屍。男女差異比想像中的小，福爾馬林泡了這麼久，子宮就京白梨那麼大，陽具

比游泳之後還小，比大拇指還小。屍體都平躺在不鏽鋼台子上，基本都是六十年代初三年自然災害的時候病死或者餓死的，各種結構都完整，特別乾淨。牆角站着兩架骨骼，一男一女，完整，男的叫王剛，女的叫南珊，個子都挺高。我們用來對照的，屍體筋肉模糊之後，某個結構不容易定位的時候，就對比這兩副骨架子。水泥鋪地，甚麼時候都是黏的，淺淺的一層人油。也奇怪了，無論怎麼洗刷，都是黏的。大體解剖快學完之前，屍體都散架了，顱骨裏的大腦小腦都得留着，下門課《神經解剖學》接着用。管那門課實驗的老李拿個大水桶，一個一個頭收拾好，彷彿北大上完排球課，體育老師用個大網袋收拾排球。老李還管組織切片，他的切片機就是一個超小號的切羊肉片機，切完組織切片之後，用最軟的中號毛筆在緩衝液裏打散，等待染色。老李有好些台顯微鏡，我在鏡子下看過我從臉上擠出來的包，那種年輕的包，在鏡子下面，美玉一樣，白，潤，偶爾有根毛。東廂房是生理室，晚上放毛片，站在院子裏看得非常清楚，但是看不清屋裏看毛片人的生理反應。最常用的動物是蚯蚓，老鼠，青蛙，兔子，女生力氣小，需要打暈兔子的時候，結果都打驚了兔子，四肢被綁在夾板上兔子掙脫了一隻或者兩隻腿，背着夾板在教室裏跑。你說，如果蚯蚓，老鼠，青蛙，兔子有佛性，人會不會有報應？或許就在現在，在黑洞的另一邊，在另一個太陽系，蚯蚓，老鼠，青蛙，兔子長得都比人大，

都比人聰明，都穿人皮內褲，他們教授生理課的時候，通常都用人當實驗動物。

柳青問，你是要帶我去吃東西嗎？

我說，所以吃東西之前集中告訴你。我又說，我如果被撞死，就把器官捐了，如果老死，結構乾淨完整，就把屍體捐了，上解剖課用。但是有一個要求，解剖我屍體的四個人必須閱讀我的一個字條，非常簡單，就告訴他們，我的雞雞其實沒有他們將要看到的那麼小，都是福爾馬林的長期浸泡作用，他們不要大驚小怪。

我拉着柳青的手，沒踩漢白玉的御路，走上台基，穿過正房。正房三層樓，都是黨政行政部門。穿過去，向北，是五百米長的連廊。我指左邊的西跨院大花園給柳青看，說，中式建築講究對稱，解放前，本來右邊也有同樣一個東跨院大花園，現在改成護士樓和我們的宿舍樓了。再往右邊，本來有八塊網球場，現在一個都沒有了，都蓋傻屄樓了。再往右，外交部街的教授樓，過去是一戶住一個樓，現在是十戶。老學長講，過去講究十個字，「吃得苦中苦，方為人上人」，早上查房前，有白牛奶喝，穿白襯衫，現在，簡潔了，就講究前五個字了。

我拉着柳青的手，到了醫院，下樓梯，到地下室，頭頂上全是管道。柳青問，管道裏是甚麼。我說，有的是暖氣管，有的是氧氣管，有的是麻醉氣體管，直接通手術室，打開閥門，

幾分鐘之後，病人都麻倒了。柳青說，我也賣醫療儀器，你別胡扯了。我說，是啊是啊，其實都是各個時期的暖氣管。我說，仁和醫院的地下通路非常複雜，我在婦科腫瘤實驗室，每兩天會接待一個走迷路了的病人，都是一副絕望的樣子，都以為自己經過了黃泉，女的都含淚水，男的都流鼻涕。我們向西，走到五號院，從西門出去。柳青說，我不吃全聚德烤鴨，中午才吃的。我說，月底了，我也請不起。向北，走過中央美院，鑽進右手的胡同，我說，吃麵吧？胡同裏有間搭蓋的小房子，放了兩張桌子，其他甚麼都沒有。夥計從胡同裏十米的另外一間房子閃出來，問，吃甚麼？我說，一碗雞翅麵，一碗大排麵。夥計收了四十塊錢，消失在胡同裏。十分鐘之後，另外一個夥計從胡同裏二三十米的另外一間挑簾出來，端着兩大碗麵，放我們桌子上，然後也消失在胡同裏。柳青吃了口雞翅，說，好吃，問，這是哪兒啊？這店叫甚麼啊？我說，我也不知道，江湖傳說是，這是中央美院某個老院長的女兒和她的相好開的。那個相好是個送煤球的，還有點瘸，院長不同意，女兒就出來和她相好自己過生活，租了五六間胡同裏的自建房，開了這個麵館，四種麵，一種大碗，都是二十塊。後來男的被撞死了，女的有點瘋了，但是麵館還開，我們都認為，麵更好吃了。

柳青是真餓了，頭也不抬，麵碗太大，我看不見她的臉，只看見她黑青的頭髮一絲絲分向左右，露出青白的頭皮。頭皮

和額頭泛出細圓的汗珠子，滋潤髮絲更加黑青烏亮。吃完雞翅麵，柳青看着我，我又撥了半碗大排麵給她。柳青又吃完，喝了一大口湯，説，好久沒唸書了，唸書還是很餓的，我想喝酒。

我拉着柳青的手，再進五號院，上三樓，進我的實驗室。柳青坐在靠窗的辦公桌上，我坐她對面，我給她一個五百毫升的玻璃燒杯，也給我自己一個五百毫升的玻璃燒杯，從冰箱裏拿出七十度的醫用酒精，各倒了小半燒杯。

「乾淨的燒杯，還沒用過。仔細洗過的，你看，杯壁上都不留水珠子。」

「不乾淨也沒關係。」

「要不要加百分之五的葡萄糖溶液？」

「不要。」

「粒粒橙？我還有兩瓶。」

「冰塊？」

「不要。」

「這酒比二鍋頭還兇，喝猛了，熊掌似的，仙人掌似的，喝一口，扇你一個嘴巴子，扇你一跟頭。」

「我沒事兒，即使我高了，不是還有你嗎？我喝暈了之後，你會趁機撫摸我嗎？你會趁機欺負我嗎？」

「要不要五香花生米？」

「要。」

我們十毫升左右一口地喝酒，柳青不太說話，十幾口之後，臉開始泛紅，她特有的香味擺脫雞翅麵和大排麵的味道以及醫院樓道裏的福爾馬林和鼠食味道，逐漸瀰漫整個實驗室。這酒真猛，我喝得急了，半杯子下去，心就跳出胸腔，一起一伏地飄蕩在我身體周圍，粉紅氣球似的。我的陽具強直，敲打我的拉鎖，破開泥土的地面就可以呼吸，拉開帷幕就可以歌唱。酒是好東西，我想，如果給一棵明開夜合澆上兩瓶七十度的醫用酒精，明開夜合會臉紅嗎？香味會更濃嗎？它的枝幹會強直起來嗎？

　　「你常在這間屋子這樣和小護士喝酒嗎？你和她們聊人生嗎？她們的眼睛好看嗎？」

　　「我不在實驗室裏和小護士喝酒，我不單獨和小護士喝酒。護士是個神聖的職業，她們通常比較慓悍。你不要和辛荑那樣，他看日本成人電影看多了，認定小護士都是有色情暗示的。」

　　「你常在這間屋子這樣和小紅喝酒？你和她互訴衷腸嗎？」

　　「我和小紅不談論感情。她或許知道我崇拜她，我們男生都崇拜她，屬於生殖崇拜的一種，接近原始宗教。她或許知道我對於小白泡她這件事不爽，但是這是很容易理解的，我和辛荑失去了一個請我們吃飯的國際友人，同時失去了一個不經意中可以摸一下手的國內友人。小紅不知道我喜歡她，她恨我，認定我是個壞人。」

「説起小紅，你話可真密。你會想我嗎？」柳青喝光她燒杯裏的酒，走過來坐在我懷裏。她很軟，她的骨頭都在哪裏啊？柳青的臉變得很大，比窗戶外面圖書館屋檐上的騎雞仙人近多了。

「我再給你倒半杯？冰箱裏還有一箱。」

「不用了。喝太多，聽不清你心跳了。好幾種聲音，錯開一點，聲音都不一樣，我聽見大海的聲音，海的心跳真快啊。我聞見大海的味道，桃花水母、滴血珊瑚、七彩魚、水晶蝦，還有海岸的味道，椰子樹、沙灘、穿草裙的土著。」我想，我們晚上吃的不是家禽就是家畜啊，沒有海鮮啊。柳青的耳朵在我左前胸，鼻子點在我的襯衫上，我彷彿是她小時候第一次拿在手裏的海螺，被她放在她耳邊。柳青每每移動，我屁股下面的老木椅子就每每吱嘎作響。

「我們加在一起，還有點份量啊。」

「我的確體重不輕。早過三十了，你學婦科的應該知道，過了三十，新陳代謝不一樣了，喝涼水，通過光合作用都能變成脂肪沉積在肚子、大腿和屁股上。和小紅不一樣，小姑娘啊，除了奶，沒有贅肉。」

「我上生理學的時候，老師好像不是這麼説的。我喜歡抱着你，我怕小姑娘，我喜歡亂倫。」

「怎麼講？」

「你知道嗎，死人最沉了，一個人能攙扶一個人上樓，但是四個人才能抬動一個死人上樓，死人不知道配合。小姑娘也一樣，不知道配合，不知道如何使力氣。要是小姑娘和我一起坐這把文革時代生產的古董椅子，早塌了。」

在窗外飛檐上的騎雞仙人和柳青之間，辦公桌之上，電話響了，我看了眼牆上的掛鐘，過了午夜十二點了。

柳青想從我腿上起來，「或許是小紅，我也該走了，你們正好還可以聊聊，酒還夠。」柳青小聲説。

我沒理她，左手按住柳青的腰，右手接起電話。

「喂，您好。」

「您好。」我聽見電話那邊一個猶豫的女聲。

「您好，找誰？」

「我想和您反映一個事情。」

「我不認識您啊。」

「我想跟您説，您科室的小劉大夫，是個壞女人，她勾引我老公。」

七十度酒精的浸泡讓我腦子彷彿水晶球一樣通透，「不好意思，這裏是婦科腫瘤實驗室。您這事兒要去找醫院黨委，我把黨委電話給您。你手上有筆嗎？」我把中央美院對面胡同裏麵館的外賣電話留給了那個女的，然後掛了。

小劉大夫好人啊，手可巧了。組織教學，查房的時候，知

道我基本都不會，從來不提問我。要是被指控的是個壞人，我會把仁和醫院的總機或者胡大爺的電話留給這個女的，這個壞人明天就出名了，效果和始亂終棄一個呼吸科女護士差不多。

我又給自己倒了半杯醫用酒精，五香花生基本沒了，柳青香香的還在，聞一下她的頭髮，吃一口她的舌頭，下十毫升酒，這樣，還可以喝很久。陽具頂破了牛仔褲，夏天陰天氣壓低的紅金魚一樣，浮上水面，呶着嘴在水缸邊緣透氣。我扯上窗簾，窗戶裏沒其他東西了，除了圖書館屋檐上最靠外的兩三個神獸還在。門本來就鎖了，我把柳青的身體翻轉過來，她臉衝窗外，被我反壓在辦公桌上，我沒撫摸，我掀開柳青的棉長袖上衣，我從背後拆掉柳青的奶罩，她變成亂七八糟的，我扯掉柳青的褲子，褲子脫落在她腳下，腳鐐一樣，我把陽具從後面塞進去，是鐵就熔化吧，是金魚就喝水吧，是鳥就飛翔吧。我想打開一扇門，門裏面血肉模糊，生死一體。

柳青的髮髻開始凌亂，一兩縷長髮從腦後向前下滑落，碰撞中髮梢來回撩掃辦公桌的表面。實驗台上有電子計時器和手動計數器，我到的時候，一眼沒看，我不想知道，我持續了多長時間，不用看我也知道，這是今晚的第一次。我射在柳青臀部以上的後背上，她的雙手在全過程中始終直撐着，她的腰始終對抗重力向上彎曲，彷彿窗外圖書館飛檐上騎雞的仙人。

我把柳青的身體翻轉一百八十度，面衝我，柳青滿臉暗青，

柳青看着我的眼睛，「我不喜歡你這樣，我不是馬，我不喜歡你把我當馬。我喜歡看着你的眼睛，我喜歡在你親我要我的時候，聽你的眼睛輕輕地對我説，你喜歡我，你特別喜歡我。」柳青説。

我又給自己倒了半杯酒，五香花生徹底沒了，柳青基本也沒了。因為惱怒，她的頭髮有些酸，她的舌頭有些硬。她的髮髻基本形狀還在，我想把它按下去，讓它接觸我的陽具。我想，陽具泡在黑頭髮的水裏，它會迅速再次硬起來。柳青開始變形，我的酒也不多了，我想知道，變化姿勢，屈伸、仰俯、出入、深淺、我能不能一夜七次。

柳青毫不猶豫地推開我的手，起身去水龍頭洗臉，涮燒杯，然後接了一大杯水，一口喝乾，還有些水珠子順着頭髮、臉、嘴角流下來，整體還是亂七八糟的。柳青説，「我告訴過你，我不是馬，也不想是馬，至少不想是你的馬。天晚了，我要走了。」

我喝乾燒杯裏的七十度酒精，五百毫升的一瓶已經空了，我的褲子還沒拎上，我問柳青：「姐，你説，為甚麼我脱光了之後，總是想不起背誦唐詩宋詞呢？」

第十七章
三大酷刑，七種固體

　　酒後第二天，下午上《臨床流行病學》，在醫院的二一零教室。

　　醫用酒精喝高了，在我身上的反應古怪。總結兩個字，延遲。比如，射精時間延遲，比如，酒醉難受時間延遲。早上，除了兩眼發直、面帶僵硬微笑，沒有其他異樣。中午，滾燙的鉛水開始往腦子裏灌，一毫升一毫升地灌，剃刀開始從腦仁兒最裏面往外鏃，半毫米半毫米地鏃。過去凌遲，也有把看得見的刀啊，也有個看得見的劊子手按一定節奏切割，也是從外往內割啊。現在是一把看不見的自動小刀，以不可預測的節拍，從裏往外鏃。

　　我在幼兒園裏吃多了打蛔蟲的寶塔糖，甜啊，比砂糖還甜啊，大便時看見蛔蟲的屍體隨糞隕落，白啊，估計它們很少見陽光，還晃悠，不知道是風動還是蟲動。幼兒園阿姨讓我們把拉出來的數目彙報給她，她在一張草紙上做兩三位數加減，匯總後寫在工作總結裏，説，祖國偉大，毛主席萬歲，我們努力

工作，幫助班上祖國的三十個花朵們擺脫了一百二十五條階級蛔蟲，花朵們被階級蛔蟲毒害的日子一去不復返了！第一個論點，我完全同意。一百二十五條階級蛔蟲是我們三十個人彎着脖子，左手扒開小雞雞，一眼一眼看的，一條一條數出來的。第二個論點，沒有邏輯根據，我怎麼知道肚子裏的階級蛔蟲都被殺死了。後來事實證明，階級蛔蟲很頑強，還在，它們曾經鑽進膽道，讓我差點沒痛死，也讓我第一次打了嗎啡。嗎啡好東西啊，肥厚如我老媽，忽悠如宗教。這次會不會是階級蛔蟲被這一斤醫用酒精驚着了，玩兒命往腦子裏鑽？

我跑到廁所，中午吃的紅燒豆腐和三兩米飯都吐了出來，我到地下室找食堂大師傅，討了一大飯盒中午剩下的米粥。涼着喝完迷糊睡去，鬧鈴響起，已經一點五十了。

到了二一零教室，姚大教授西裝筆挺，頭髮特白，鐵着臉，看着錶在門口等着，辛荑鬼笑着看我，指着幻燈機旁邊的兩個座子。整個教室，就剩這兩個座子空着了。

辛荑和我曾經通過三次討論，確定了仁和醫大三大酷刑。

第一酷刑，小紅脫衣。這個是純想像，但是我和辛荑都認為，非常殘酷：讓一個男的吃飽了、喝足了，關進一個特暖和的屋子，雙手反綁了，摸不着自己的雞雞，雙腿捆死在暖氣片上，不能挪動半步，然後，小紅在他面前脫衣服。我說，世界多奇怪啊，這種年輕時候非常的酷刑用到老幹部身上就是心理

治療手段，每週一次，降低心血管發病機率。辛荑說，年輕時儘管是酷刑，如果有機會，他還是想在四十歲之前試試，就像他儘管知道大多數中樞神經藥物有成癮性，還是想在七十歲之後，試試大麻，試試可卡因。我說，還是今天就問問小紅願不願意給你上刑吧，到了你四十歲的時候，小紅也四十歲了，估計都不好意思留長頭髮了。

第二酷刑，四大醜女上課。仁和醫大有四個偉大的女教授，都是各自領域的絕對權威，都藐視男性，都使用雌激素補充療法，都忽視個人生活，都可以夜裏上街嚇人。唯一一個結婚的第四大醜女，上次醫院分房子的時候也離了。老四和她老公都是醫院教授，因為他們是一家子，醫院統一考慮，戶口本上男的是戶主，就按男的名義集中分了離醫院很近的四室兩廳。女教授不幹，說，第一，我是兩院院士，他只是工程院院士，統一考慮也應該以我為主，寫我的名字。第二，四室兩廳只是一個院士應得的配置。醫院說，你們不是一家人嘛。第二天，女教授拿來離婚證明。

上課的時候，她們目光掃蕩教室，總能抓住最差的學生。「你說說，子宮有多大？」大雞透露，從來就沒結過婚的老二醜女曾經問我們一個八六級師兄。

「這麼大。」師兄雙手比了個鴨梨兒大小。

「多大？」老二兩個眼珠子滴溜亂轉，但是不影響兩個眼珠

子還是直勾勾看着八六師兄。

「這麼大。」師兄雙手比了個蘋果大小。

「多大？」老二直勾勾看着八六師兄，第三次問同樣的問題。

「這麼大。」師兄雙手比了個西瓜大小。

「你請坐。」老二說。課後，老二寫書面建議，建議學校讓這個八六師兄留級一年。理由三個，第一，缺乏基本科學習慣。被問問題之後，沒有馬上澄清，是平時的婦女子宮還是受孕後第一個三月的子宮還是受孕後第二個三月的子宮。第二，缺乏基本科學訓練。不用長度、寬度、厚度、釐米等等科學概念，堅持像土鱉中醫似的，手比劃瓜果梨桃。第三，缺乏基本科學人格。一個問題，因為問了三遍，給出三個完全不同的答案，沒有立場，沒有自信，難免將來不成為科學騙子，掮客，叛徒。八六師兄在留級之後的第三個月突然消失，謠傳被降級之後羞辱交加去了澳洲，在墨爾本的一家中餐館當後廚，一款清蒸魚上過當地電視。老二心中內疚，去澳洲講學的時候託人約八六師兄吃飯，想勸他振作起來，重新回醫大修完學業。八六師兄是開着奔馳敞篷跑車來悉尼的，請老二吃了澳洲最好的西餐，喝 91 年的 Penfolds Grange，說，在上悉尼醫學院，明年畢業，說，想念北京，連續夢見在外交部街五十九號的英式別墅，幫前輩師太師爺們除草。老二含着半口新世界的 Penfolds

Grange，口腔好像泡在漫長的時間的水裏，多種美好的空間和植物味道都在這半口液體中還原，想起五十年前常喝的法國酒，想起現在泔水一樣的國產乾紅，完全沒提回去讀完仁和醫大的事，說，你知道嗎，外交部街五十九號的英式別墅，五十年前，一個教授住一個，現在十戶人家住一個。

老二也給我們上過課，右手中指上有個巨大的鑽石戒指，年老肉陷，她習慣性地用大拇指撥動鑽戒，鑽戒在中指指掌關節以上滴溜亂轉，陽光下、燈光下，扎眼極了。小紅當時說過，秋水你看，女人不靠上床，也能有兩克拉的大鑽戒，你要對女性更加尊敬，天地比你丫想像的寬闊多了。當時，我點頭同意。幾年後接到小紅的電話，說她在紐約第五大道交五十七街的Tiffany 總店，剛給自己買了個大鑽戒，套在中指上，鑽石真大啊，整個中指全都被蓋住了，真亮啊，以後夜裏上廁所不用開燈了，中指上的肉還飽滿，還不能像老二教授那樣把戒指在骨節上滴溜亂轉。我在電話裏說，開心了？小紅說，秋水，我肏你媽，我的一輩子都被你毀了，我坐在一一零街的馬路牙子上，我想哭。

第三酷刑，二一零教室放幻燈。二一零教室很暖和，病人怕冷，醫院暖氣 10 月初起，4 月底停，很黑，三層窗簾，很舒服，前排都是沙發椅。所以，幻燈機支在第三排中間，誰也不想坐靠幻燈機的座位，坐在那裏，需要負責根據教授指示，按

按鈕，翻轉到下一頁幻燈，再犯睏也不好意思睡着。

「同學，遲到了兩分鐘。」姚大教授説。

「上次衛生部部長來講座，他遲到了五分鐘呢。」厚朴插嘴説。他照例坐在第一排，筆記本攤開，圓珠筆握牢，做好認真聽課的所有準備。姚大教授沒理他，但是臉色好像好看了些。

「對不起。」我坐在幻燈機的右手，左邊的位子還是空着的。

姚大教授開始慢慢講 John Snow 如何在一百五十年前，用圖表描繪霍亂流行的特徵，在地圖上把死人、病人、飲水處都標記出來，於是判斷出飲水和霍亂密切相關，封閉了 Broad Street 上的兩口水井，救了好幾百條人命。教室裏又暖和又黑又舒服，這濃密的黑暖像一床大棉被子一樣蓋在我身上，蒙住我的頭，我模模糊糊看見 1854 年倫敦，得霍亂的人，我按幻燈機的手開始變得機械，眼皮在重力作用下開始下墜。媽媽的，那些被醫用酒精驚了的階級蛔蟲怎麼現在不爬出來繼續從腦子裏面往外凌遲我呢？我試圖想一些最能令我興奮的事情，我也要像 John Snow 一樣造福人類，我要寫本黃書，不要太長，三、五萬字，不要插圖，我崇拜想像。一本真實、美好、善良的黃書，要像每個男人的腦幹脫了內褲一樣真實，要像花絲把花藥播撒在雌蕊柱頭上一樣美好，要像餓了吃飯再餓再吃一樣善良。《金瓶梅》裏面的黃段子都是後加的，彷彿硬摘了手套、給五個手指戴上安全套，每個段子都不連着。而且改編者還是口交狂，

寫到口交就摟不住筆，白描立刻改重彩，還常常配首打油詩。《肉蒲團》太沒創意了，借着和尚秃頭教訓龜頭，借着教訓龜頭，非常樸實地把《素女經》擴寫了二十倍。這三、五萬字要是寫高了，造福人類啊，像 John Snow 一樣，像雜交水稻一樣，像廣譜抗生素一樣。想像中，這個念頭像個種子，慢慢長大，故事梗概像藤蔓一樣蜿蜒攀爬，神啊，創造、保護、毀滅。

　　我忽然想起，我在編織故事線的過程中，早就看不見姚老師和他的霍亂死亡人群圖示了。我在夢裏意識到，我睡着了，我知道，我一清醒就會聽見辛荑和厚朴的狂笑，看見姚教授鐵青的臉，看見在我身體的左下方，我左手的中指上下起落，按照我大腦睡去之前的節奏按着幻燈機的按鈕。

　　我睜開眼睛，二一零教室還是一片漆黑，溫暖而舒適，同志們都很安靜，姚老教授已經在介紹《流行病學》的研究方法。

　　「取樣要小心，非常小心。比如，在幾個胡同的居民裏二選一，調查碘源性甲狀腺增生，選出所有單數門牌的居民對不對？」

　　「不對。」厚朴接下茬。

　　「為甚麼不對？」

　　「因為單數居民都住在胡同的一邊，雙數居民都住在胡同另一邊，這樣的抽樣就不能代表整體。」

　　「非常好。」在姚老教授的誇獎下，在幻燈機的餘光中，我

看到厚朴的腦門和眼睛同時閃亮。

原來坐在小白旁邊的小紅現在坐在幻燈機左邊，右手中指控制着幻燈機，眼睛盯着姚大教授。意識到我醒了在看她，小紅轉過臉，衝我笑笑，黑暗裏，她的臉依舊明亮。小白一直躲在倒數第二排的角落裏，狂睡。

下課之後，辛荑拉着小白去酒店房間上網訂花去了，他的妖刀女友三天前在美國出了車禍，辛荑一定要表示他最大的關心。

妖刀最近在用她固有的瘋狂申請商學院，哈佛商學院、麻省理工商學院和沃頓商學院的所有教授都在一個月內收到了妖刀多個郵件，每封信都高度讚揚了這個教授在管理學領域取得的突出成績、介紹了自己沒挑的背景和能力、闡明了自己為甚麼能為教授的事業錦上添花、最後都要求面謁或者電話暢談。妖刀對辛荑説，等你明年去哈佛醫學院唸書的時候，我也一定會到哈佛或者麻省理工的商學院去唸書，不給你一點在美國招惹其他姑娘的機會。辛荑説，好極了，我現在就不給自己任何一點在北京招惹其他姑娘的機會。妖刀問，不招惹姑娘，那你如何解決生理問題啊。辛荑説，我蹭大樹，快來的時候，我在腦海中一張張過你寄給我的照片。妖刀説，你這個人怎麼這麼充滿變態而過剩的肉慾？蹭大樹，我信。前兩個星期，去辛荑家，別處的棗樹還沒開花，他們院裏的棗樹都結小棗了。腦海裏過

妖刀的照片到高潮，我不信，那得有多變態而過剩的想像力啊。

洛杉磯三天前下了小雨，剛剛打濕地面，車最容易打滑的時候，妖刀一腳刹車還是撞到了前面的車，妖刀後面開車的後來被證明是剛剛吃了藥，把油門踩成刹車。妖刀被撞出了車道，當時就暈過去了，說是肋骨折了三根，鼻骨骨折，滿臉瘀腫。她後面的車自己翻了，司機當場死了，法醫說，在全過程中他應該沒有任何痛苦，很幸福。辛荑和我們商量如何慰問，我說，寫首詩吧，講你如何擔心她。辛荑說，她是背唐詩長大的啊，你看我像寫得過李白的嗎？小白說，給她打個電話吧，多打幾分鐘，打光兩百塊錢，好好安慰她。辛荑說，這個靠譜。辛荑說妖刀還喜歡花，她喜歡那種易逝的美麗，短暫的永恆，隔著這萬里海疆，她看到他送的花，一定欣喜若狂。小白主動提出，網上訂花方便，先找一個又便宜又好的花店，網上下訂單，提供他的信用卡號，辛荑按人民銀行牌價還他人民幣就好。

為感謝小紅幫我按幻燈機，我請小紅喝北冰洋汽水。賣汽水的小賣部是在幾個樓之間搭建的，好幾個穿著長條圖案病號服的病人目光呆滯，也買了酸奶和汽水，站在小賣部周圍喝，不拿瓶子的另外一隻手都不約而同地甩著，讓人懷疑他們以前是否都練過甩手療法。不遠處有人支了網子打羽毛球，兩個小護士模樣，兩個年輕進修大夫，一邊打一邊大聲叫嚷，完全沒有跟在老護士長或者老教授後面查房時候的熊樣兒。還有幾個

年輕男醫生站在場地邊上看，天氣熱了，火力壯的都已經穿上短褲，外面套上白大褂，不繫扣子，小風吹撩，腿毛飄飄。

小紅背靠着牆根，嘬吸着北冰洋汽水，眼睛盯着那些人打羽毛球，說：「你睡覺的時候，眼睛是睜着的，姚老教授一點都沒察覺。」

「真的啊？」

「真的。我留意過，你好些時候在車上睡着，眼睛就是半睜着的，所以發現你按幻燈的節拍和教授的指示有些脫節，我就趁他背對我們寫黑板書的時候，溜到你旁邊。」

太陽已經很低了，一大半已經沉到西面樓房歇山頂之下，金紅的光芒被綠琉璃瓦阻擋，四濺開來，落在打羽毛球的年輕的粉臉上，落在小紅的周身。小紅濃密的頭髮變成金綠色，散在肩胛附近的髮梢兒變成透明的金黃色，光纖一樣、玻璃一樣、水晶一樣。小紅平常光線下棱角清晰的濃眉大眼被濺下來的濃光打濕，彷彿洗完澡剛用毛巾擦得半乾的樣子，顯得少有的柔和。

「你記得嗎，有次在北大，四教樓下，我們七八個人打排球，其他人散了之後，我問你渴不渴，你說，渴，我就請你在四教西邊那個小舖喝汽水。也是傍晚，也有類似的陽光，我當時覺得，你挺好看的，剛運動完，身上、臉上熱氣騰騰的、紅撲撲的。」我對小紅說，我眼睛沒看小紅，我眼睛盯着蹦蹦跳跳打

羽毛球的小護士，冒着騰騰熱氣的胸。

「你當時怎麼沒説？」

「我當時覺得獸哥哥挺棒的。」

「我一直覺得你女友也挺棒的。」

「小白還好嗎？你還好嗎？好久沒一起吃飯了。」

「他很好。我也很好，和小白也很好。」

「馬上過生日了吧？想要甚麼生日禮物？」

「想要的東西你給得了嗎？」

「也是啊。最近街上好看些的東西，配得上你的東西，動輒是我半年伙食費。但是你提啊，我和辛薁可以慢慢湊，我在外邊做些雜活兒，他也幫人翻譯。」

「我不要街上的，你省省吧，省下來多吃些肉，瘦得像竹竿兒一樣，辛薁也省省吧，給妖刀多買幾次花。」

「小白送了嗎？」

「送了。」

「小白其實主意挺大的，也沒和我們商量。」

「他泡姑娘從來是和你們商量的。」

「小白送甚麼了，能問嗎？」

「能啊，剛給我的，你自己看吧。」

小紅從書包裏拿出一個拆了包裝紙的錦盒，遞給我。

「能打開？」

「能。」

錦盒兩排，四層，八個小抽屜。

「能打開嗎？」

「能。」

我一個個打開，基本明白了，八個抽屜分別裝了小白的七種固體和一張生日卡。七種固體都用小透明塑料袋包了，根據我的基本判斷，從上到下分別是：頭髮，睫毛，耵聹，智齒，陰毛，指甲。最後一個抽屜裏，一塊皮肉泡在小玻璃瓶子裏，聞見淡淡的福爾馬林味兒，外面同樣套了一個小塑料袋。「闌尾還是包皮啊？」我小聲問。「他說是包皮。」小紅回答。

小紅的汽水喝光了，一條腿承重，一條腿彎着頂着牆，牙齒叼着吸管，玩。生日卡我沒打開，小紅說：「想看就看吧，我能有甚麼秘密？寫得挺簡單實在的，說我是他的全部，生活、事業、身體、精神。」我說：「真好，就像地球圍繞着太陽，用同一套世界觀和人生觀，生活就簡單多了。」

太陽已經全部沉到西面樓房歇山頂之下，光、熱氣和透明感在瞬間消失，四周忽然暗下來。我問小紅：「要不要再喝一瓶汽水？還是喝酸奶？」

「不喝了，快吃晚飯了，我要回小白那兒了，我閃了。」

我說：「好啊。正好在網上幫辛荑選選給妖刀的花，不要買菊花啊。」

第十八章
漢顯呼機，可樂罐測試

一連兩週沒見柳青，我晚上繼續在自習室看《婦產科學》，吃柳青送的蛋卷。辛荑從宿舍跑上來，說有人找。我下樓，先看見保持一貫警惕性的胡大爺站在樓道當中，然後看見柳青的一個小美女銷售代表站在我宿舍門口。

我以前在柳青辦公室和仁和住院樓電梯裏都見過她。小鼻子，小嘴，小個子，小頭髮黑順，彷彿南方到處都有的小籠包子，到了北方就成了一定程度的稀罕物件。她在住院樓電梯裏被個四十多歲的中年副教授兩隻大眼睛肆無忌憚地摸着，我聽見中年副教授口腔裏唾液分泌的聲音，看見他巨大的喉結上下滾動，她在擁擠的電梯裏無助地瞥了我一眼，我羞愧地低下了頭。在手術台上，這些中年骨幹們已經比老教授們佔據優勢，但是完全沒有了老一輩的性情和氣質。仁和醫院老教授們還是中年的時候，剛改革開放，第一批公派出國五十人中唯一一個男醫生，省出來的錢帶回一輛哈雷機車，五十歲年紀穿粉花襯衫奔馳在北京街頭，比那年的榆葉梅綻放得還早。簡單總結，這是老炮

和土流氓的區別，這是陳圓圓和大喇的區別。

小美女銷售代表把一個手提袋交給我就走了，我打開來，是個全新的尋呼機和柳青的一封信。用的是她自己公司的信紙和信封，她的字有些草，收筆的地方圓通，放筆的地方有些飄：

秋，我的乖弟弟，好想你啊，怎麼辦呢？常想起你，可想你了。每一刻，周圍不用有花開，不用有月光，不用有星星，只要我的心思可以從其他俗事移開（我的心思越來越經常地游離！），你就悄悄地進來，風一樣，流水一樣，霧氣一樣，酒一樣，我的心是酒杯嗎？「像此刻的風，驟然吹起，我要抱着你，坐在酒杯中」。

沒和你商量，給你買了這個呼機，我要能夠找到你，知道你在哪裏，每一刻，每一秒。不用全部回覆我所有留言，但是我希望我有權力把這個呼機當成一隻耳朵，一隻我可以傾訴的耳朵，我想像，你在聽，你能懂。

青，草於辦公室。

又，同時附上呼機發票，在公主墳買的，尋呼費交了一年。明年這個時候，你就畢業了，之後你會做甚麼？在哪個城市呢？在誰身邊？這些，我該問嗎？

這些，和我有關係嗎？

呼機是個摩托羅拉加強型漢顯，能顯示兩大排漢字，做得結實，黑色優質工程塑料，沉甸甸有墜手感，不使勁兒摔在水泥地上，不會有劃痕。還配個別子，別在褲袋上，還有個銀色的鏈子，一邊拴呼機，另一邊拴褲腰，中間部份銀亮亮地貼著褲子畫一道弧線，走來走去的時候，輕輕敲打臀部。我彷彿聽見江湖上的風雷聲、馬嘶聲、人沸聲，再拎個公文包，我就能出去行走了。

這是我的第一個通信器材啊。我看了一下發票，機器兩千元，一年尋呼費八百元。潤迅台的，他們的廣告公共廁所都有，撒尿都避不開，「一呼天下應」。我哥總結，男人的一生是由幾個重要的物件構成的：第一把刀子，第一個呼機，第一台電腦，第一張床，第一輛車，第一個房子，第一塊墓地。我說，我不同意。男人的一生是由幾個重要事件構成的：第一次自己睡覺，第一次夢遺，第一次自摸，第一次送花，第一次打炮，第一次結婚，第一次砍人，第一次掙錢，第一次偷竊，第一次遊行，第一次頭撞牆，第一次自殺，第一次手術，第一次大小便失禁，第一次死亡。我哥說，咱們說的沒有本質區別，我更理性些，你更下流些，如果你不重視物件，咱們換呼機吧。我哥的呼機是最老的一款，盒子槍一樣大，二十四小時心臟監護儀一樣大，

能顯示二十位數字，呼叫者除了留電話號碼，也能以數字的形式簡單留言，我哥公文包裏常帶着一本新華字典大小的密碼本，以備破解這些數字留言。我說，不換，我的是漢顯，我報了個唐詩班，每天通過呼機台給我傳三首唐詩。我哥說，我明天去買手機。

我把裝隨身聽的絲綢袋子騰出來，裝呼機，放呼機的口袋不再放任何鑰匙之類的小東西，我想盡量避免劃痕，防止北京的灰塵進入液晶顯示屏。不設定成震動，我怕在課堂上響起，設定成震動，我怕長此以往震鬆呼機的零部件。我堅信，這個呼機能使一輩子。

柳青的信息隨之湧入，風一樣，流水一樣，霧氣一樣，酒一樣。

「我開始買新衣服了，下次帶主任醫生們去歐洲考察，我多買些花裙子，你喜歡甚麼顏色？」

「你睫毛太長了，得剪短，省得太招人。」

「總想給你留信息或者寫信，在每一個想你的時候。然後總是會發現筆拙得厲害，然後總是要想起那句和你一起在車裏一起聽過的歌詞：我愛你在心口難開。我已經過了能說動聽的甜言蜜語的年紀了。」

「我在辦公室，桌上有百合花，你在這個城市的不遠處，但是我明天有個大單要談，今晚要準備。你在申請美國學校，準

備 GMAT 和 TOEFL 考試。我看見窗玻璃裏，我隱約的黯淡神色，想起一個詞彙：咫尺天涯。」

「我的毛病是不能不戀愛，在真愛面前忘記其他一切，重色輕其他一切。這會成為你的負擔嗎？」

「這次我將認真面對我的內心，審視直至深諳其中的奧妙。我不能不戀愛，但是我應該懂得如何安排生活，但是我漸漸夢到那個無恥的宿命，它說，愛，然後絕望。秋，你看得見嗎？不懂悔改的愛情和河流的光？」

「愛便愛了，便是一切了，餘者自有死亡承擔。」

「昨天夢見，我開車，你坐在我右邊，手放在我腿上，眼睛看着前面，我說去哪兒，你說一直開吧。」

「讀完《不是我，是風》，黯然神傷，你還想寫小說嗎？你要是在《收穫》發表個小說，我就不患得患失，在剩餘的生命裏死心塌地給你洗衣煮飯。」

「我有過多次非正常的戀愛，或許這次也可以定義成非正常的。以前，我想盡一切辦法和我的情人見面，通常是白天，我曾經和我情人說，我多麼想和你一起看見黎明啊。秋，我們能一起看到黎明嗎？」

「老天給了我一次青春，但是又把你給了我，你是我的青春，我永遠的青春。你看的時候，滿懷愛意看我的時候，你的目光撒在我臉上，我就會容顏不老。」

「世上所有的幸福都不是唾手可得的。我願意去爭取，我想你說，你相信我。我愛過不止一個人，不止幾個人，每一次都很真心地對待。但這一次你讓我感到的滿盈的愛和依戀，從未有過。」

「你說你不能保證有一個穩定的將來，所以有些話你不能說。但是，我堅信你有勇氣，你相信你自己。你相信你的將來。如果你愛我，你會說：『我愛你。我沒有一個穩定而明確的將來，但是還是想問你，願意不願意把你的手給我。』我知道你沒有時間和精力用在我身上，但是我卻有很多時間和精力可以用在你身上。你不要太低估女人的犧牲精神。」

「夜之將深將靜，一盞燈，一縷清風，一些些想你念你的心思。已經是最好。」

「你不知道，有時候走在路上，我會莫名笑出聲來。那便是我想起你，覺得好開心。」

「真遺憾，你沒能同來青藏，寄上的黃花是在西寧街上向一個老婦人買的。揣摩伊意此花叫『冬夏』，取其冬去夏移，顏色不易之意。藍色花是在西藏拉薩買的，你一定見過，毋忘我。」

「我不在北京的時候，照顧好自己，多看書，多寫文章，多學些有用的玩意兒，多出去遊耍一番，時間一晃即過。也可以和小紅調笑幾句，甚麼也不往心裏去，也不在夢裏呼喚她即可。」

「記得有一天深夜在燕莎南邊的河邊我們相擁而坐，我說，我一直覺得自己是為某種人而生的，就像你這種的。」

「戀愛的時候，一個人的時候，越美的景致越使人感傷，我總會想，要是兩個人在一起該多好，你的時間全部是我的該多好。」

不上課的時候，我把呼機設為鈴聲開啓，每次短信到來，鈴聲響起，辛荑如果在，就說，一呼天下硬，秋水，你硬了嗎？我想都不想，說，你媽都硬了。我老媽從小教導我的，別人說一句話，如果無以回應，就在那人的原話前加「你媽」這個前綴，然後用高八度的聲音喊出，一定顯得又慓悍又聰明。我敬佩潤迅台的傳呼小姐，這麼長的這麼複雜的留言，基本沒有錯字和標點符號錯誤，由於柳青的存在，她們負擔了一個非常具有挑戰性的工作。我發現了呼機的缺陷，內存太小了，很快就提示我，滿了，滿了，有新的信息等待進入。我每天至少倒光一次信息，每次傾倒，我隱約中想起小時候端着蓋上印一朵蓮花的尿盆兒，穿過巨大的雜院，疾走到胡同口的廁所。我提出了新的技術設想，要是能不通過呼機台小姐直接發出就好了，要是能雙向無線傳輸就好了。我哥說，你說的早就有了，叫手機短信。我說，不完全是，我需要這個小器材有個非常方便的鍵盤，輸入中文。

柳青和我的時間能湊起來的時候，她開着她的 Saab 車到學

校接我出去耍。

　　柳青的車裏常常有幾本三四百頁一本的時尚雜誌，堵車的時候，我坐在副駕駛位置上，一頁一頁地翻，塗睫毛的廣告、塗眼袋的廣告、塗嘴唇的廣告、塗屁股的廣告、包裹屁股的衣服的廣告。柳青說，除了我之外，她沒有見過一個男的有耐心從頭到尾翻完一本這種雜誌，難道我就是傳說中的婦女之友？我說，我受過良好的正規訓練，慎始敬終，看了封面就要看到封底，看了頭髮就要看到腳尖，我喜歡雜誌裏飄揚的香水樣品味道，我熱愛婦女。

　　開車最常去西北，香山、八大處、圓明園。柳青老問，爬山會不會讓大腿變得很粗啊。我說，不會，爬山首先讓心情愉快，然後是活動全身筋骨消耗多餘脂肪。滿人入關之後，明朝的紫禁城都懶得扒倒重來，先將就着用，先着急在西山建這些遊樂園，就是為了能就近時常活動，保持男人慓悍獸性和簡強判斷力。我們組織去承德避暑山莊，我見過康熙寫的滿文隨筆，翻譯過來基本意思是，野耍不可少，我都六十多歲的人了，今年還打了六百多隻兔子，三百多隻狍子，一百多頭鹿，十多隻老虎，幹了好幾百次姑娘，兒孫們，你們要效法啊。柳青說，你能不能把你自己的意思和名人名言分得清楚些啊？我說，難，小時候烙下的毛病，那時候寫作文，如果引用名人名言會加分，我經常記不住，就照直寫，馬克思說：『早上應該先吃早點再

刷牙，而不是相反。』誰會去考證，不是馬克思説的？後來柳青爬山上了癮，性交堅持女上位，儘管下午有會，上午腳癢癢了也去爬。我上午沒課的時候，常常被她拉着去。我受不了看她化着濃妝盤着頭髮穿着套裝爬山的樣子，每次我説，咱們在後山的大青松後面搞一搞吧，我喜歡把你弄得亂七八糟的。柳青説，我知道你一直想把我弄得亂七八糟的，我知道你想射在我頭髮裏想了好久了，但是我不是禽獸，而且我下午有會，搞成我現在這種能莊重見人的樣子，至少要一個半小時。我馬上轉換話題，説，解放軍進城的時候，要是不動二環以內的古城，以現在的望京為中心，修建蘇聯式的天安門廣場、人民大會堂、歷史博物館，那現在的北京多棒啊。

如果留在城裏，除了不定期出來的人藝老戲和各類小劇場話劇，柳青每週四必去北京電影廠洗印廠禮堂看兩部沒配音但是有字幕的內部外國電影。柳青説，她要培養國際化的憂鬱氣質和藝術氣質，所以要多看外國電影。我説，你小時候不是在北京長大的吧，對中國歷史沒研究吧，這麼沒有自信？北京各路青年另類的一多半都在週四匯聚在洗印廠禮堂，開場前十分鐘，魚貫晃入，柳青沒搭理我，狂盯着各種酷哥爛仔看，兩個眼珠子不夠用。我説，你這麼盯着人家看，一直盯着人家到落座，難怪你從小那麼多男朋友。柳青眼珠子繼續忙，小聲説，我小時候見了真喜歡的，就把我長滿漂亮五官和頭髮的腦袋靠

上去，除了中學的班長，我跟他說，算了，不靠你了，怕耽誤你考大學。看完電影後，柳青基本要吃夜宵，基本要去有樂隊的酒吧。我說，我就先撤了，病人生存率統計的 COX 模型還需要調整，拖了有一陣子了，現在都十點多了。柳青說，再坐一小小會兒，吃碗台灣牛肉麵。五瓶燕京啤酒之後，柳青躲在陰影裏一點點吃我的耳垂兒，說，你現在想不想把我弄得亂七八糟的？想不想射在我頭髮裏？你不是勸我要學習北京姑娘嗎？姐今晚就違反本性，捨身做次禽獸。

更多的時候是吃飯，我和柳青明確說過，我不喜歡見其他生人，我天生內向，見生人耗去我大量能量。柳青說，我有限制條件，我必須和某些人吃飯，我更想見你，但是我的時間有限，我只能把你們聚集到一起來。這些人都有肚子，都持續性抽煙，都夾個登喜路的手包，都不說自己是做甚麼的，開口多數都是，一兩個億的事情，就別跟我提了，累不累啊。這種場合，柳青都充小輩，持續性敬酒，我滴酒不沾，埋頭吃飯。那個文化儒商時常見到，比較起來，他最有理想主義。他的套路是先狂吃，手嘴並用，然後喝白酒，然後借酒裝醉，用大油手嘗試摸柳青大腿，「我真的喜歡你，我心都碎了，吃不好飯，睡不着。」他偶爾主動和我攀談，徵詢我婦產科專業意見，「有人告訴我，挑老婆要用空可樂罐測試，如果一個女的能夠非常準確地尿滿一個空可樂罐而不灑，必是絕品。理由是，一定是

窄屄。你專業，你説，有科學依據嗎？」

　　入夏的一天，和柳青在首都劇院看完小劇場話劇《思凡》之後，我説我請客，去美術館路口西南角的一家陝西麵館吃麵，中碗五塊錢，加牛肉八塊，醋不要錢。柳青吃得熱火朝天的，肉吃了，麵吃了，湯都喝光了，臨走遞給我一把鑰匙：

　　「這把房門鑰匙你拿着，不想在宿舍睡了隨時過去，你判斷。我又把房子改了改，更舒服了，進門就能躺下。」

　　我把鑰匙和呼機都別在腰上，走了兩步路，彷彿過去被刪去信息的鬼魂全都重新匯聚在呼機裏，挺沉。

第十九章
三日，十四夜

　　1997 年夏天最熱的那個週六的晚上，我一個人坐在東單三條基礎醫學研究所七樓的自習室裏，感覺人生虛無。

　　基礎醫學研究所是個按蘇聯模式建設的老式樓房，層高三米五，沒有空調。天太熱了，又是週六，原籍北京的學生都躲進自家的空調房間了，外地的，在宿舍半裸打遊戲或者看閒書或者補覺兒，或者去醫院醫生值班室等有空調的房間去唸《外科學》、TOEFL、GRE 去了，七樓巨大的自習室裏就我一個人。

　　儘管樓層很高，儘管沒有火爐一樣的精壯小夥子、小姑娘一個挨一個擠坐，儘管自習室裏所有窗戶都敞到最大，南北通透，和北面樓道的窗戶對流，還是毫無用處。我坐在教室靠後靠窗的位置，沒有一絲氣體流動，汗從額頭汩汩湧出，順着脖子流進我穿的大號棉布圓領衫，在我胸前背後劃出一道道汗水的曲線，最大最沉的汗珠子一直流到內褲的上緣，即使我不喝一口水，也沒有一絲停頓的跡象，難道我是一口自發的泉水嗎？挑了條最短的內褲穿，外面套着的短褲比內褲長不了多少，被

包裹的陽具還是像狗到了熱天的舌頭一樣，總掙扎着瘙癢着自己想奔拉出來，幫助釋放些熱量。放在課桌上的前臂和壓在椅子上的大腿，半分鐘不移動，極細極碎的汗珠子就滲出來，鐵板燒上的油一樣，把皮肉和桌椅貼面烙在一起。窗戶外面，看不見月亮，也看不見一顆星星，路燈把天空映襯成土紅色，天地污濁而混沌一片。聽我們的結巴英語口語外教說過，他靠教英文和在酒吧唱鄉謠混了五十多個國家和城市，只有在北京，他能明確意識到他呼吸的是甚麼。那是一種看得見、摸得着的懸濁物，在半氣體、半液體的基質裏面，漂浮着肉眼幾乎看得見的固體顆粒。

想着過去的三天，我感覺寒冷。

三天前，呼機叫喚，不是柳青，是我初戀的留言：忙嗎？有空電我。我想，要是沒有呼機，我初戀現在應該穿着那條白色的長裙、粉色的紗上衣，敲我宿舍的門。要是沒有呼機，我打開門，我初戀的影像、淡香水的味道、樓道裏實驗老鼠飼料的味道，會像擰開水龍頭之後的水一樣湧進宿舍。

「怎麼了？」我在胡大爺的宿舍管理辦公室裏打我初戀的辦公室電話，她的辦公室在距離我身體一千米以西的一個寫字樓裏，胡大爺戴着老花鏡在讀三天前的北京晚報，報紙上一個圓圓的飯盆油印子。

「忙嗎？」我初戀很簡潔地問。

「還那樣兒，剛考完 TOEFL，差不多應該得滿分吧，和我們班女生甘妍打了賭，我要是滿分，她請我吃飯，地方我定，菜我點，要不是滿分，我請她，地方她定，菜她點。她自從上《內科學》就曦視我，我忍她好多年了，這次是惡心她的好機會。這幾天在準備 GMAT，每天三個小時做一套模擬題，穩定在七百五以上了。和過去咱們打《沙丘》遊戲類似，熟能生巧。畢業論文數據差不多了，六十幾個卵巢癌病人，不到三年，死了一半了。你說，我怎麼這麼沒用啊？我這種狗屎卵巢癌發生學論文做了有甚麼用啊？你相信有鬼魂嗎？我最近有些相信了。我的病人都定期查一種叫 CA125 的非特異性癌蛋白，監控癌病的進展和治療效果。前一個月，有個在我這裏查了三年的董阿姨走了，我還是感覺每週三下午，她推我實驗室的門，問我，『這週的結果出來了嗎？』說，『還是很想多活幾年，哪怕一兩年也好，看完女兒結婚，再走。』說，『其實我皮膚還是很好呢，從來不用甚麼化妝品。』我體重最近又減了十斤，現在不到一百二十斤了，我看這個活兒畢業之後不能幹，再幹下去，魂兒也保不住，命也保不住。」我都不好意思，即使是在電話裏，即使是已經認識我初戀十年了，即使在小於一釐米的超微距內拉着她的手也觀察過很多遍了，她在哪裏，那裏就成了個戲台，我的手心發熱，小丑的帽子就套在我頭上，我就開始上躥下跳，滔滔不絕，現演。

「還是牛吹。」

「實事求是。再說，你從來沒誇過我，你面前，只好自己誇自己。」

「我沒誇過你嗎？」

「從來沒有。我長得好看嗎？」

「男的要甚麼好看？你能出來坐坐嗎？」

「好啊。」

「附近找個清靜些、好說話的地方。」

在北京，在王府井附近，清靜意味着價錢。我坐在台灣飯店大堂咖啡苑，我初戀坐在對面，灰色的裙子，灰色的上衣，頭髮還是又黑又直，五官還是沒一處出奇，按我老媽的話說，一副倒霉德行，典型的苦命相，我的心還是被一隻小手敲擊着，低聲嘆息。原來我以為，上帝設計男人心的時候，彷彿照相機底片，第一次感光之後，世界觀形成，心這塊底片就定形了，就廢了，吃卓文君這口兒的，從此一見清純女生就犯睏，吃蘇小小這口兒的，從此一見大奶就像甲肝病人想到五花燉肉一樣噁心想吐。我初戀讓我知道，其實上帝設計男人心的時候，彷彿油畫布，第一次塗抹，印跡最深，以後可以刮掉重畫，可以用其他主題覆蓋，但是第一次的印跡早已滲進畫布的肌理裏，不容改變。

「我們單位有兩三個處長、局長真煩人。」

「怎麼煩你了？」

「總是拉着喝酒，喝完總要去唱歌，老說我唱歌好聽，人不俗艷，有個副局長說，那是一種說不出來的暗香浮動。」

「這副局長有文化啊，還知道暗香浮動呢，比那個穿着軍大衣冬天到上海把你招回北京的處長有學問多了啊。」

「他是公司有史以來最年輕的副局長，他北京師範大學中文系畢業的。唐詩和宋詞又不是你的專利，只許你用。」

「那你就暗着香，整天浮動着，熏死他，憋死他。」

「他老晚上打電話。其實，他挺清高的，他有權，隨時可以批人出國，別人都變着方兒找機會和他多接觸，多聊。我很煩，我不想他老給我打電話。」

「但是你又不好意思每次接電話都說，『你沒毛病吧，別傻屄似的窮打！要是工作的事兒，明天辦公室談好了。要是個人的私事兒，我和你沒這麼熟吧？』」

「他很清高的人，這樣不好吧？」

「每次聊多長時間啊？」

「一個多小時，最長的一次從晚上十點到早上四點。」

我看着面前的咖啡，二十塊一杯，加百分之十五服務費，是我一週的生活費。我聽着我初戀在講述她的困擾，我非常清楚地知道，這是一個非常簡單、普通、古老的故事，一個有點權有點閒有點傷逝的中年男人在泡有點年輕有點氣質有點糊塗

的小姑娘的故事。我的心裏一陣強烈的光亮，完成了人生中一個非常重大的發現，長這麼大，認識我初戀十多年，夢見她五百回，第一次，我發現我初戀是個非常普通的姑娘，儘管冒着縹緲的仙氣兒，但實際上有着一切普通姑娘的煩惱。我一直以為，她的煩惱僅限於行書學董其昌呢還是米芾，週末去西山看朝霞還是北海看荷花。

我説：「不上不下最難辦。要不就下，用屈原的方式解決，我不在乎甚麼出國、入黨、提幹、分房、漲錢，我獨默守我太玄，過我的日子，心裏安詳，心裏平靜，不摻和這麼多人事。要不就上，用漁夫的方式解決，我的暗香浮動就是槍桿子，先讓這些處長、局長知道妙處，聞上癮，之後，想再聞一下，先送我去澳洲，想再聞兩下，送我去美國，想再聞三下，送我去歐洲。」

「你説了等於沒説。」

「是吧。」我結了賬，在金魚胡同和我初戀微笑握手而別，是時風清月白，車水緩緩，我沒要求送她回辦公室，她自己朝東華門走去，我自己走回了仁和醫院。

兩天前，上午做完一台子宮全切，下午還有一台，主刀教授説中午在食堂請我吃飯，下台晚了，只剩下包子。啃到第二個包子的時候，在麻醉科當醫生的師姐經過，説，秋水，就吃這個？隨手撥了小半飯盒自己帶的醬牛肉給我。這個麻醉師姐是大雞師兄那屆的校花，皮膚荷花一樣，白裏透紅。穿上手術

服，戴上口罩，露在外面的黑頭髮絲、白額頭、杏仁眼，迷死人不償命。我看主刀教授臉色有些異樣，等麻醉師姐走了，撥了一大半醬牛肉到教授飯盒裏。

下午下台的時候，換了衣服，撞見麻醉師姐一個人在樓道口抽煙，我腿也累得發緊，就要了一根一起抽。院子裏的槐樹枝葉茂密，整個樹冠像是個巨大的花球。

「抽煙解乏啊。師姐，我在北大的時候跟那個老植物教授去四川峨邊和大渡河附近找一種少見的玉竹，老教授曾經指給我看，山裏農民的莊稼地裏，就夾種有罌粟。他說，幹再重的活兒，抽了那東西之後，睡得特別香，第二天還能爬起來。罌粟花開，挺好看的，有點像北大花壇裏有時候種的虞美人。」

「是啊。沒有這類東西，也沒有現代麻醉，也就沒有現代外科手術。你最近好不好？快畢業了吧？畢業馬上出國嗎？」

「還行吧，湊合。正申請呢，腫瘤研究的博士，還有MBA。」

「要轉行？」

「腫瘤，再怎麼學好像也治不好。氣場不好，最近狂吃東西，還是掉肉。學完MBA，公司實在不行了，你和老闆說，咱們關門再開一家吧。做卵巢癌，我總不能和董阿姨說，這輩子就算了，下輩子再說吧。」

「我聽人說你在神經內科查房時的事蹟了，病人家屬告到醫

務處了，你就管不住自己嘴啊？」兩個星期前，我跟着神經內科教授下午查特需病房，一個銀行高管腦中風恢復中，傳說貪了好幾紙箱子現金，等中風恢復到一定程度後就去交代問題。查房時，他老婆，女兒都在，在一邊恭敬地旁聽，教授指着他女兒問，你知道她是誰嗎？高管搖頭。教授指着他老婆問，你知道她是誰嗎？高管搖頭。我從白大衣口袋裏掏出十塊人民幣，在他眼前一晃，問，你知道這是誰嗎？高管眼睛晶晶亮，説，十塊錢，但是不是我拿的。

「我求知慾強啊。再説了，家屬有甚麼好告的？我有創意性地檢查病人病情恢復程度，有甚麼錯。」

「你和你女友還在一起嗎？」

「分了一年多了。」

「這樣最好。」

「怎麼了？」

「沒怎麼。」

「怎麼了？」

「你前女友太活躍的，不再是你女友也挺好的。」

「到底怎麼了？」

「前幾個月，在長城飯店開國際學術會議，我也去了，她是主持，認識了一個五十多歲美國教授，第一天就一夜未歸，第二天早上才回來，不僅她飯店同屋的人知道，大家都知道。中

方會議主席非常生氣，上屆會議，這個美國老教授就騙走了一個中國女生。中方會議主席還讓她女兒和你前女友談了次話，估計沒甚麼作用。我還以為她還是你女友，一直沒想好要不要和你說，現在既然不是你女友了，你知道也無妨。」

煙抽完了，麻醉師姐又回手術室，我忽然意識到自己已經幾乎連續站了十三個小時，覺得累極了，掙扎回宿舍，沒力氣吃東西，倒頭就睡了。

次日，早上沒課，也沒排手術，我被東邊窗戶的太陽烤醒，從前一天晚上八點到第二天九點，我整整睡了十三個小時。我想了想，抑制住好奇心，沒有聯繫我女友，我能想像她會說甚麼，她一定有她的說法，一定解釋得似通非通。我也沒權力問，我也不想我的世界更加混沌不清，我反覆告訴自己，所謂事實真相和我沒關係，無論真相如何，都可以理解。

我頭發暈，覺得晦氣，身上發黏，我想洗個熱水澡。水房沒熱水，胡大爺說，你起晚了，天兒太熱了，熱水都被其他臭小子早上沖澡用光了，我正在燒新的。我說，我去樓下澡堂子。胡大爺說，別去了，這幾天使的人太多，不知道哪塊兒壞了，冷水和熱水都出不來。不能去晚上常去的醫院廁所去洗，大白天，太容易被人撞見。我想了想，到東單路口打了個麵的，去柳青在燕莎的公寓，她那裏，二十四小時熱水。

柳青的公寓大堂冷氣很足，我腦子稍稍清爽了一點。我來

的次數不多，鑰匙用得非常笨拙。我推開門，陽光刺眼，大捆大捆地從落地窗投射到客廳裏。客廳裏，除了躺了三個隨形皮沙發，還有柳青。柳青一絲不掛，身體很白，很蜷曲，很柔軟，眼睛微微閉合，身上除了蓋了北京盛夏十點多的陽光，還蓋了一個一絲不掛的白種裸體男人。那個男人也很白，毛髮在陽光下是金色的，陽具又軟又彎，彷彿奧之光超市賣的整根蒜腸，搭在柳青的兩臀之間，遠遠看，彷彿柳青身體的尾巴。

我把房門鑰匙扔在地板上，我反手關上門，我跑下樓梯，跑出公寓，我把摩托羅拉漢顯呼機扔進亮馬河。

想着過去的這三天，我坐在東單三條，坐在北京 1997 年夏天最熱的一個夜晚，我感覺寒冷。

晚上十一點多，小紅抱着大本的醫書和水杯進來，穿的是那條著名的印花連褲襪，黑底，網眼，暗紅牡丹花，上面套那件著名的長襯衫，絲質，豹子皮紋，裏面的皮肉骨相隱約可見。還是香的，濃香。

我點了一下頭，沒張口問，怎麼沒在小白有空調的飯店房間看書，跑到這兒出汗。

小紅在我正前面的位子停下，把醫書和水杯放在桌子上，坐下去之前，轉身打量我，問：「怎麼了？沒見過你這個樣子，臉色這麼難看，怪可憐的。」

「沒事兒。只是挺煩的。你怎麼沒和小白在飯店呆着？天兒

這麼熱。」

「他一直狂睡，我想自己看看書。你是不是寫了個關於聯網打遊戲的文章，要以兩個人的名義發表？」

「是啊，寫了一個叫《構架個人遊戲網絡》的文章。《大眾軟件》定了下期發表，編輯說這篇是說這事兒的第一篇，屬了我和小白的名字，畢竟好些網絡設置和遊戲試玩是我和小白一起搞的。」

「小白這幾天，天天去報攤去看新的一期《大眾軟件》來沒來，我說不到日子，他說雜誌通常提前標定出版日期一個星期上街。」

「到時候雜誌社會寄三本，不用自己掏錢買。」

「他樂意，你知道他，誰攔得住？」

小紅轉過身去，把頭髮用皮筋紮成馬尾辮子，一手摸着辮子，辮子真黑，一手翻面前的書，英文的《Board 考試習題內科卷》。

沒過五分鐘，小紅轉過身來，說：「不對，你有事兒。我心疼，我一個字也讀不下去，咱們出去聊天。」

小紅在前，我在後，走到四樓的東側，我們一句話不說，樓道裏一片漆黑，所有實驗室的門都鎖着，所有的燈都熄着，樓外微弱的天光和燈光僅僅隱約沾染樓道拐角，我看不見小紅的臉。我們走近靠中間的一扇門，門的左邊是個巨大的冰箱，

冰箱門上了鏈子鎖，右邊是個巨大的雜物架子，擺滿大小不一的玻璃皿，裏面盛着各種人體器官的病理標本，長期沒人挪動，所有的玻璃皿頂蓋上都沉積了半釐米的灰塵，裏面的福爾馬林液黃綠混濁。

我手一動，小紅的人就在我懷裏了，她人在不停地抖：「我冷。」

我抱緊小紅，我的臉摩擦着她頭頂的髮根，我的嘴唇在她的耳邊：「沒事兒。一切都會好的。」她人還是在不停地抖。

「甚麼都不會好的，開頭就不對，之後的一切都不會好的。」

我雙手插進小紅腦後的頭髮，托起小紅的臉，彷彿沙漠裏，沒有月亮的夜晚，捧起一皮囊滿滿的泉水，黑色的頭髮是從水囊裏滲出的淋漓的水珠串。我的嘴唇是我另一雙小手，它們擰開水囊的開口，我親吻小紅的嘴，它們在吞吸裏面的泉水，我在水面上看見自己的眼睛。這陣子吃鹹了吧？這水永遠喝不到，這水永遠喝不夠，這水永遠喝不乾。小紅漸漸柔軟，漸漸變得流動，她掙開我的懷抱，長長嘆了一口氣，蹲下去，流淌下去，拉開我的褲鏈，一手掏出我的陽具，一手扯掉綁頭髮的皮筋。我的雙手在小紅的頭頂，上下撫摸小紅的頭髮，這是我撫摸過的最滑潤的事物，如果我肱二頭肌不使力氣，我的雙手不可能滯留，會順着小紅的頭髮一直滑落到重力作用的盡頭。我的鼻子埋在小紅的頭髮裏，這是我聞到過的最讓我腫脹的味道，我

的雙手合成一頂帳篷，遮擋住傳來的陣陣老鼠飼料和福爾馬林液的味道，我的鼻尖在帳篷裏沿着小紅的髮際慢慢前進，再慢慢退回。我願意和魔鬼交換，如果能永遠記住這種滑潤的觸覺，我願意忘記所有八年學到的醫學和生物學和化學和數學和物理學，如果能永遠記住這種讓我腫脹的味道，我願意忘記所有少年時候記住的唐詩和宋詞和英文小説和毛主席語錄。讓我是一瓶北冰洋汽水吧，我的陽具是吸管。我的水她喝得到嗎？喝得夠嗎？喝得乾嗎？我被吸空的一瞬間，小紅連續嚥了三口。我在顫抖中想扶小紅起來，小紅搖頭，淚水流下來，説，「讓我多嘬一會兒」。這一句「讓我多嘬一會兒」讓我徹底崩潰，上帝啊，你傻屄，你混蛋，你牛屄。

「如果讓你選，你嫁給誰？」過了許久，我問。

「現在問？」

「嗯。」

「想聽真話？」

「嗯。」

「小白。我還是想要真實、長期、穩定的生活。」

「我去和小白説，我泡了你，有種，捅了我。」

「是我泡了你，我去和他説，我出問題了。」

天亮之後，我回了趟家，向我哥借了五百塊錢，我從來沒向他借過這麼多錢，我哥沒問我幹甚麼，點給我五張紅色的

一百元。我説，最近別去擀麵胡同了。我哥説，好，他本來就沒想去那間房。

我去澳之光超市買了兩箱方便麵，一箱康師傅紅燒牛肉口味的，一箱日清海鮮口味的，一箱好麗友派，兩打紅皮雞蛋，兩打避孕套，兩打臍橙，一箱娃哈哈礦泉水，兩箱燕京啤酒，一箱紅星小二鍋頭。我叫了一輛麵的，把所有這些都送到擀麵胡同，小山一樣，堆了小半間屋子。

在之後的兩週裏，我和小紅在所有能空出來的時間裏，都泡在這間擀麵胡同的北房裏。我記了數，一共十四夜。屋子裏的大床彷彿一個巨大的魚缸，我們脱光了所有的衣裳。我們餓的時候，吃澳之光買來的給養，不餓的時候，彼此吸食。給養的小山慢慢變成平原，小紅説，方便麵真好，讓不會做飯的人餓不死，讓我就着你喝二鍋頭吧？她含半口二鍋頭，嗺住我的陽具。小紅説，二鍋頭真好，讓我們像氣球一樣飄起來。我們睏的時候，彼此覆蓋，我的陽具插在小紅的身體裏睡去，不睏的時候，彼此嗅觸，我想努力記住小紅所有孔洞的風的味道和每一寸肌體的彈性。我説，我體力太差，做不到一夜七次，小紅説，我寧可要你的一次，一次一夜，一次一生，一次一世。小紅在高潮後睡去，不管白天或者黑夜，每次醒來，臉上都是眼淚，她説她又夢見高潮，到了的時候在夢裏大哭。醒來後，小紅手的第一個動作就是抓住我的陽具，彷彿它是她轎車的換

檔杆、帆船的桅杆、救生的圓木、她最後一根稻草。小紅説，我不抓着它，它明天就消失了。小紅把它全部吞下，彷彿永遠不會再吐出來，她黑長的頭髮蕩漾在我的胸前和小腹，我的身體沉在深黑的湖底，我的雙手撫摸着她的長髮，蕩起雙槳。我想丟下我自己，我想溶化在她的身體裏，我們如果溶化成一體，世界就美好了，就沒有對錯、美醜、善惡之分了，就不需要理智和知識和明天了。我上輩子一定被小紅殺死過，我上上輩子一定和小紅一起被煮成肉醬，我的陽具是把匕首，那你就捅吧，徹底捅死她，我的陽具是隻小鳥，那你就飛吧，消失在小紅的密林裏。最高的時候，床上火光沖天，我在唯一的一扇窗戶裏看到大星殞落，我跑到水龍頭飛快接了一臉盆涼水，全部澆在我兩腿之間的陽具上，陣陣水霧騰空而起。

我下體透涼，陽具全部縮進腹腔，它臨死前醜陋而絕望地看了我一眼，我衝着床上的沖天火光喊：我最牛的牛屄給了你，這樣的牛屄從此絕了！

第二十章
北京小長城，大酒

小長城酒家的店面真的很長，五張長條桌子從東到西連續擺成長長的一溜，周圍坐滿了三十多個各色男女，絲毫不影響酒家其他客人進進出出。

這個 2001 年春節前夕的大酒局是一個做電子書的網站組織的，請的都是知名作家，我一個都不認識。2000 年春節，網站正火的時候，他們春節團拜的酒局是在人民大會堂辦的。一年下來，舊錢燒得差不多了，新錢還沒到來，於是強調做事要低調，找了一家公司寫字樓附近的小館子。

前兩年我在美國上 MBA 的時候，百無聊賴，寫了我第一個長篇小說，內容和小紅、小白、辛荑沒有多少聯繫。我輾轉託人找到這個網站的主編王含，他看了說，好東西，絕對大氣象，這個電子書網站正在轉型，要走網上和網下結合的道路，他說，他決定把出版我這本小說當成公司轉型戰略的一個重要組成部份。

王含主編邀請我春節前見面，簽合同，順便吃個飯。一桌

子三十多個人，他是我唯一一個認識的。其他的人，男的基本都挺老，女的基本都挺小，我想都是吃文字飯的吧，介紹時，無論男女，我一一點頭或者握手，叫，老師，説，久仰久仰。

酒局從下午五點鐘開始，現在已經是十點了。吃殘的飯菜撤掉，新的菜還在陸續地上來，川粵魯淮陽湖南貴州，甚麼菜系的都有，都像味精一樣鮮美，都像雞精一樣鮮美。空啤酒瓶在旁邊已經堆了四箱，和某些小個兒女作家的胸口一樣高。因為誰也不認識，不知道聊甚麼，我在和左邊一個中年白圓胖子以及右邊一個中年黑圓胖子悶頭乾小二鍋頭。這是四年以來，我第一次重沾烈酒，發覺二鍋頭還是只適合乾杯用，把人迅速搞高或者搞倒，迅速分出彼此抗酒精擊打能力的高低，如果慢慢品，二鍋頭比福爾馬林更難喝。

左邊的白圓胖子説二十年前他上大學讀英語專業的時候，是個清癯的白衣少年，對面坐着喝酸棗汁的一個濃妝少女表示嚴重不信，白圓胖子從褲襠裏掏出錢包，過程中露出比臉更白的肚皮，微微帶毛。錢包裏的確有一張舊彩照，和他的身份證在一個夾層，裏面一個麻稈一樣的少年，戴大黑眼鏡，穿發黃的白襯衫。我從不主動看電視，好像還是在電視裏見過這個白圓胖子。他的廣告有一個特點，看過之後，對他的印象非常深刻，但是從來記不住廣告試圖推銷的是甚麼。其中有一個廣告，他好像演一個中年男人，表情極其莊重，好像急於證明沒有和

演媽媽或是演女兒的演員有過任何不正當關係似的。另一個廣告，他好像跑到一個巨大無比的胃裹去折騰，他穿一身緊身衣，飽滿而靈動，特別是一臉壞笑，怎麼看怎麼覺得是一個精蟲。

右邊的黑圓胖子比白圓胖子害羞，剛坐下來的時候幾乎不說話，小二鍋頭讓他慢慢從殼裹鑽出來。一個小二鍋頭之後，他的表情開始舒展，兩個小二鍋頭眨眼睛，三個小二鍋頭哼小曲，四個小二鍋頭開始抓旁邊坐着的姑娘的手。姑娘誤以為他喝高了，也不惱，也不把手抽出來，任由黑圓胖子抓着。黑圓胖子把喝空的小二鍋頭瓶子整齊地在他面前擺成一排，我問，我們為甚麼不喝大二鍋頭呢，反正你我幾乎已經喝掉了兩瓶大二鍋頭。黑圓胖子反問，你為甚麼用避孕套而不是大塑料袋？我說，真有道理啊，我怎麼沒想到呢？我也把我喝空的小二鍋頭瓶子在自己面前擺成一排。

透過綠瑩瑩的小二鍋頭瓶子，我看到長長的酒桌對面，男男女女的臉，有些變形，眼睛越過他們，我看到酒家的玻璃窗戶，窗戶外的麥子店西街。街上偶爾職業女性走過，她們穿着純白色的羽絨服、白色襪子、白色的皮靴，像是一根奶油雪糕，在北京的冬夜裹非常耀眼，她們真的很甜美嗎？她們冷不冷啊，她們要不要喝幾口小二鍋頭，這麼晚了，還有人吃雪糕嗎？

綠瑩瑩的小二鍋頭瓶子，是我的望遠鏡，綠色的水晶球。

我的眼睛沿着東三環路，看到麥子店以南的一個叫垂楊柳

的地方，我出生在那裏。從我出生，我從來沒有在那裏見到過一棵飄拂着魏晉風度和晚唐詩意的垂柳，楊樹爬滿一種叫洋刺子的蟲子，槐樹墜滿一種叫吊死鬼的蟲子，滿街游走着工人階級，衣着灰暗眼大漏光，怎麼看怎麼不像這個國家的主人。苦夏夜，男的工人階級赤裸上身，女的工人階級大背心不戴奶罩，為了省電，關掉家裏噪音巨大的風扇，或坐或站在楊樹槐樹周圍，毫不在意洋刺子和吊死鬼的存在。我每天走三百五十四步到垂楊柳中心小學上學，走三百五十四步回家吃飯。我小學二年級的一天，學校組織去人民印刷機械廠禮堂看《哪吒鬧海》，從垂楊柳中街一直走到垂楊柳南街的最東端，作為小朋友的我們兩兩手拉手走，整整一千零三步，真是遙遠，我的手被拉得痠痛。電影散場，我站在垂楊柳南街上看旁邊的東三環南路，當時還沒有任何立交橋，三環路是好大一條河流啊，一輛輛飛奔而過的212吉普、130卡車都是一團團的河水，河的對面是人民印刷機械廠的廠房，像個遙遠的另外的城市。海要比這大河更兇猛，我想，龍王真是可惡，哪吒的腦子也一定被驢後蹄子踢了，怎麼能鬧得過海。我長大了，仰面躺下，成為一條木船，陽具豎起，內褲就是風帆，西風吹起，我就揚帆而去，橫渡這大河，脫離北京。

　　我的眼睛沿着長安街，看到麥子店以西的東單北大街，我的陽具在那裏生長成粗壯的帆船桅杆。我聽見辛荑狂敲我擀麵

胡同那間平房的門，他狂喊，秋水，你在嗎？這兩個星期你都去哪兒了？小紅在屋裏嗎？你知道小紅在哪兒嗎？你別不開門，我不是校領導派來的，我不是抓姦的，我祝福你們。小白也沒跟着我，我一個人。小紅，你在嗎？小白説，你不和他好了，你爸心臟病發作了，在仁和醫院 CCU（心臟重病監護室）呢，你媽要跳樓，她問過小白好幾次了，要多高才行。小白説，四樓以上，摔死的幾率是一樣的，保險一點，找個十樓陽台吧。

我聽見小紅一聲大哭，我的小紅，我的小人魚，甩掉魚尾，穿上雙腿，套了件圓領衫就跑出去了。剩給我半箱康師傅，一打紅皮雞蛋，兩個避孕套，一打臍橙，十瓶紅星小二鍋頭。

我聽見小紅對我説，三天三夜，她爸終於救過來了，他拒絕和小紅説話。她媽總擔心，再高的樓也不能一下子摔死，終於沒跳。她媽説，秋水那樣的人你也敢要？就你，甚麼也不會幹，脾氣又大，就這張臉還能看，將來不能看了怎麼辦？小紅説，咱們算了吧，我膽子小，我怕別人傷心。我説，好啊。小紅牽我的手來到四樓東側的樓道，夜裏三點了，小紅説，我想最後吃吃它。我説，它同意。

我聽見，在東單三條的自習室，小紅向我走過來，「怎麼了」我問。「我怕自己來煩你，我自己一個人在東單王府井附近走了一圈。」

「那你現在還想走走嗎？」

「好。」

我們手牽手，走過長安街、東華門、午門、北長街、角樓、景山前街、五四大街、王府井、燈市口、東單。我們走過燕雀樓酒家，我望見小白、辛黃、杜仲、大雞幾個在室外的一張桌子上喝酒，吃松花皮蛋和煮五香花生。我牽着小紅的手，低頭走過，小白拎着一瓶啤酒跟了過來，説，我喝多了，我想聽聽，你們兩個説些甚麼。我説，小紅，你送他回酒店吧。小白説，我喝多了，我要尿尿。小紅説，回酒店尿吧，我送你回去。小白説，我喝多了，我要尿尿。我説，好，尿尿，街邊找個停着的車，到車後面去尿，找個好車啊。

綠瑩瑩的小二鍋頭瓶子，是我的望遠鏡，綠色的水晶球。

我對面一個長得酷似煮五香花生米的中年男子在十一點鐘的時候跳到桌子上，在我六個小二鍋頭之後跳到桌子上，他反覆朗誦兩句詩，「卑鄙是卑鄙者的通行證，高尚是高尚者的墓誌銘」。我説，下去，是你做的詩嗎？他説，我和你決鬥，我和你喝酒！我説，怎麼喝？你是啤酒，我是二鍋頭。

白圓胖子和黑圓胖子一起説，半個小二鍋頭相當於一瓶啤酒！又兩個小二鍋頭之後，「五香花生米」還在桌子上詩歌朗誦，我聽不見了，我也看不見綠色的水晶球了。

我的手撐着椅子，我的頭重重地壓在桌面上，胃中半消化的食物從嘴的兩邊汩汩湧出。

我聽見王含主編在耳邊喊，你手機呢，你手機呢，我不認識你家啊。

我說，手機在我口袋裏，你先按9，快捷鍵9，一直按着。手機通了，我對着手機喊：杜仲，不要在被窩裏手淫了，都三分鐘了，還不射？你已經破了你自己的紀錄。爬起來在仁和急診室門口等着救老子，不要幸災樂禍，不要奔走相告我喝多了，有你，再有兩個不認識我的小護士就夠了。記住，靜脈點滴速尿和葡萄糖，洗胃。

我聽見王含主編繼續在耳邊喊，找個人送你過去，找個人送你過去。

我說，你按我的手機，按1，快捷鍵1，一直按着。王含主編說，沒人接啊。我對着手機喊：小紅，接電話，為甚麼和小白結了婚不好好過呢？婚禮隆重嗎？照婚紗照了嗎？好看嗎？我給你準備了禮物，我的的七種氣體，但是一直沒給你，這麼多年了，封口的膠皮也老化了，氣體都不在了，都跑了。你和小白不是都過了快兩年了嗎，為甚麼要離婚啊？為甚麼要在美國那個沒有麻辣火鍋沒有美男的地方呆啊？小紅，接電話啊，別吃抗抑鬱藥，Prozac是毒藥。小紅，接電話啊，別化了妝之後，呆在家裏，一晚上，一個人喝兩瓶紅酒。

我聽見王含主編繼續在耳邊喊，另找個人，另找個人。

我說，我的手機，按2，快捷鍵2，一直按着。王含主編說，

沒人接啊。我對着手機喊：小白，接電話，在上海還是北京？無論在哪兒，找雞要小心啊，小心仙人跳，兜裏不要帶兩百塊以上啊。小白，接電話啊，我知道你苦，出來喝酒，我還有燕京啤酒，你先喝完，然後用酒瓶子砸我。

我聽見王含主編繼續在耳邊喊，再找個人，再找個人。

我說，我的手機，按3，快捷鍵3，一直按着。王含主編說，沒人接啊。我對着手機喊：小黃，辛夷，我是小神，接電話，快回北京吧，我想你啊。聽說妖刀為了工作面試把婚禮教堂的預訂都取消了？教堂不是牙醫啊，取消了不吉利啊。小黃，接電話啊，哈佛都念到博士了，想不明白的事情就忘掉或者當成公理好了，別自己和自己較勁了，你有再多想不清楚的問題也不要信邪教啊。

沒有一個人接電話，我完全忘記手機上其他快捷鍵都是誰了，我聽不見王含主編在喊甚麼了，我最後聽見的是麥子店西街上救護車的鳴叫聲，我放心地失去了全部意識。

2005 年 4 月至 2007 年 3 月，舊金山，紐約，北京，香港，上海，青城山，哈瓦那，大理，吉隆坡，阿姆斯特丹

後記

　　《北京，北京》是「萬物生長三部曲」的第三部，也將是我最後一部基於自己經歷的長篇。

　　和之前的《萬物生長》以及《十八歲給我一個姑娘》一起，三個斷面，構成一個鬆散的成長過程，希望能對那段自己趟過的時間有個基本滿意的交代。就像在北大二年級學《無脊椎動物學》的時候，取腔腸動物水螅不同的橫截面，放在顯微鏡下，有的橫切過精巢，有的橫切過卵巢，有的甚麼也不切過。以花代替如來，從沙子研究宇宙，通過傻屄和牛屄了解世界，這樣用最少的力氣，明白最多的道理。

　　積攢下來的二十一本日記，四百五十封書信，現在都可以燒了。該灰飛煙滅的，不復記起。該成鬼成魂兒的，不請自到，夢裏過通惠河、大北窯。至少沒了誘惑。到了七十歲，沒了一箱子日記和手寫書信，不能在陰天開箱點驗，重新閱讀，也就不會問了再問：這輩子他媽的都是怎麼一回事情啊？

　　想生個女兒，頭髮順長，肉薄心窄，眼神憂鬱。牛奶，豆漿，米湯，可口可樂澆灌，一二十年後長成禍水。如果我有勇氣給她看這三本小說的未刪節版，如果我有自信對她說，那時候，你老爸大體不堪如此，你如果明白不了，你我以後只談功名利

祿只談如何傍大款滅小姑子討好婆婆。如果能這樣，我想我對
趟過的時間就算有了個基本滿意的交代。

　　我從頭就討厭，現在更是厭惡過份自戀的人和文字。但是
歷史不容篡改，即使知道自己原來是個混蛋自戀狂，也不能穿
越時間，抽那個混蛋一個嘴巴。寫作的時候，心眼開張，手持
菜刀，我嘗試漢語的各種可能，盡量用最適當的敘事語言和視
角，反映當時的山水和心潮。在《十八歲給我一個姑娘》的時候，
小男孩對女性只有幻想，太虛了，沒有感情。那時候，某個特
定姑娘的某個特定眼神，比颶風和地震更能讓山水飄搖。這個
小姑娘自己，可能屁也不知道有個小屁孩兒為她如此心潮洶湧，
胸口腫脹。這個小姑娘，可能就是母豬變的，可能就是母驢二
姨，可能就是母狗轉世，但是這對那個男孩兒或是整個事件不
會產生絲毫影響。這個小姑娘會是這個小屁孩兒一輩子的女神。
在《萬物生長》的時候，只有感情，沒有故事。少年人的將來
太遙遠，過去還不夠久遠，過去和將來的意義都還想不清晰。
一切飄忽不定，插不進去，使不上力氣，下不成雨，抓在手裏
的肥肉變成長翅膀的麻雀。因為不確定，所擁有的都是假的。
但是我有一個滴滴答答作響的心，在所有假象面前，左心室隨
便射血到下體和全身，轉化成精氣和尿和眼淚。在《北京，北京》
裏，有感情有故事有權衡有野心，年輕人帶着肚子裏的書、腦
子裏的野心、胯下的陽具和心裏的姑娘，軟硬件齊備，裝滿兩

個旅行箱，想去尋找能讓他們安身立命的位置和能讓他們寧神定性的老婆。但是年輕人沒了幻想，一不小心就俗了。認了天命之後，不再和自己較勁兒，天驀然暗下來，所有道路和遠方同時模糊，小肚腩立刻鼓起來，非常柔軟，擋住了下面的陰莖。

我繼續被時間這個東西困擾。《北京，北京》之後，會試着寫歷史，進入虛構之境。只寫歷史，歷史的刀和拳頭，歷史的枕頭和繡花床。怪，力，亂，神，更放肆地寫寫別人，寫寫時間。比如《色空》，寫一個魚玄機和一個禪宗和尚色空長老。小説的第一句話是，魚玄機對色空長老説：「要看我的裸體嗎？」小説單數章節寫色，雙數章節寫空。我不知道，寫完給真心喜歡兇殺色情的宿舍管理員胡大爺，他會不會明白這個奧妙，用他七十多歲的第三條老腿，跳着看。再比如《孔丘的諮詢生涯》，把孔丘和創立麥肯錫的 Marwin Bower 摻在一起寫，古今，中外，文理，儒教和基督教，政治和生意。春秋時候的小國國君類似現在大公司的 CEO，也有遠景目標，日夜想念通過兼併收購做大做強，實現寡頭統治。再比如《李鴻章的清帝國有限公司》和《朱元璋的明.com》。要是寫完這幾本後，我學會運用想像，胡編故事，製造高潮，提煉主題等等世俗寫作技巧，我是不是就再沒有理由繼續貪戀世俗享樂、浪費光陰、不全職寫作了？

這篇《北京，北京》就是原來所謂的《北京紐約兩都賦》。想來想去，還是叫《北京，北京》，老實些。第一章從北京東

單燕雀樓喝酒開始，最後一章以北京東三環小長城酒家喝酒結束，講述我的認知中，人如何離開毛茸茸的狀態，開始裝屄，死挺，成為社會中堅。

　　是為後記。

www.cosmosbooks.com.hk

書　　　名 北京‧北京

作　　　者 馮　唐

責任編輯 孫立川

美術編輯 郭志民

出　　　版 天地圖書有限公司

　　　　　香港皇后大道東109-115號

　　　　　智群商業中心15字樓（總寫字樓）

　　　　　電話：2528 3671　傳真：2865 2609

　　　　　香港灣仔莊士敦道30號地庫／1樓（門市部）

　　　　　電話：2865 0708　傳真：2861 1541

印　　　刷 亨泰印刷有限公司

　　　　　柴灣利眾街德景工業大廈10字樓

　　　　　電話：2896 3687　傳真：2558 1902

發　　　行 香港聯合書刊物流有限公司

　　　　　香港新界大埔汀麗路36號中華商務印刷大廈3字樓

　　　　　電話：2150 2100　傳真：2407 3062

出版日期 2017年5月／初版